김희선

춘천에서 태어났으며 2011년《작가세계》로 등단했다.
소설집『라면의 황제』『골든 에이지』, 장편소설『무한의 책』
『죽음이 너희를 갈라놓을 때까지』가 있다.
원주에서 소설가 일과 약사 일을 병행하고 있다.

무언가
위험한 것이
온다

무언가
위험한 것이
온다

오늘의 젊은 작가 33

김희선
장편소설

민음사

2월 16일 화요일 밤

S# 1

'평범한 지구인이 화성에서 살해당할 확률은 몇 퍼센트나 될까?'

최는 한숨을 내쉬며 창밖을 바라봤다. 낮도 아니고 밤도 아닌, 어스름한 분홍빛 대기가 공간을 가득 채우고 있었다. 살해당한 이는 ESA(유럽연합우주국) 소속 프랑스인이었다.

"시체를 본 건 아침이었습니다. 물론 여기에서의 아침은 의미가 좀 다르긴 하지만요."

시체를 처음 발견했다는 러시아인 과학자는 이렇게 말했다. 그는 자신을 블라디미르 나보코프라고 소개했고 최가 대꾸하기도 전에 손을 내저었다.

"알아요, 제 이름이 어느 유명한 작가와 똑같다는 거 말이에요. 뭐, 난 읽어 보지 않았지만 어린 여자애한테 홀딱 빠져서 어쩔 줄 모르는 미친놈에 대한 얘기라는 것쯤은 알고 있습니다."

"시체에 별다른 점은 없었습니까?"

최가 묻자 블라디미르 나보코프는 잠깐 머뭇대더니 갑자기 손가락으로 딱 소리를 내며 다시 떠들기 시작했다.

"있어요! 별것 아닐 수도 있지만, 알랭은, 아, 아시겠지만, 죽은 프랑스인의 이름이죠. 알랭은 손에 뭔가를 쥐고 있었어요. 길쭉하고 단단한 데다 갈색을 띠고 있었죠."

최는 고개를 앞으로 내밀었다. 그가 지구를 떠나기 전 받은 보고서에 전혀 기록되어 있지 않은 내용이었다.

"뭐였습니까, 그게?"

블라디미르가 목소리를 낮췄다.

"나는 조심조심 다가갔습니다. 그 갈색의 길쭉한 것이 뭔지 확인하기 위해서 말입니다. 그런데 가까이 가서 보니 그건…… 그저 빵이었습니다. 바게트 빵 말이에요. 하, 바게트 빵을 끌어안고 죽은 시체라니요."

갑자기 블라디미르는 발작하듯 웃기 시작했다.

"아, 이런 미안합니다. 죽은 사람 얘길 하는데 웃다니요."

그러나 그는 터져 나오는 웃음을 참지 못해 어깨를 들썩였고 결국 눈물까지 흘렸다.

"그럼 이만 실례하겠습니다. 내일까지 작성해야 할 토양 성분 보고서가 있어서요."

겨우 웃음을 그친 블라디미르는 주먹으로 눈물을 닦으며 자리에서 일어섰다. 최는 문을 닫고 나가는 그의 뒷모습을 물끄러미 쳐다보았다.

시체를 목격한 사람들과의 면담에서 얻은 건 아무것도 없었다. 그들의 진술은 보고서에 적혀 있는 수준, 그 이상도 이하도 아니었다. 과학수사요원으로서 그는 지구인들이 막연히 두려워하는 괴생물체 같은 건 아예 논외로 하고 있었다. 도대체가 그런 괴물이 화성에 숨어 있을 리 없지 않은가.

'인간들이란……'

최는 피식 웃었다. 인간은 자기 자신이 아닌 모든 타자를 적으로 간주하는 유전자를 몸 안에 지니고 있는 것 같았다. 그렇기에 그들이 상상해 내는 외계의 존재들은 모두 적이며, 호시탐탐 지구인을 죽일 기회만 노리는 것이다. 하지만 범인은 분명 이 안에 있었다. 아직도 한창 건설 중인, 은빛 돔으로 이루어진 이 거대한 기지 내부에 말이다. 그놈은 다음 희생자를 노리며 교묘하게 숨어 있을 게 확실했다. 그건 연쇄 살인을 저지르는 놈들의 특성이니까. 그들은 자신의 손을 자르지 않는 한 영원히 살인의 충동에서 벗어나지 못한다.

혹시 기지로 떠날 사람을 선별하는 과정에 어떤 오류가 있던 건 아닐까. 어쩌면 어플라이드 바이오시스템사에서 만든 유전자 스캔 시스템에 문제가 있었던 걸지도 모른다. 비록 회사에서는 시스템에 오류가 있을 리 없다고 강력히 주장할 테지만.

최 역시 이곳에 오기 전 유전자 스캔 기기를 통과해야 했다. 물론 그것이 그의 첫 번째 유전자 스캔은 아니었다. 그는 몇 년 전 보편화된 DNA 분석을 통해 자신이 언제 어떤 질병에 걸릴 것인가를 대충 알고 있었다. 결과에 의하면 최는 50대 중반이 되기 전 87퍼센트의 확률로 전립선암에 걸릴 것이었다. 또 아주 적은 확률이지만 알츠하이머치매를 앓을 가능성도 있었다. 정신분열증이 발발할 확률이라든가 다혈질로 파괴적인 행동을 보일 확률은 거의 제로에 가까웠다. 그러나 자살 가능성은 의외로 높아서, 58퍼센트에 달했다. 이는 그가 과학수사요원이 될 때 감점 요인으로 작용했으며 근무하는 내내 주 1회 자살 방지 교육을 받아야 하는 이유가 되었다.

최는 원래 자살할 마음 같은 건 전혀 없었다. 그런 것은 생각해 보지도 않았다. 적어도 자신에게 자살을 유발하는 유전적 요인이 존재한다는 걸 알기 전까진 그랬다. 그러나 DNA 분석을 통해 그럴 가능성이 있다는 것을 알게 된 후로는, 언젠가 자신이 디아제팜을 한 무더기 삼키고 침대에 누운 채 발견될 것만 같은 이상한 예감에 자주 사로잡히곤 했다.

"여기 있는 사람들의 유전자 스캔 기록을 볼 수 있겠습니까?"

최는 화성에 도착하자마자 이곳에 머무는 사람 전원의 유전자 스캔 기록부터 요청했다. 보통 이곳에 온 이들이 가장 먼저 하는 일인 짧은 관광(천정이 투명 강화 플라스틱으로 되어 밖이 훤히 보이는 로버를 타고 대협곡을 따라 달리는 드라이브 코스가 특히 인기였다.)도 마다한 채였다.

"마음은 급하겠지만 중력과 대기압에 적응기를 갖는 건 필수입니다. 그렇지 않으면 나중에 지구로 귀환했을 때 심각한 우주병에 시달릴 수도 있으니까요."

그를 안내하던 중국 출신 연구원이 말했다.

"왕입니다. 왕청. 당신에 대한 이야기는 본부장에게 들어서 알고 있습니다. 최라고 하더군요. 맞죠?"

왕이 어깨를 으쓱했다.

"당신이 생각보다 빨리 도착해서 정말 다행입니다. 나로선 좀 기분 나쁜 일도 있었거든요."

"기분 나쁜 일이라니요?"

"ESA나 NASA의 연구원들은 이번 사건으로 우리 쪽을 의심하는 분위기입니다. 마치 제가 중국을 위해 첩보 활동이라도 하러온 건 아닌가 하는 의혹의 눈길을 보내는데……. 그야말로 한심하기 그지없는 구시대적 발상 아닙니까? 여하튼 만나서 반갑습니다. 잘 좀 수사해 주세요. 대체 어떤 미친놈의 짓인지."

그는 과장되게 몸을 움츠리며 덧붙였다.

"그나저나 아주 깊숙이도 뚫어 놨더군요."

"시체를 봤습니까?"

최의 질문에 왕은 순간적으로 멈칫했으나 곧 아무렇지도 않다는 듯 웃었다.

"물론이죠. 내가 첫 번째 목격자는 아니지만, 그게 발견되고 나서 난리가 났었으니까요. 다들 뛰어와서 어깨너머로라도 보려고 아수라장을 이루었지요. 아마 모르긴 몰라도 현장도 엄청 훼손됐을 걸요? 발자국에, 온갖 사람들에게서 떨어진 유전자 부스러기에……. 엉망진창이 됐을 테니까요. 하여간 의심 가는 것이 있다면 언제든 질문하십시오. 본 대로 다 대답할 준비가 되어 있거든요. 물론 심문 기록이 있으니 그것만 살펴봐도 충분하겠지만 말입니다."

한참 신나게 떠들던 왕이 발을 멈춘 곳은 307호 앞이었다.

"여깁니다. 눈을 갖다 대면 저절로 열릴 겁니다. 당신의 홍채 인식 코드가 이미 지구에서 전송되어 왔으니까요. 자, 들어가 보십시오."

최가 눈동자를 대자 철컹 소리와 함께 문이 열렸다. 작고 간결한 방이었다. 화성의 분홍빛 하늘이 보이는 둥근 창 아래 침대와 캐비닛, 그리고 간이 세면실이 구비되어 있었다.

"마음에 드십니까?"

왕이 눈을 찡긋하며 물었다.

"하얏트가 부럽지 않을 정도로군요."

최가 엄지손가락을 올리자 그가 돌아섰다.

"그럼, 쉬세요. 아무리 화성까지 오는 시간이 단축되었다고는 해도 피곤한 여행이었을 테니 말입니다. 내일까지 적응기를 갖고 그다음 본부장을 만나 보도록 하죠. 곧 수면 모드가 작동될 겁니다."

"아니, 잠깐만요. 수면 모드는 좀 더 나중에 작동시키고 싶군요. 먼저 가볍게 자료를 훑어보고 싶어서요."

최는 손에 들고 있던 파일을 들어 보였다. 화성으로 탐사대가 떠나고 우주에 기지가 건설되는 시대였지만 아직도 중요한 서류들은 이렇게 구식 파일로 기록되고 그 결재와 확인은 사람의 손으로 직접 한 서명을 통해 이뤄진다는 사실이, 최는 때때로 우스웠다. 그런 생각을 하며 자기도 모르게 피식 웃자, 왕의 표정이 눈에 띄게 굳었다.

"뭔가 재미있는 일이라도 있나 봅니다, 미스터 최? 어쨌든 수면 모드 작동은 이미 시작됐습니다. 여기선 모든 것이 생체 상태를 인식하는 슈퍼컴퓨터에 의해 이루어지니까요. 우리가 임의로 멈출 수는 없습니다. 본부장님도 그건 원치 않을 거예요. 멀리 지구에서 온 손님이 여독도 풀지 못하고 일을 시작하게 두는 건 예의가 아니니까요."

왕은 곧바로 문을 닫고 복도 어디론가 사라졌다.

문이 닫히자 화성의 정적이 실내를 압도했다. 알고 보니, 그건 정적이 아니라 밀물처럼 밀려오는 졸음이었다. 아니 다시 자세히 보니, 최는 지구의 바다 위에 둥둥 떠 있었다. 그가 떠 있는 곳은 주문진의 푸른 물이었고 발 옆으로는 은빛 물고기들이 빠르게 지나갔다. 최는 자신이 어린 시절의 어느 한때로 돌아왔다는 것을 알았고 지금 꿈을 꾸는 중이라는 것도 깨달았다.

그는 언제나 주문진의 할머니 댁에 가는 걸 좋아했다. 아버지가 그를 내려 두고 다시 도시로 돌아가면 그때부터 진짜 여름방학이 시작됐다. 어린 최는 자주 할머니 집 마루에서 낮잠을 잤다. 그리고 먼 우주를 날아가는 꿈을 꾸었다. 우주는 처음에는 항상 푸르렀고 별이 반짝였으며 아름다웠다. 그러나 결국에 그가 도달하는 곳은 매번 텅 비고 황량한 사막이었다. 그제야 그는 두려움을 느꼈고 울음을 터뜨렸다.

―이런, 또 꿈을 꾸는구나.

할머니가 최를 흔들어 깨웠다.

깜짝 놀라 눈을 뜨자 할머니의 얼굴이 보였다. 멀리서 파도 소리가 들려왔다. 익숙한 바다 내음이 공기에 가득했다.

―할머니?

―그래, 얼른 더 자렴. 저녁 먹을 때 깨울게.

―하지만 할머니, 지금 꼭 훑어봐야 할 자료가 있어요.

할머니는 웃었다.

—이번엔 또 무슨 꿈을 꿨기에 그런 얘길 하는 거니?

눈을 감다 말고 최는 물었다.

—할머니, 여기 지구 맞죠?

그 말에 할머니가 한 번 더 웃었다.

—그렇고말고. 지구지, 당연히.

그는 안심하고 다시 잠들었다.

문득 바깥이 시끄럽다는 생각에 눈을 떴다. 창밖 주황색 지평선 너머로 한 떼의 사람들이 몰려오는 게 보였다. 은빛 우주복을 입은 사람들이 마치 거대한 덩어리처럼 움직이고 있었다. 아아, 이것도 역시 꿈인가. 그는 천천히 돌아누우며 깊은 잠으로 빠져들었다.

"컷!"

감독이 소리쳤다. 그는 좀 화가 난 듯 보였다.

"우주복을 입은 사람들이 달려오는 모습을 좀 더 몽환적으로 표현해야 한다고. 모르겠어? 여기선 최도, 러시아인 과학자도 주인공이 아니야. 아, 물론 최가 주인공이긴 하지. 어쨌거나 우리의 영웅이니까. 하지만 진짜 핵심은 저들에 있어. 저거대한 은빛 물결. 서서히 다가오면서 세계를 집어삼키는 한 무리의 군중. 자, 그러니 다시 한번 가 보자고. 오케이?"

우주복을 입은 엑스트라들이 웅성댔다. 벌써 몇 번째 다시 찍는 것인지 몰랐다. 어느새 깊은 밤이 되어 하늘에는 별이 가득했다.

　그들은 쉬는 시간을 틈타 은박지로 만든 것 같은 옷을 벗고 이마의 땀을 닦았다. 그러고는 촬영장 구석에 놓여 있는 생수병의 물을 벌컥벌컥 마셨다. 힘든 작업이었지만 누구 하나 관두고 돌아가겠다는 사람은 없었다. 요즘 같은 시절에 이보다 나은 부업은 좀처럼 없었으니까.

2월 19일 금요일 오후

여자는 아까부터 노인을 지켜보고 있었다.

좀 전까지만 해도 별다른 관심은 없었다. 이 작은 광장에는 별별 사람들이 다 드나들었고 개중에는 정말로 이상한 이들도 꽤 많았던 탓이다. 이곳을 정말 광장이라고 불러도 되는가에 대해서도 여자는 회의적이었다. 택지 중심에 있는 이 공간은 그저 좀 큰 회전교차로에 불과했으며, 마을 축제 같은 행사가 있을 때만 자동차 진입이 금지되는 장소였기 때문이다.

노인이 회전교차로 앞 도로로 주춤대며 발을 내밀었다 거둬들이는 행동을 반복할 때만 해도 여자는 별 생각이 없었다. '혹시 치매인가? 왜 굳이 교차로로 들어서려고 하는 거지?' 따위의 생각이 잠시 머릿속을 스치긴 했지만 곧 잊고 말았다. 그녀는 좀 전에 쓰다 만 르포를 떠올렸고 어떻게 하면 기사를 더 흥미진진하고 손에 땀을 쥐는 스토리로 꾸밀 수 있을지 고민했다. 만약 그때 최가 전화를 걸어오지 않았다면 여자는 끝까지 생각에 빠져 있었을 테고, 따라서 노인의 기괴한 행동을 목격하지도 못했을 것이다.

윙 하는 소리에 그녀는 퍼뜩 정신을 차렸다.

최희육 기자. 화면에 뜬 이름을 보며 여자는 전화를 받을까 말까, 잠시 망설였다. 결국 수신 버튼을 터치하고 귀에 이어폰을 꽂았다.

"왜? 무슨 일 있어?"

최는 빨리 이야기를 하고 싶어 안달 난 목소리로 떠들었다.

"완전 빅뉴스거든요. 그런데 별로 안 궁금한가 봐요?"

"아냐, 뭔데? 빨리 말해 봐."

"지금 극동리에 관한 르포 쓰고 있지 않아요?"

여자는 약간 짜증이 났다. 최는 언제나 이런 식이었다. 쓸데없이 말이 많고 너스레를 떨지만 막상 들어 보면 알맹이는 없는 경우가 허다했다.

"미안하지만 바빠서 그런데, 요점만 말해 주면 안 될까?"

"거기서 사람들이 실종됐다네요. 그것도 셋이나 말이에요. 아직 극비 사항인데, 내가 잘 아는 경찰한테서 들었……."

최는 말을 끝맺지 못했다. 갑자기 여자가 전화를 끊어 버렸기 때문이다. 그녀는 허둥대며 황급히 외쳤다.

"미안, 끊어야겠어. 나중에 다시 걸게!"

최의 대답도 듣지 않고 여자는 종료 버튼을 눌렀다. 그러고는 의자 등받이에 깊숙이 기대고 있던 몸을 벌떡 일으켰다.

노인은 어느새 회전교차로를 건넜다. 교차로 중심은 화단으로 꾸며져 있었는데, 아직 2월이기에 꽃 같은 건 피어 있지도 않았다. 다년생 구근초들이 갈색으로 변한 잎사귀를 축 늘어뜨린 채 시들어 있었고 반쯤 녹은 눈 때문에 화단은 진흙투성이였다. 화단에 올라선 노인은 등에 멘 배낭을 진흙 위에 내려놓고 주섬주섬 뒤지기 시작했다. 마침내 그가 꺼낸 것은 말뚝 비슷하게 생긴 물건이었다.

여자는 휴대폰으로 사진 찍을 준비를 했다. 최대한으로 줌을 당기자, 노인이 무엇을 들고 있는지 대충 알 수 있었다. 전동 드릴 같은 거였는데, 그것 말고도 배낭에서 계속 이것저것 꺼내 놓는 품이 아무래도 범상치 않아 보였다. 나일론 끈, 청테이프, 공구 상자 등이 줄줄이 나왔다.

잠시 후 노인은 전동 드릴을 들고 어디론가 성큼성큼 걸어갔다. 화단 한쪽 구석에 있던 교통신호 제어기 앞에서 그가 흡족한 듯 고개를 끄덕이는 광경을, 여자는 열심히 휴대폰 카메라에 담았다. 한동안 그렇게 서 있던 노인이 갑자기 드릴을 제어기 문 위에 붙들어 매기 시작했다. 그는 드릴의 뾰족한 부분이 정면을 향하도록 수직으로 세운 뒤 청테이프를 이빨로 끊어 둘둘 감았다. 그러고도 안심이 되지 않는지 드릴을 손으로 흔들어 본 다음, 옆에 있던 나일론 끈을 길게 풀어서 한 번 더 단단히 고정했다. 마지막으로 노인이 몇 발짝 뒤로 물러서서 작품을 감상하듯 이리저리 둘러보는 모습까지 다 찍은 뒤에야 여자는 잠시 휴대폰을 내려놓고 커피를 마셨다. 벌써 머릿속에는 '치매 사회 어디로 갈 것인가' 따위의 타이틀이 떠오르고 있었다. 암만 봐도 저 노인은 정상이 아니었다. 전동 드릴을 갖고 나와 교통신호 제어기에 붙들어매는 행위가 그걸 말해 주고 있지 않은가. 다행인지 불행인지 노인이 그러고 있는 동안 그를 주목하는 이는 하나도 없었다. 광장이 내다보이는 카페 안에 앉아 있던 사람들은 저마다의 대화에 열중하고 있었다.

신고해야 하는 거 아닌가? 여자가 이런 생각을 하지 않은 건 아니었다. 잠깐 폰을 열고 112 번호를 누르려고 시도하기까지 했다. 하지만 곧 고개를 저었다. 끝까지 다 지켜본 뒤 사진도 몇 장 건지고 나서 그때 신고해도 늦지 않을 거라 여겼기 때문이다. 게다가 굳이 자기가 신고하지 않아도 어차피 누군가는 발견하게 될 광경이었다. 교통경찰이라든가 환경미화원, 하다못해 퇴근하던 공무원이라도. 그래, 맞아. 치매에 걸린 불쌍한 할아버지가 공들이고 있는 일을 (비록 그 의미가 뭔진 알 수 없지만) 내가 괜히 방해할 필요는 없지.

커피잔을 내려놓고 다시 보니, 노인은 화단 바닥에 털썩 주저앉아 있었다. 덜 녹은 눈과 진흙으로 질척질척한 땅이었지만 바지가 더러워지는 것은 아랑곳하지 않는 눈치였다. 이게 끝인가? 그녀는 생각했다. 저런 알 수 없는 행동을 하려고 화단으로 들어간 거였나? 그나저나 저 노인의 가족들은 알고 있을까? 자기 아버지 혹은 남편이 드릴과 청테이프를 가방에 넣고 다니며 시의 공공재산을 훼손하고 다닌다는 것을. 문득 좋은 문장이 떠올라, 여자는 수첩을 펼쳤다. 치매는 개인의 문제가 아니라 결국 우리 모두의 문제인 셈이다. 광장에서 목격한 노인은 그 사실을 누구보다도 웅변적으로 드러내고 있었다. 빠르게 휘갈겨 적다가 고개를 드니, 노인의 배낭에서 뭔가가 굴러떨어지는 게 보였다. 갈색병이었다. 뭐지? 음료수인가? 아니, 한약 같은 걸지도 몰라.

노인은 화단 아래로 굴러가는 갈색 병을 움켜잡더니 뚜껑을 열고 벌컥벌컥 마셨다. 그러더니 벌떡 일어서서는, 갑자기 교통신호 제어기를 향해 전력 질주하는 것이었다. 왜 저러는 거야? 의문을 가질 겨를도 없이 사건은 찰나에 일어났다. 그리고 그 짧은 시간 동안 여자는 한 가지 중요한 사실을 깨달았다. 노인이 청테이프로 열심히 고정한 전동 드릴, 그 끝에 장착된 비트가 무엇이든 뚫어 버릴 기세로 빠르게 회전하고 있다는 것을.

"안 돼! 저 할아버지 어떻게 좀 해 봐!"

여자가 비명을 지름과 동시에 전동 드릴의 날이 노인의 이마를 뚫었다. 피와 뇌수가 분수처럼 솟아올랐다. 노인은 팔다리를 부들부들 떨었지만 그것도 잠시, 곧 축 처지더니 제어기에 몸을 대충 걸친 형상이 되었다가 툭 떨어졌다. 주변 벤치에 있던 사람들이 일어섰다. 카페 주인이 밖으로 뛰어나가는 걸 여자는 멍하니 보고 있었다. 그 모든 것들이 슬로모션처럼 느릿느릿 전개됐다. 세상이 빙글빙글 돌고 있다는 걸 알아차린 것도 그 순간이었다. 어떻게 지구가 이렇게 빨리 회전할 수 있지? 잠시 휘청거리던 여자는 테이블 모서리를 붙들고 겨우 일어나 벽을 짚으며 카페 출입구 쪽으로 걸어갔다. 속이 울렁거렸다. 앞으로 고꾸라지듯 넘어지며 그녀는 생각했다. 이게 현실일 리가 없어.

2월 19일 금요일 밤

보디백의 지퍼를 내리자 형체를 알아볼 수 없을 만큼 부서진 머리가 보였다. 깨끗이 닦인 몸통 아래쪽이 얼룩덜룩했다.

"시반입니다. 그 얼룩 말이에요. 보통은 죽은 지 두 시간 정도 지나면 나타나기 시작하지요. 그때쯤이면 아직 몸속의 피는 응고하지 않지만 심장은 이미 멈춰서 순환이 안 되니까요. 상대적으로 무거운 적혈구가 몸 아래쪽으로 가라앉으며 이런 얼룩을 만들어 내는 겁니다. 그래서 시반이 생긴 위치로 죽은 사람이 사망 후 어떤 상태에 있었는지를 짐작하는 건데요. 이 노인 같은 경우는 곧바로 구급대원이 출동했고 바로 눕혀 뒀기 때문에……."

문득 말을 멈추고 검시의가 한숨을 쉬었다. 최는 노인의 부스러진 두개골과 찢긴 두피를 보고는 고개를 돌렸다.

"사실 이 노인에게 시반의 위치 따위는 전혀 중요하지 않아요. 알다시피 죽은 이유가 너무 명백하거든요. 그래서 굳이 부검도 안 하는 거고요. 자기 머리를 드릴에 갖다 대고 뚫어 버렸는데 뭐가 더 필요하겠습니까, 안 그래요?"

노인이 죽던 날, 최는 치과에 갔다가 오후 늦게 돌아왔다. 약간의 치통이 남아 있어서 최대한 천천히 계단을 올라 사무실 문손잡이를 돌리는데 안에서 동료 하나가 나오다 말고 호들갑을 떨었다.

"소식 들었어? 광장에서 노인네 자살한 거? 완전 피바다였다는데? 김영주가 거기 있다가 쓰러졌다던데, 너 가 봐야 하는 거 아니냐?"

최는 뭐라고 대답해야 할지 몰라 잠시 머뭇댔다. 안 그래도 그때 김영주랑 통화중이었다고 말하려다 말고, 그냥 고개를 끄덕였다.

그날 오후 내내 김영주에게 가 볼까 말까 망설이던 최는 저녁때가 돼서야 자리에서 일어섰다. 사무실 앞 큰길에 있는 죽 전문점에서 전복죽을 사고 결제를 하는데 전화벨이 울렸다. 김영주는 전화를 받자마자 안부를 물을 새도 없이 빠르게 이야기를 시작했다.

"알고 있구나. 거기서 쪽팔리게 쓰러진 거. 지금은 괜찮아. 발을 좀 삔 거 빼곤 멀쩡하니까. 하여간 부탁 좀 할게. 몇 가지 알아봐 줬으면 해서. 받아 적어."

최가 주머니를 뒤적여 수첩을 꺼내는 동안에도 김영주는 끊임없이 떠들었다.

"정말 너무 이상해. 대체 그 할아버지, 왜 그런 식으로 죽었을까? 병원에서 얼핏 들었는데 마을 사람들끼리 문제가 있었다더라고. 그래서 하는 말인데, 극동리 이장에 대해서 조사 좀 해 줄래? 죽기 얼마 전 할아버지가 이장이랑 다툼이 있었단 소문이 돌거든. 극동리, 알지? 그 화성인가 어디를 배경으로 SF 영화 찍는 촬영장도 있고, 바이오산업단지 조성하는 것 때문에도 한참 전부터 말이 많았잖아."

어깨와 목 사이에 폰을 끼우고 받아 적던 최가 물었다.

"좀 천천히 말해요. 근데 진짜 몸은 괜찮아요? 지금 문병이라도 갈까 생각하던 참인데."

김영주가 웃었다.

"여기 오겠다고? 뭣 때문에?"

머쓱해진 최는 얼른 다른 데로 이야기를 돌렸다. 하긴 군이 그가 문병을 가야 할 이유는 없는 것이다.

"그냥 해 본 말이었어요. 그나저나, 도대체 그 사건에 왜 이렇게 관심을 가지는 거예요? 나도 좀 알아보긴 했는데 별것 없었거든요."

이렇게 말하면서도, 최는 속으로 실수했다고 생각했다. 다혈질인 김영주가 또 무슨 소리를 할지 모른다. 아니나 다를까, 김영주는 바로 흥분해서 반박하기 시작했다.

"그게 아니라니까. 그 할아버지 죽음엔 분명 뭔가 있어. 우리가 모르는 무언가, 모두가 비밀로 하려는 어떤 게 있다고."

여자가 갑자기 목소리를 낮췄다.

"지금 옆에 아무도 없지?"

최는 그렇다고 대답했다. 가게 안에는 자신과 주인, 단 두 사람뿐이었다. 주인은 그의 대화에는 아무 관심도 없다는 듯 텔레비전 화면에만 집중하고 있었다.

"그럼 잘 들어. 실은 여기서 이상한 걸 들었어. 참, 그 전에 알아 둬야 할 게 있어. 죽은 노인 말이야, 이름이 이만호인데, 이 병원 시체 안치실에 있는 거 알아? 그래서 마을 사람들 몇이 다녀갔거든. 그 사람들이 병실 밖에서 떠들길래 들어 봤는데, 어떤 할머니가 이런 말을 하는 거야. 노인이 죽기 전에 자길 찾아왔었다나. 그러고는 기이한 부탁을 했다는 거지."

병실 밖에서 떠드는 노파의 말을 엿듣지 않았다면 김영주 역시 이 일에서 손을 뗐을 것이다. 어차피 시골에서는 흔한 일이었다. 어디 하소연할 데도 없는 사람들이 극단적인 선택을 하는 것. 그런 사건은 제대로 기사화되지도 않았는데, 사람들이 별로 흥미로워할 만한 소재가 아니라는 이유에서였다. 만약 아무도 없는 외딴집에서 누군가가 그렇게 죽어 있었다면(머리가 드릴에 뚫린 채 말이다.) 차라리 좀 더 관심을 끌었을는지도 모른다. 범인은 누구일지, 자살을 가장한 타살일지, 혹은 그 반대일지 등을 놓고 설왕설래했을 테니까. 그러나 노인은 모두가 보는 앞에서 보란 듯이 목숨을 끊었다. 김영주는 그 광경을 처음부터 끝까지 지켜봤다. 너무나 명백한 자살이었고 따라서 어떤 논쟁의 여지도 없었다. 죽은 노인이 가엾긴 했지만 그게 다였다. 굳이 궁금한 것이 있다면 왜 하필 그런 기괴한 방식을 택했는가, 정도였다.

병원 침대에 누워 노인이 죽던 광경을 다시 떠올려 보고 있을 때, 문득 바깥이 시끌시끌해졌다. 마침 들어온 간호사에게 김영주는 물었다.

"밖에 무슨 일 있나요?"

간호사는 체온을 재며 건성으로 대답했다.

"시골에서 사람들이 왔어요. 그 할아버지 시신이 여기 있거든요. 그런데 아직 장례 절차도 제대로 준비 안 됐나 봐요. 가족은 물론이고 연고자가 아무도 없다네요."

간호사가 퍼뜩 정신을 차렸는지 손으로 입을 막았다.

"어머, 내 정신 좀 봐. 그분 때문에 쓰러졌다고 하셨죠?"

미안해서 어쩔 줄 모르는 간호사에게 김영주는 몇 번이나 괜찮다고 말했다.

간호사가 나간 뒤, 김영주는 복도에서 들려오는 목소리에 귀를 기울였다. 특별히 엿들을 마음은 없었고, 그저 모든 게 들려왔을 뿐이다. 처음에는 마치 버스 안에서 기사가 틀어 놓은 트로트 방송을 흘려듣듯, 그렇게 소리를 감지했다. 그러다 곧 자리에서 벌떡 일어나 앉았다. 뭐지? 지금 뭐라고 하는 거야? 그는 혼자 낮게 중얼거리며 조심스럽게 병실 문 앞으로 갔다. 그러고는 문에 귀를 대고 밖에서 들려오는 말소리에 온 감각을 집중했다.

"아냐, 정말이라니까. 진짜 우리 집에 왔었어. 어제저녁에 말이야. 내가 부엌에서 호박을 다듬고 있는데, 인기척이 들리더라고. 누군가 하고 내다보니 그 할아범이지 뭐야. 그런데 눈빛이 좀 이상했어. 흰자위가 시뻘건 게…… 하여간 정상은 아니더라고. 무슨 일로 왔냐고 했더니 뭐라고 중얼중얼하는데, 잘 안 들리기에 좀 크게 말해 달라고 했지. 그랬더니 이렇게 외치는 거야. '나 죽으면 절대 그냥 파묻지 마. 여기, 이 한가운데를 팍 뚫어 줘, 알았지?' 처음엔 잘못 들은 줄 알았어. 그래서 얼른 나가 봤지."

노파는 다듬던 호박을 내려놓고 부엌 문턱을 넘어 밖으로 나갔다고 했다. 해가 어둑어둑 지고 있어서인지, 노인은 눈만

번들번들 빛났다. 그 모습이 두렵긴 했지만 알고 지내 온 이웃일 뿐이었다. 마을 개발을 둘러싸고 동네 사람들과 의견이 다르긴 했지만 그렇다고 누군가에게 해코지를 한 적은 없었다. 언제부턴가 마을로 흘러들어와 있는 듯 없는 듯 지내 온 노인이었다. 옆집(이라고는 하지만 걸어서 10분은 가야 도착할 수 있는 거리였다.)에 살고 있기는 해도, 별다른 대화를 나눠 본 적도 없었다. 그는 다른 사람들처럼 농사를 짓지도 않았고 가축을 키우지도 않았다. 마을 행사에 참여하는 법도 없었고 동네 사람들을 집으로 들인 적도 없었다. 그리고 보니 어젯밤인가 노인네의 집에 떠들썩하게 사람들이 다녀간 기억이 났다. 물론 그렇다고 해서 관심이 갔던 건 아니었다. 저녁 늦게 집에서 좀 떨어진 돈사에 먹이를 주러 가는 길에 이장이 노인의 집 쪽에서 나와 오토바이를 타고 가는 장면을 목격했을 뿐이다.

노인과 짧게나마 대화를 나눠 본 것은 한 달 전쯤 마을 어귀 교차로에 걸어 둔 현수막 앞에서였다.

"알지? 재작년인가, 면사무소 한글반에서 글 배운 거. 그때부터 글자라고 있으면 뭐든 다 읽는 버릇이 생겼잖아. 그날도 별생각 없이 현수막에 쓴 걸 읽어 본 거지. 그러다가 그 할아범 이름도 알게 됐고 말이야."

복도에 서 있던 동네 사람들 앞에서는 태연하게 말했지만,

그때 노파는 현수막에 빼곡하게 적힌 내용을 읽고 큰 충격을 받았다. 그런 미래를 상상해 본 적은 단 한 번도 없었다.

모두 죽는다니. 그것도 암을 비롯한 온갖 무서운 질병에 걸려서. 게다가 마을에 그런 이상한 시설이 생긴다는 걸 아무도 모르고 있지 않은가. 글자를 읽는 속도가 느려서 노파가 현수막과 피켓에 적힌 것을 다 읽는 데에는 오랜 시간이 걸렸다. 꼬박 10분이 지나 노파가 파악한 내용을 요약하면 다음과 같았다.

극동리는 앞으로 죽음의 땅이 된다는 것. 그게 다 바이오 산업단지와 영화 촬영 세트장 개발 허가를 받기 위해 반대급부로 내준 폐기물 처리장 건설 때문이라는 것. '신재생 에너지 발전소'라는 허울 좋은 이름의 시설이 완공되면 전국에서 엄청난 양의 산업 폐기물이 몰려올 테고, 처리장에서는 그것들을 태워 얻는 에너지로 전기를 만들 계획이라는 것. 그때 나올 엄청난 양의 유독가스가 마을을 뒤덮는 건 시간문제이며 그로 인해 모든 주민이 피부암, 고환암, 상피세포암, 전립선암 등 각종 희귀암에 걸려 비참하게 죽어 갈 거라는 것.

"이게 다 사실이요?"

노파는 이마에 띠를 두른 채 우두커니 서 있는 이만호에게 울먹이는 소리로 물었다. 그러자 그가 기다렸다는 듯 장부와 펜을 쓱 내미는 것이었다.

"여기에 서명하시오. 그러면 막을 수 있어."

노파는 이만호가 내민 장부를 자세히 살폈다. '극동리 개발 반대 서명록'이라는 글자가 맨 위에 매직으로 쓰여 있었다. 서명을 한 사람은 단 셋뿐이었다.

"내가 이걸 갖고 시청에 갈 거요. 거기 가서 우리 마을 주민들의 뜻이 이러이러하다고 전하면 폐기물 처리장이 들어오는 걸 막을 수 있지."

하지만 막상 서명을 하려고 하자 의구심이 일었다. 도시에 사는 딸이 툭하면 주의를 주지 않았던가. 아무 데나 이름 쓰면 큰일 난다고. 노파는 주저한 끝에 볼펜을 도로 건넸다.

"난 안 쓸래요. 손주 애가 올 시간이 다 돼 가서, 이만 가 봐야겠네요."

집으로 돌아오며 노파는 혼자 고개를 끄덕였다. 역시 내가 눈썰미는 있다니까. 아무리 봐도 시골에서 그냥 농사만 지은 사람 같지는 않은데, 현수막에 쓴 글을 읽어 보니 확실하네. 노파는 이따금 노인이 두꺼운 책을 옆구리에 끼고 인상을 찌푸린 채 밭둑을 지나가던 모습을 떠올렸다.

그랬던 옆집 노인이, 지금 대문 밖에서 이상한 소리를 지껄이는 것이다.

"뭐라고요? 누가 죽을 거라고요?"

노파는 손을 닦으며 다시 한번 물었다. 그러자 노인이 눈을 희번덕거리며 외쳤다.

"나 죽으면 절대로 그냥 묻으면 안 된다고."

그는 오른손 검지로 자기 이마를 가리켰다. 정확히는 눈썹
과 눈썹 사이의 미간이었다.

"여기에 구멍을 콱 뚫어 줘, 부탁이야."

노파는 귀를 의심했다. 동시에 오싹하게 몸이 떨려왔다.

"당연하잖아. 눈이 시뻘건 할배가 이마에 구멍을 뚫어 달
라니, 얼마나 무섭겠어?"

노파는 이만호 앞으로 다가갔다. 치매구먼, 치매야. 이런 생
각밖에는 들지 않았다. 아무도 없이 혼자 살더니 저렇게 되고
말았어. 그녀는 노인이 그렇게 된 게 남의 일 같지 않았다. 왠
지 애잔한 마음이 들어 그의 어깨에 손을 얹었다. 가까이서
보니 생각보다 체구가 작고 무척이나 말랐다.

"아이고, 죽긴 왜 죽어요. 꿈에서라도 그런 말은 하지 말아
요. 그러지 말고 집으로 가요. 모셔다 드릴 테니."

노인은 그런 노파를 거칠게 밀어냈다. 그는 번들거리는 눈
으로 사방을 둘러보더니 마당 한구석에 놓인 낫을 가리켰다.

"저게 좋겠네, 딱이야. 내일 우리 집에 와서 안방 문을 열
라고. 그럼 거기 내가 죽은 채 누워 있을 거야. 그때 저 낫으
로 이마를 콱 내리쳐. 여기 정중앙을 말이야. 제발 부탁이니
꼭 좀 들어줘. 안 그러면 끝장이라고. 극동리는, 아니, 이 세

상은!"

노파는 겁에 질려 부엌으로 뛰어들어가 문을 쾅 닫았다.

"저 노인네가 미쳤나. 죽을 거면 혼자 곱게 갈 것이지, 왜 엄한 집에 와서 난리야!"

문틈으로 내다보던 노파의 눈에 이상한 광경이 들어왔다. 갑자기 노인이 어깨를 축 늘어뜨리며 그자리에 멍하니 서 버렸기 때문이다. 광기가 사라진 눈은 평온해 보이기까지 했다. 그렇게 선 채로 그는 기묘한 말을 중얼거렸다.

"죽을 거면 혼자 죽어라……. 멋진 말이군! 고맙소, 정말 고마워. 댁이 날 구해 줬구려."

노인은 문틈으로 얼굴을 들이밀고는 고맙다는 인사를 몇 번이고 외쳤다. 그러더니 휙 돌아서서는 미친 듯이 뛰어 나갔다는 것이다.

"그러고 만 거야? 쫓아가 보기라도 했으면 이런 사달은 안 났을 텐데."

누군가 쯧쯧 혀를 찼다. 곧이어 들려오는 낮게 속닥대는 소리.

귀에 문을 더 가까이 대 봤지만 뭐라고 하는지 전혀 알아들을 수 없었다. 김영주는 결국 살그머니 병실 문을 열었다. 복도에서 웅성웅성 떠들던 사람들이 일순간 조용해졌다.

"할머님, 방금 그 얘기 좀 다시 들려줄 수 있으세요?"

그녀는 입을 꾹 다문 채 서 있는 노파 앞으로 다가갔다.

"실은 제가 그 할아버지가 돌아가시는 현장에 있었어요. 마침 광장에 갔다가 카페에서 차 한잔 마시는데, 그 일을 목격한 거죠. 그런데 아무리 생각해도 풀리지 않는 의문이 많았어요. 자살을 하려 했다 쳐도 방법이 너무 이상하잖아요. 더 이상한 게 뭔지 아세요? 경찰에선 할아버지가 드릴로 일부러 머리를 뚫은 게 아니라고 한다는 거예요. 그냥 농약을 마시고 비틀대다가 우연히 돌아가던 전동 드릴에 다친 거라고 주장한다지 뭐예요. 하지만 전 분명 봤거든요. 할아버지는 농약을 많이 마시지도 않았어요. 기껏해야 박카스병으로 한 병 정도였고 그나마도 다 못 마셨으니까요. 그러고는 작심한 듯 나무에 매 놓은 드릴로 돌진했고요."

노파는 머뭇거리더니 더듬대며 변명을 늘어놓았다.

"생각해 보니 잘 모르겠네. 그때 잘못 들은 걸지도 모르고. 사실 평소에도 귀가 좀 안 좋다우."

우물대던 노파의 눈에 공포가 서렸다. 김영주의 어깨너머 어딘가를 보며, 노파는 뒷걸음질 쳤다.

"할머니, 그러지 말고 그 얘기 좀 더 자세히 들려주세요. 참, 제 소개를 안 했네요. 저는 기자예요. 만약 뭔가를 알아내면 극동리 개발 문제에 대해서도 더 많이 알릴 수 있을 거라고요."

그러나 노파는 대답도 없이 서둘러 돌아서더니 복도 끝을 향해 잰걸음으로 사라졌다. 주위에 있던 사람들도 다들 고개를 돌리며 이리저리 흩어지고 있었다. 노파를 쫓아가려는데, 누군가 낮고 음산한 목소리로 말을 걸었다.

"이봐요, 아가씨, 기자라고 했나? 아까부터 지켜봤는데, 시골 할머니를 너무 몰아세우는 것 같군. 더 할 얘기도 없다는데 자꾸 그렇게 따라다니면 안 되지 않을까?"

뒤를 돌아보니 작고 단단한 체구의 중년 남자가 빙긋이 웃으며 그녀를 올려다보고 있었다. 어딘지 모르게 낯이 익었는데, 영화배우 대니 드 비토와 꼭 닮은 얼굴이었다. 그는 작업복 점퍼 주머니에서 명함을 꺼내 여자에게 내밀었다.

"소개가 늦었군. 나는 극동리 이장 오구식이라고 하오. 마침 어르신 한 분이 극단적인 선택을 하셔서 마을 대표로 장례 절차 등을 의논하러 들른 참이었지. 그런데 지나가며 보니까 아가씨가, 아니지 참, 이럴 땐 기자님이라고 불러야겠지, 기자님이 웬 엄한 할머니를 몰아붙이고 있는 것 아니겠소. 참고로 말씀드리자면 저 할머니는 살짝 맛이 갔거든. 쉽게 말해서 제정신이 아니다, 이 말이지. 마을에서도 본래 헛소리 잘하기로 유명했고 말이야. 그러니 기자님이 들은 건 다 틀린 얘기라는 거요. 그리고 한마디 더 드리는데, 이만호 어른이 자살하는 광경을 지켜본 이는 기자님 말고도 여남은 명이나 더 있소. 그 사람들 모두 경찰과 일치하는 진술을 하는데 왜 혼자서만 자꾸 이상한 말을 떠드는 거지? 이장으로서 단언컨대 우리 마을엔 아무 알력도 없었고 그 어떤 갈등도 발생하지 않았소. 저 노인도 막판엔 마음이 바뀌었지. 정말이야. 죽기 전전날 다른 주민들과 술까지 마셨거든. 그때 서로 화해하고 앞으로는 마을 발전을 위해 모두 노력하자고 굳게 약속까지 했는데 대체 왜 저런 선택을 했는지 알다가도 모르겠다니까. 노파심에 다시 한번 하는 말인데, 기사를 쓸 거면 제대로 알아보고 쓰길 바라오. 더 궁금한 게 있다면 거기 명함에 적힌 번호로 전화하시고. 언제든 응대해드릴 테니까. 그럼, 난 바빠서 이만."

김영주가 숨을 돌리려는 듯 잠시 이야기를 멈췄다. 그 틈을 타서 최가 물었다.

"겨우 그거예요?"

그는 여자가 너무 나간다고 생각했다. 이장이 누군지는 모르지만 아마 마을 사정을 그만큼 잘 아는 이도 없을 것이다. 그런 이장의 말에 의하면 죽은 노인도, 그리고 노인을 만나 기이한 이야기를 들었다는 노파도, 모두 제정신이 아니었다. 노파는 둘째치고라도, 농약을 마시고 자기 머리를 드릴에 갖다 대고 죽었다는 사실 자체가, 이미 이만호라는 노인이 비정상이라는 증거 아닐까.

"단지 그 때문이라면 나도 가만있었을 거야. 이장 놈, 좀 기분 나쁜 인간이긴 해도 네 말마따나 마을 사정을 누구보다도 잘 알고 있을 테니까 말이야. 문제는 그다음이야. 화장실에 갔다가 뭔가를 들었는데……, 그걸 들은 이상 이대로 모르는 척하고 누워만 있을 수는 없다는 결론을 내렸지."

다시 병실로 돌아온 김영주를 기다리고 있던 건 주사기 트레이를 든 간호사였다. 그는 김영주의 팔에 수액 세트를 꽂으며 무심하게 중얼거렸다.

"안정제가 섞인 영양 수액이에요. 맞으면 두어 시간 푹 자고 일어나실 수 있을 겁니다."

혈관을 타고 흘러드는 약액을 느끼며 김영주는 가만히 누워 있었다. 잠시 후 스르르 눈이 감기더니 병실 전체가 천천히 흔들리는 듯했고 곧 잠이 들었다. 다시 눈을 뜬 건 그로부터 서너 시간쯤 흐른 뒤였다. 처음에는 지금이 몇 시인지도 몰랐다. 눈을 뜨긴 했지만 현실인지 꿈속인지도 제대로 분간할 수 없었다. 간호사를 불러 봤지만 목이 깊게 잠겨 아무 소리도 나오지 않았다. 김영주는 팔에 꽂힌 수액 줄을 뽑아내고 비틀대며 복도로 나갔다.

벽을 짚어 가며 화장실로 들어가 비어 있는 칸에서 바지를 내리고 앉았다. 참고 있던 소변을 해결하고 나니 약간은 정신이 드는 듯싶었다. 바지를 추켜올리고 문을 열려던 그는 멈칫하며 동작을 멈추었다. 밖에서 낯익은 목소리와 함께 발소리가 들려왔기 때문이다. 화장실로 들어온 그들은 안에 다른 사람이 있는지부터 살피는 것 같았다. 영화에서 본 장면을 떠올리며 김영주는 얼른 양변기 위로 올라섰다. 아나나 다를까 누군가가 화장실 문과 바닥 사이로 안쪽을 하나하나 들여다보며 그곳이 비어 있는지 확인하고 지나갔다.

"아무도 없습니다."

이 목소리는 좀 전에 만난 오구식의 것 아닌가.

김영주는 숨을 죽인 채 상대방의 대답을 기다렸다. 누구인지 모르는 그 상대는 상당히 고급스럽고 독특한 구두를 신고 있었다. 검은 가죽에 자기 꼬리를 물고 돌아가는 뱀의 형태를 한 사슬 고리 장식이, 화장실 문 아래 틈으로 얼핏 보였다.

"사라진 셋부터 얼른 처리하자고. 마침 노인네가 알아서 죽어 줬으니, 대충 뒤집어씌우면 될 거야. 마을 개발을 둘러싸고 충돌이 있었고, 세 사람을 죽인 노인이 죄책감을 못 이겨 자살했다, 정도? 그러려면 먼저 시체를 찾는 게 급선무겠지만 말이야."

문득 노인이 자살했을 때 최희육이 걸어왔던 전화가 떠올랐다. 그래, 그때 최 기자가 말했었지. 극동리에서 세 사람이 실종됐다는 소문이 있다고.

점점 저려 오는 발을 주무르며, 김영주는 최대한 숨을 죽이고 그들의 대화를 엿들었다. 할 수만 있다면 지금이라도 당장 뛰어나가 오구식과 대화하는 남자의 얼굴을 두 눈으로 확인하고 싶었다.

그때 어디선가 전화벨이 울리기 시작했다. 김영주는 본능적으로 주머니를 뒤졌으나, 다행히 병실에 두고 가져오지 않은 듯싶었다. 전화는 오구식과 대화를 나누던 남자의 것이었다. 그는 "예, 회장님. 지금 여기 와 있습니다."라고 대답하며 뚜벅뚜벅 걸어서 밖으로 나갔다. 그 뒤를 이장이 따라 나가는 발소리가 들려왔다.

그들이 모두 나간 뒤에도 김영주는 한동안 양변기에 쪼그린 채 숨을 죽이고 있었다. 마침내 밖이 완전히 조용해진 걸 확인하고서야 김영주는 조심스레 화장실 문을 열고 밖으로 나왔다. 손에 묻은 물을 털며 나오는 그녀를 보고, 마침 안으로 들어오던 고등학생 남자애가 깜짝 놀라며 뒤로 물러섰다. 그 애는 화장실 문에 붙은 '남자용' 표시를 보고도 한동안 당황함을 감추지 못하더니 쭈뼛대며 안으로 들어섰다.

"거기가 남자화장실이라는 걸 그때 알았어. 아마 약 기운에 취해서 제정신이 아니었나 봐, 그치?"

한동안 깔깔대고 웃던 김영주가 다시 무거운 목소리로 말했다.

"솔직히 말해 봐. 너 극동리에서 세 사람이 실종됐다는 소식, 어디서 들은 거야? 그 사람들 찾았는지 확인은 해 봤어? 아무래도 이장이 뭔가를 꾸미고 있는 게 확실해. 그놈(그 이상한 구두 신은 남자 말이야.) 말로는 세 사람이 죽었고 그걸 자살한 노인에게 뒤집어씌우겠다는 거잖아. 어때? 이래도 극동리에 안 갈 거야?"

최는 수화기를 손으로 가린 채 잠시 생각에 잠겼다. 과연 이 여자의 말을 어디까지 믿어야 하는 걸까. 신경안정제 주사를 맞은 뒤 화장실도 제대로 구분 못 하고 아무 데나 들어간 사람이 비몽사몽 간에 엿들었다는 얘기를 말이다.

"알았어요. 만약 모두 사실이라면 그야말로 엄청난 사건이겠네요. 일단 한번 가 볼게요. 그런데 그 전에, 세 사람의 실종 소식을 귀띔해 준 마을 경찰과 통화부터 해 볼 생각이에요. 그들이 멀쩡히 집에 돌아와 있는데, 헛걸음하는 걸 수도 있잖아요."

최는 통화 종료 버튼을 눌렀다. 어느새 다 식은 죽이 무겁게만 느껴졌다. 죽집 옆 편의점 의자에 앉아서 그는 다시 어딘가로 전화를 걸었다. 신강읍 지구대에서 근무하는 박 순경이 반쯤 맛이 간 목소리로 전화를 받았다. 비번이라 자고 있었던 걸까? 문득 미안한 마음에 최는 약간 의기소침해져 물었다.

"미안하다, 자고 있던 것 같은데."

"아닙니다, 형님. 무슨 일이에요?"

그는 잠시 망설이다 본론으로 들어갔다.

"네가 말한 그 사건 말이야, 극동리에서 세 사람이 실종됐다던 거. 어떻게 됐냐? 돌아왔어?"

"그 일 말입니까, 형님. 그거 뭐 아주 싱겁게 마무리가 됐지 뭡니까. 사실 세 사람이나 동시에 사라졌다고 해서 우리도 바짝 긴장했는데, 알고 보니 그 셋이 전날 밤 마을 주민 집에서 술을 잔뜩 퍼마시고 다음 날 아침 다 같이 사우나를 하러 갔다더라고요. 사우나만 하고 집으로 돌아왔으면 그런 해프닝도 없었을 텐데 그중 한 사람이 이참에 동해안에 가서 양미리나 구워 먹고 놀다 오자고 했답니다. 아직 귀가하진 않았지만 가족들이 다 실종신고를 취소했으니까요. 잘 있다는 연락을 받았다네요. 사실 시골에선 이런 일이 워낙 흔해서 말입니다, 형님. 저도 이게 사건 사고가 됐으면 특종 하나 물어다 드리는 건데, 다행인지 불행인지 이렇게 끝나고 말았지 뭡니까."

최는 고개를 끄덕거렸다. 당연히 이렇게 해결될 일이었다. 아무 문제도 없던 평화로운 시골 마을에서 성인 남자 셋이 실종된다는 것 자체가 말이 안 됐다. 그는 김영주를 생각했다.

의욕도 넘치고 담도 세지만 망상에 너무 자주 빠지는 게 문제라면 문제랄까. 통화를 끝내려다 말고 최는 퍼뜩 떠오르는 게 있어 물었다.

"그럼 그들과는 직접 통화를 한 건가? 그 실종됐던 사람들 말이야."

그러자 전화선 너머에서 밝은 목소리가 되돌아왔다.

"아닙니다, 그 사람들 지금 동해안에서 노느라고 정신이 없다는데요. 가족들 각각에게 전화가 온 걸, 이장이 취합한 뒤 대표로 지구대를 방문했어요. 극동리 이장님이 진짜 마을 일에 열심이거든요. 그분이 박카스랑 이것저것 사 와서는, 자기가 더 미안해하며 머리를 조아리더라고요. 별것 아닌 해프닝 때문에 괜히 폐만 끼쳤다면서 말이에요."

"이장이 와서 말하고 갔다고? 그런 식으로 종결해도 되는 거야? 내 말은, 원래 일 처리가 그런 건지 궁금해서 하는 소리야."

박 순경은 약간 귀찮아진 어투로 대답했다.

"시골은 다 이렇다니까요. 뭐든 법대로, 규칙대로, 이러다가는 이 짓 못해 먹는다고요. 이제 저도 잠 좀 잡시다. 끊어도 되죠?"

"사라졌던 세 사람 이름만이라도 알 수 없을까?"

그러나 박 순경은 이미 전화를 끊은 뒤였다.

통화를 마치고도 최는 한참 동안 편의점 앞 의자에 앉아 있었다. 아무것도 사지 않고 앉아 있자니 눈치가 보여 무알콜 맥주 한 캔을 사 가지고 나와 혼자 벌컥벌컥 다 마셨다. 그때 다시 휴대폰 벨이 요란하게 울리기 시작했다. 김영주였다.

"뭐 좀 알아봤어? 이 사건에 대해 흥미가 생기긴 했느냐, 이 말이야."

최는 박 순경과 통화한 내용을 말해 주려다 말았다. 나중에 좀 더 조사한 뒤 알려 줘도 될 것 같았기 때문이다. 그는 짧게 대답했다.

"실종된 사람은 없는 것 같아요. 알고 보니 다들 여행 간 거라고 하네요. 하지만 찜찜한 구석이 없는 건 아니에요. 내일 마을에 들러 보려고요. 그러고 나서 다시 얘기하기로 하죠."

말을 마치고 전화를 끊으려는데, 김영주가 외쳤다.

"부탁이 한 가지 더 있어. 여기 병원 지하에 죽은 노인의 시신이 있거든. 정말 미안한데, 시체안치실에도 한번 가 봐 줄래? 기자라고 대충 둘러대면 들어갈 수 있지 않을까? 듣기론 곧바로 화장한다더라고. 유족도 없고, 마을 주민들도 그걸 원한다는 거야. 불에 타 버리면 아무것도 알 수 없을 테니까, 그전에 가 보겠다고 약속해 줘. 노인의 죽음이 시작점이 잖아."

이제 머리에 구멍 뚫린 시체까지 대신 봐야 하느냐고 따지려다 말고, 최는 긴 한숨을 내쉬며 알겠다고 했다.

2월 20일 토요일 오전

다음 날 아침 일찍 최는 병원으로 향했다. 시체 안치실은 지하 2층에 있었다. 엘리베이터를 기다리다 말고 마음이 바뀌어 계단을 걸어 내려갔다. 차갑고 음습한 공기가 얼굴에 불어닥쳤다. 계단을 다 내려가자 굳게 닫힌 철문이 보였다. '관계자 외 출입금지'라는 빨간색 표지판이 붙어 있었지만 최는 아랑곳하지 않았다. 문 안쪽으로는 다시 복도가 이어졌다. 어두컴컴한 복도에는 불이 깜빡이는 흐릿한 형광등 하나가 매달려 있을 뿐이었다.

"그야말로 전형적이군. 시체실로 가는 음산한 길이라니."

왠지 오싹해진 최는 일부러 중얼거리며 복도를 걸었다. 그때 어디선가 나지막한 휘파람 소리가 들려왔다. 잠시 후 어두운 복도 끝에서 사람인 듯한 허연 형체가 나타났다.

"여긴 관계자 외 출입금지 구역인데 어떻게 오셨는지……?"

남자는 하얀 가운을 입고 있었다. 그는 당황하여 우물쭈물하는 최를 위아래로 살피다 말고 물었다.

"아, 혹시 극동리에서 오신 분입니까? 이만호 씨 장례 문제 때문에 방문하기로 했단 얘길 전해 들었습니다만."

최는 얼떨결에 고개를 끄덕였다. 그러자 남자가 손을 내밀었다.

"어서 오십시오. 저는 검시의 김봉호입니다."

검시의의 손은 차갑고 축축했다. 그가 눈치채지 못하도록 바지에 손바닥을 문질러 닦으며 최가 물었다.

"이만호 노인의 시신을 좀 볼 수 있을까요? 일단 정확한 사인이라든가, 그런 거에 관해서……."

검시의는 최의 말에 고개를 갸웃했다.

"아직 경찰에서 제대로 전해 듣지 못하셨나 봅니다. 사망진단서는 이미 넘겼는데. 대충 알고 계신 그대로입니다. 유기인계 농약 중독에 의한 독극물사. 직접적인 사인은 그렇게 결론 내기로 했지요."

그는 최를 데리고 복도 끝의 방 앞으로 향했다.

"들어오세요. 좀 추울 겁니다."

불이 켜지자 스테인리스 냉장고가 정면 벽을 가득 채운 방이 보였다. 검시의가 그중 한 칸의 손잡이를 잡아당겼다. 기자 생활을 10년 넘게 했기에 별의별 것들을 다 보았지만 시체실에서 냉장 보관된 사체 앞에 서니 팔에 소름이 돋았다. 머뭇대는 최에게 검시의가 손짓을 했다.

"가까이 와서 보세요. 시체가 벌떡 일어나서 팔을 앞으로 쭉 뻗고 콩콩 뛰어다니거나, 그럴 일은 없으니까요."

그러면서 의사는 재미있다는 듯 킥킥 웃었다.

노인의 몸에 생긴 시반을 이리저리 살피다 말고 최가 물었다.

"정확한 사인은 뭐라고 생각하십니까?"

그러자 검시의가 팔짱을 꼈다.

"글쎄요, 직접 보시면 판단을 내릴 수 있을 것 같은데……. 어때요, 엄청나죠?"

그가 노인의 머리를 손가락으로 가리켰다. 시선을 옮기다 말고 최는 자기도 모르게 고개를 돌렸다. 너덜너덜해진 피부와 검은 구멍, 그 안을 채우고 있는 불그죽죽하고 누리끼리한 덩어리들이 구역질 나도록 끔찍했다.

거우 심호흡을 하고 정신을 가다듬은 뒤 최가 물었다.

"제가 듣기로 이 분은 이미 농약 중독으로 신체 기능이 거의 정지됐고, 그 와중에 통증으로 이리저리 구르다가 실수로 드릴에 찔렸을 뿐이라던데."

그의 말에 검시의가 피식 웃었다.

"그렇죠. 그게 그게 공식적인 사망 원인이지요. 노이균 회장의 부탁도 있었고. 하지만 제 개인 의견을 말하라면……, 한 번 생각해 보세요. 농약을 그 정도로 마시면 어떻게 될지. 그 자체가 엄청난 고통을 초래해요. 말 그대로 배 속을 쥐어뜯는 것 같다고요. 그리고 빠른 속도로 신체의 모든 기능이 무너집니다. 노인이 마신 대풍 정도면 그야말로 맹독성이니 그 효과는 더 강렬하고요. 정말로 농약을 치사량으로 들이마시고 데굴데굴 굴러다녔다면 실수로 찔려도 저렇게 될 수가 없지요. 머리를 드릴로 뚫어서 저 정도가 되려면, 그것도 스스로 말입니다, 처음부터 작정하고 돌진해서 강인한 의지로 버텨야만 그나마 가능한 거라고요."

최는 노인의 머리를 유심히 들여다보았다.

"뇌가 완전히 파괴된 건가요?"

검시의가 고개를 끄덕였다.

"혹시 송과선이라고 아십니까? 여기, 이쯤에 있는 솔방울처럼 생긴 기관인데 거기까지 뚫고 들어갔어요."

의사는 오른손 검지로 자신의 이마를 가리키며 고개를 저었다.

"독한 노인이에요. 완전히 미쳤거나. 자살 시도 전에 농약을 마신 것도 그런 이유가 아닐까 싶어요. 맨정신으론 도저히 저런 짓을 할 수 없을 테니까요."

"그렇군요. 한 가지만 더 물읍시다. 대체 왜 사인을 굳이 농약 중독으로 기록해야 하는 건가요? 당신 말대로 어차피 자살이라면 사실대로 써도 상관없는 거 아닌가요? 노이균이 (아, 물론 알고는 있습니다. 극동리에 바이오산업단지를 만들고, 영화 촬영장도 끌어오고, 여하튼 요즘 꽤 잘 나가는 사업가 아닙니까.) 왜 그런 부탁을 했는지 혹시 짐작 가는 점이라도 있어요?"

검시의의 눈빛이 변한 건 그 순간이었다. 그때까지 미소짓고 있던 얼굴이 굳어지면서 갑자기 밀랍으로 만든 가면처럼 변했다. 그는 보디백의 지퍼를 빠르게 올리며 말했다.

"극동리에서 온 분 아닌가요? 이장의 심부름으로 장례 절차와 시신 처리 문제를 논의하러 온다던. 그러면 사인과 관련된 건 다 얘기가 돼 있을 텐데……."

최는 얼른 손을 내저었다.

"알아요. 알고 있습니다. 다만 아까 선생님도 말씀하셨다시피 극히 개인적인 궁금증이라고나 할까요."

그러다가 최는 왼손 손목 위의 시계를 보며 웅얼댔다.

"잠깐만요. 급히 전화를 걸 데가 있어서요. 잠시만 기다려 주시겠습니까? 곧 돌아오겠습니다."

검시의는 다녀오라고 손짓을 했다. 눈초리엔 여전히 의혹의 그림자가 짙게 깔려 있었다. 최는 휴대폰을 꺼내 번호를 누르는 척하며 황급히 밖으로 나와 뒤도 돌아보지 않고 계단을 뛰어올랐다. 그러다가 그는 계단참 모퉁이에서 누군가와 세게 부딪쳤다.

"앞 좀 잘 보고 다니쇼!"

내려오던 남자가 옷을 툭툭 털며 낮게 투덜댔다. 작고 단단한 체구에 날카로운 눈매가 영화배우 대니 드 비토와 꼭 닮은 이였다.

"미안합니다. 급해서 그만……."

최는 대충 사과를 하고는 계단을 달려 올라갔다. 그런 그에게서, 대니 드 비토처럼 생긴 남자는 끝까지 눈을 떼지 않았다.

2월 21일 일요일 새벽

곽과 구는 아직 어둠이 채 가시지도 않은 이른 새벽 산에 올랐다. 남들보다 먼저 좋은 산야초를 캐려면 일찍부터 서둘러야 한다는 게 평소 곽의 지론이었다.

"아침 이슬을 머금은 풀은 약효도 훨씬 좋지."

곽은 너무 이른 시간 아니냐고 투덜대는 구에게 타이르듯 말했다. 산야초 채취인으로 평생을 살아온 그에게 어느 날 갑자기 찾아와 자신을 제자로 받아 달라고 간청했던 구였다.

"돌아가게나. 이런 일은 젊은 사람이 할 게 못 돼."

곽은 단호히 거절했지만 구의 고집이 더 셌다. 구는 꿇어 앉다시피 애걸했다. 서울에서 핸드폰 대리점을 말아먹고 이제 갈 곳이라고는 여기밖에 없다며 읍소했다. 결국 곽은 구를 받아들였고, 이 산 저 산 데리고 다니며 온갖 풀과 약초 뿌리의 이름, 쓰임새, 발견하기 쉬운 장소 등을 가르쳤다. 하지만 날이 갈수록 구는 불평불만이 많아졌고 처음부터 맡기로 한 식사 당번도 빼먹기 일쑤였다. 기다리다 못해 대충 나물을 볶아 밥상을 차리면 구는 그제야 나타나 뻔뻔하게 숟가락을 들었다.

그럴 때마다 곽은 언젠가 이 녀석을 내보내리라 굳게 결심했지만 막상 그 말을 꺼내지 못하고 차일피일 미루기만 하고 있었다. 그날 새벽도 서로 틀어진 상태로 산에 오른 길이었다. 구는 날이 밝고 해가 뜨면 오르자고 했지만 곽은 단호히 대답했다.

"일찍 일어나는 새가 벌레도 잡는 법이라고. 그런 정신 자세론 산야초 채취로 절대 못 먹고살아."

구는 투덜거리며 짐을 챙긴 뒤 일찌감치 잠자리에 들었다. 곽은 알람 소리가 울리자마자 눈을 떴다. 주섬주섬 옷을 입고 배낭을 멘 채 밖으로 나오니 웬일로 구가 마당에 서서 기다리고 있었다. 반갑게 인사를 건넸지만 구는 못 본 척 획 돌아서더니 앞장서 걷기 시작했다. 버스에서도 둘은 뚱하니 모른 척하며 각자 다른 자리에 앉았다. 마을 어귀에 있는 국밥집에서 밥을 먹고 데면데면한 분위기 속에서 여기까지 온 것이다.

산길을 오르던 구가 먼저 침묵을 깼다. 의기양양한 목소리였다.

"아저씨, 저기 능이 아니에요?"

곽은 눈을 가늘게 뜨고 어둑한 비탈 아래를 내려다보았다. 버섯처럼 보이는 게 있긴 했지만 능이 같지는 않았다.

"그런 데선 버섯이 나지 않아."

하지만 구는 고집을 피웠다. 그는 자신이 다른 건 몰라도 능이버섯 하나는 확실히 안다고 주장했다.

"서울에서 하던 핸드폰 대리점 건너편에 식당이 있었는데, 그 집이 능이백숙 전문점이었다고요. 간판에 커다란 능이버섯 사진도 있어서 점심때마다 봤다니까요."

게다가 구는 곽의 아픈 곳을 찌르기까지 했다.

"아저씨는 시력도 나쁘잖아요. 내가 보기엔 확실해요. 얼른 내려가 봐요."

그리하여 둘은 버섯이 돋아난 곳까지 조심조심 내려갔다. 주로 곽이 앞서면서 구를 밀어 주고 끌어 주는 형국이었다. 비탈을 다 내려오자마자 무턱대고 버섯을 뽑으러 뛰는 구를 곽이 말렸다.

"일단 확인부터 하자고."

나뭇가지와 마른 풀, 얼었다 녹은 눈덩이와 자갈 사이에 삐죽이 솟은 버섯은, 푸르스름한 보랏빛을 띤 채 영험한 기운을 내뿜으며 갓을 쫙 펼치고 있었다. 적어도 멀리서 보기에는 그랬다.

"이상하네. 암만 봐도 아닌 것 같은데?"

곽의 말에 구는 멈칫했다. 사실 그도 조금 전부터 속으로 그런 생각을 하던 터였다. 어스름한 2월 새벽 여명 속에서 그건 그냥 아무 쓸모 없는 독버섯처럼 보였다. 조금 각도를 달리해서 보면 시든 돌단풍 같기도 했고 검은 비닐봉지가 찢어진 채 바람에 흔들리는 것 같기도 했다.

"하여간 가 보자고요!"

성질 급한 구가 달려가서 잡아당기려는 순간, 곽이 외쳤다.

"물러서, 뒤로! 그거 손이잖아, 손. 사람 손 말이야!"

그다음에 일어난 일을 둘은 두 번 다시 생각하고 싶지 않았다. 곽과 구는 미친 듯이 비탈을 기어올라 뒤도 안 돌아보고 산길을 달려 내려왔다. 문득 곽이 달리기를 멈추더니, 무릎을 짚고 가쁜 숨을 몰아쉬었다.

"이렇게 무작정 달릴 게 아니라, 신고부터 해야 하는 거 아닌가?"

그 말에 구는 주머니에서 휴대폰을 꺼냈지만 곧 둘은 서로를 멍하니 바라보았다. 신호가 전혀 잡히지 않았던 것이다. 곽이 한숨을 내쉬었다.

"어쩔 수 없지. 조금만 더 내려가 보자고."

허겁지겁 산길을 내려가던 두 사람이 또다시 발걸음을 멈춘 것은, 30분쯤 지난 뒤였다. 먼저 발을 멈춘 이는 구였다. 그는 저만치 앞서가는 곽을 큰 소리로 불렀다.

"아저씨, 잠깐만요!"

썩은 나무뿌리와 돌멩이 사이를 이리저리 피하며 막 산길 모퉁이를 돌던 곽이 뒤를 돌아봤다.

"아무래도 길을 잘못 든 것 같지 않아요?"

그제야 곽은 새삼 사방을 둘러봤다. 어둠침침한 숲. 어디선가 들려오는 음산한 새 울음소리. 앙상하게 우거진 나뭇가지 사이로 조각난 듯 보이는 하늘.

방향이라도 가늠할 생각에 주머니에서 나침반을 꺼내다 말고, 곽은 뒷걸음질 쳤다. 가까이 다가온 구가 원망스러운 눈으로 노려보고 있었다.

"이게 다 아저씨 때문이잖아요. 새해 벽두부터 산에서 길이나 잃고 재수 없게 죽은 사람 손이나 보고. 난 처음부터 여기 오지 말자고 했어요. 그냥 다니던 데나 가자고 했는데 아저씨가 굳이 이곳을 택했으니까요. 일찍 일어나는 새가 벌레를 잡네, 어쩌고 하면서 설레발 친 것도 아저씨고요. 이제 어떡할 거예요? 아까 올라올 땐 20분도 안 걸렸는데 거의 한 시간째 산속을 헤매고 있잖아요!"

그때 곽이 오른손 검지를 입에 갖다 대며 속삭였다.

"쉿! 무슨 소리 안 들려?"

그러나 구는 불길한 산의 정기에서 헤어나지 못했다. 결국 계속해서 떠들며 고래고래 소리 지르는 구의 입을, 곽이 틀어막았다.

"조용히 하라니까. 무슨 발소리 같은 거 안 들려? 누가 오는 것 같아."

그제야 조용해진 구가 겁먹은 얼굴로 사방을 두리번거렸다.

사그락사그락.

아래쪽 어딘가에서 낙엽 밟는 소리 같은 게 들려왔다.

사그락사그락.

소리는 조금씩 커지며 가까워졌다. 동시에, 좀 전까지는 비록 어둡긴 해도 구름 한 점 없이 맑던 하늘이 짙은 암청색으로 흐려져 갔다.

갑자기 구가 홱 돌아서더니 소리가 나는 반대편으로 달려 올라가기 시작했다. 곽도 최대한 발소리를 죽이며 그 뒤를 따라 달렸다. 발소리를 귀신의 것으로 여길 만큼 멍청한 건 아니었다. 하지만 예로부터 이런 말이 있지 않은가. 귀신보다 무서운 게 사람이라고. 저 위에 파묻힌 손은 푸르딩딩한 빛을 띠긴 했지만 아직 썩지는 않았다. 그 사실이 알려 주는 것은 단 하나, 그 손과 손이 달린 몸뚱어리 또한 묻힌 지 얼마 안 됐으리라는 거였다. 게다가 범인은 반드시 현장으로 되돌아온다고 하지 않던가. 그렇다면 결론은 하나뿐이었다. 저 발소리의 주인공은 바로……

여기까지 생각이 미친 곽과 구는 서로를 멍하니 바라보았다. 마침내 곽이 떨리는 목소리로 중얼거렸다.

"만약 우리가 범인이라면 어떻게 할까? 당연히 시체를 목격한 사람을 처치해 버리겠지."

구의 얼굴에서 핏기가 가셨다.

"그럼 이제 어떡해요?"

둘은 뒤늦게 숨을 만한 바위틈이나 동굴이 없는지 살폈지만, 그런 곳은 보이지 않았다. 그때 곽이 낮게 비명을 지르며 뒤로 주춤주춤 물러섰다. 어딘가를 가리키는 그의 손가락이 덜덜 떨리고 있었다.

구는 곽이 가리키는 산길 아래쪽으로 눈을 돌렸다. 앙상한 나뭇가지들 사이로 나타난 검은 그림자 하나가 그들을 향해 빠르게 다가오고 있었다.

2월 20일 토요일 저녁

최가 극동리에 도착했을 때는 이미 해가 지고 있었다. 좀 더 빨리 오려고 했지만 오전에는 병원에 다녀와야 했고 오후에는 밀린 기사를 마무리하다 보니 늦어지고 말았다.

어둑어둑한 길을 10여 분이 넘게 걸었지만 최는 마을 주민을 단 한 사람도 만나지 못했다. 다들 어디 있는 걸까? 그는 주위를 둘러보며 쓸쓸하고 추운 시골길을 천천히 걸었다. 마을 전체가 응달인지 밭 여기저기에 덜 녹은 눈이 회색빛으로 변한 채 흉터처럼 남아 있었다.

그때 뒤쪽에서 시커먼 그림자가 확 다가오는 바람에 최는 깜짝 놀라며 길가로 몸을 피했다. 그러다 마른 풀 더미에 발을 헛디디며 미끄러져 굴러떨어지고 말았다.

그는 논바닥에 뾰족뾰족 솟은 벼 밑동을 피하며 몸을 일으켰다. 누군가가 위쪽 길에 선 채 내려다보고 있었다. 열 살쯤 되어 보이는 남자아이였다. 아이가 손을 내밀며 말했다.

"죄송해요. 그런데 아저씨 잘못도 있어요. 뒤에서 계속 비키라고 소리쳤는데 못 들었잖아요."

위로 올라온 최가 옷에 묻은 흙을 터는 동안 아이는 계속 우물쭈물하며 주위를 맴돌았다. 길가에는 낡은 자전거 한 대가 옆으로 쓰러져 있었다.

"실은 브레이크가 잘 안 되거든요. 거기에다 벨도 떨어져 나가서……."

최는 알았다고 손짓을 했다. 말로 괜찮다고 하고 싶었지만 떨어지면서 세게 부딪친 탓에 허리와 엉덩이가 얼얼해서 입을 열 수 없었다. 그런 최의 모습을 물끄러미 보고 있던 아이가 자전거로 뛰어가더니 뒤에 실었던 가방에서 뭔가를 꺼내 들고 왔다. 물티슈였다.

"이걸로 닦으세요."

그제야 그는 소년을 찬찬히 바라봤다.

"너 이 마을에 사니?"

쓰러진 자전거를 일으켜 세우려고 끙끙대던 아이가 고개를 끄덕였다. 최는 소년을 도와 자전거를 똑바로 세워 주었다. 경음기가 있어야 할 자리에는 아무것도 없고 브레이크 체인도 약간 맛이 간 것 같았다.

"이런 거 타고 다니면 위험해. 만약 앞에 트럭이라도 오면 어떡하려고 했어?"

아이는 아무 대답도 하지 않았다. 고개를 푹 숙이고 자전거를 끌며 앞서 걸어갈 뿐이었다. 최는 그런 아이의 뒤를 따라 걸으며 재빨리 말했다.

"소개가 늦었구나. 아저씨는 기자야. 알지? 신문이나 인터넷 뉴스에 글 쓰는 사람."

아이는 그가 건넨 명함을 앞뒤로 살폈다.

"이 신문 알아요. 전에 선생님이 들고 계신 거 봤어요."

그렇게 말하는 소년의 얼굴이 조금 풀린 듯했다.

"거기 적힌 대로, 내 이름은 최희육이야. 넌 이름이 뭐니?"

그렇게 해서 최는 경오라는 소년과 어두운 마을 길을 함께 걷게 되었다. 소년은 의외로 잘 떠들었는데, 그가 보기에는 평소 이야기 나눌 사람이 그리웠던 것 같았다. 얼마 안 되는 짧은 시간 동안에 자신이 자라 온 얘기, 집안 사정까지 다 늘어놓은 걸 보면 확실히 그랬다.

경오는 마을에 하나뿐인 분교에 다니는 초등학생이었다. 키가 작아서인지 5학년이라고 했지만 기껏해야 3학년쯤으로밖에는 보이지 않았다. 아이의 아버지는 실직한 뒤 돈을 벌어 오겠다며 사라졌고 얼마 후 어머니 역시 집을 나가, 이곳 극동리의 할머니네 와서 지내고 있다고 했다.

최는 말없이 걸었다. 경제적 문제로 자취를 감춘 부모, 갈 곳 없는 아이, 시골에 사는 할머니. 그야말로 흔하디흔한 조합 아닌가.

"그런데 할머니가 요새 좀 이상해요. 그래서 짜증도 나고 걱정도 되고 그래요."

한동안 조용히 걷던 아이가 문득 던진 말에 최는 고개를 들었다.

"글쎄, 무슨 일인지는 모르겠지만 그렇게 말하면 못쓰지. 나이가 많아서 힘들 텐데도 널 돌봐 주시잖아."

"알아요, 그런데 진짜 할머니가 이상해서 하는 말이에요. 하긴, 여기 동네 어른들은 다 조금씩 이상해요."

퍼뜩 떠오르는 게 있어서 최는 걸음을 멈췄다. 그는 아이에게 몸을 낮추며 물었다.

"아저씨한테 자세히 말해 줄래? 뭐가 그렇게도 이상한지 말이야."

경오는 한동안 가만히 서 있었다. 말을 해도 되는지 알 수 없어 망설이는 것 같았다. 그렇게 서 있던 아이가 드디어 결심한 듯 입을 열었다.

"때때로 할머니가 다른 사람으로 변하는 것 같아요. 안 믿어지겠지만 정말이에요."

경오의 말에 의하면 2주 전 어느 날 집에 돌아왔을 때 처음으로 뭔가 이상하다는 걸 느꼈다는 것이다.

"겨울방학 돌봄교실에 나간 거였는데 그날은 아파서 일찍 왔거든요. 그런데 마당에 들어오니 할머니가 보이지 않았어요. 불러 봐도 조용해서 어디 가셨구나, 생각했어요. 마루에 가방을 내려놓는데 부엌에서 무슨 소리가 들리는 거예요. 살금살금 걸어가 보니, 안 계신 줄 알았던 할머니가 아궁이 앞에 웅크리고 앉아서 뭔가를 하고 계셨어요. 뒤에서 깜짝 놀라게 해 드리려고 몰래 다가갔는데, 할머니가 뭐라고 중얼중얼하더라고요. 처음엔 노래를 부르는 줄 알았는데 들어보니 노래가 아니었어요. 음…… 무슨 주문 같았어요. 만화영화나 그런 데서 마법사들이 외우는 주문요. 껍데기, 진짜, 가짜…… 이런 말을 중얼댔으니까요."

"그게 무슨 뜻이지? 혹시 잘못 들은 건 아니고?"

최의 말에 아이는 힘주어 대답했다.

"잘못 들은 거 아니에요! 그러다가 그만 바닥에 있는 나뭇가지를 밟아서 바스락 소릴 냈는데……."

경오는 말을 잇지 못한 채 숨만 몰아쉬었다. 어느새 해가 완전히 져서, 가로등 하나 없는 길은 어둠으로 뒤덮였다.

"획 돌아보는 할머니의 얼굴이 이상하게 변해 있었어요. 그러니까…… 할머니가 맞긴 한데 다른 사람이 된 느낌, 알죠?"

최는 시계를 보았다. 겨우 6시가 넘었는데 이렇게 컴컴하다니. 시골의 밤은 정말 빛 한 줄기 없구나. 그나저나 이 아이는 대체 무슨 말을 하는 거지? 하기야 아버지는 어디로 갔는지 모르고 엄마조차 집을 나가 버렸다니, 뭐든 정상으로 보일 리가 없겠지. 그는 왠지 마음이 아파 와 경오의 어깨에 손을 얹었다.

"아저씨도 어릴 땐 그런 적이 있었어. 엄마도 아빠도 다 싫고, 세상도 싫고, 그러다 보면 가족도 남처럼 보이는 법이지. 하지만 그럴수록 기운 내야 한다, 알지? 그리고 할머니께 그런 말 하면 안 되는 거고. 그래도 세상에서 널 가장 아껴 주는 분 아니니?"

그런 최의 손을 아이는 뿌리쳤다.

"역시 안 믿을 줄 알았어요. 이제 가세요. 저도 할머니가 기다리는 집으로 갈 테니 말이에요. 그게 할머니가 아니어도, 갈 데는 거기밖에 없으니까요."

최는 자전거에 올라타려는 아이를 겨우 잡았다. 아이가 뭐라고 하든 이렇게 어두운 밤길을 혼자 보낼 수는 없지 않은가.

"미안하다. 아저씨가 생각이 짧았어. 그래, 할머니가 어떠셨는데? 집까지 데려다줄 테니 천천히 다 얘기해 줄래?"

다행히 경오는 더는 고집을 피우지 않았다. 고개를 푹 숙

인 채 자전거를 끌며 걸을 뿐이었다. 조용한 시골 밤 속으로
자전거 털털거리는 소리가 천천히 퍼져나갔다.

"가죽을 뒤집어쓴 것 같았어요."

소년의 옆에서 말없이 걷던 최는 딴생각에 빠져 있다가 기
계적으로 되물었다.

"응?"

그러자 아이가 걸음을 멈추더니 그를 똑바로 쳐다봤다.

"할머니 말이에요. 할머니가 아니라 뭔가 다른 것이 할머
니 모양의 가죽을 뒤집어쓴 것 같았다고요."

경오는 그날부터 할머니를 슬금슬금 피해 다녔다.

"사실 할머니는 전보다 더 자주 웃어요. 원래는 없어진 아
빠 욕도 많이 하고, 엄마도 욕하고, 그러다가 저한테까지 욕
을 퍼붓곤 했는데, 그런 것도 다 없어졌고요. 공공근로 나갈
땐 신세 한탄도 많이 하셨는데, 이젠 그러지도 않아요. 몸 괜
찮을 때 한 푼이라도 더 벌어야 한다면서 막 좋아하고요, 근
로 마치고 오면 촬영장에 엑스트라까지 하러 나간다니까요."

"경오야, 네 말대로 할머니가 더 건강해지고 웃기도 자주
웃으신다면 좋은 일 아니니? 그게 뭐가 문제라는 거야?"

그의 말에 경오는 긴 한숨을 내쉬었다.

"휴, 그래서 이상하다는 거예요. 왜냐하면 그런 할머니는
진짜 할머니가 아니거든요. 그리고……, 아, 아니에요. 역시 이

64

얘긴 안 하는 게 나을 것 같아요."

최는 아이를 유심히 바라보았다. 장난을 치거나 대충 꾸며서 이야기하는 얼굴은 아니었다.

"그러지 말고 다 말해 보렴. 아저씨가 기자라서 세상에 이상한 일이 많이 있다는 거 정도는 알고 있거든."

"좋아요, 그럼 말해 볼게요. 그렇게 변한 건 할머니만이 아니었어요. 마을회관이나 공판장 앞에서 만나는 사람들 모두 그런 밝은 얼굴을 하고 있으니까요. 안 그런 척, 전과 같은 척 하지만, 난 알 수 있어요. 할아버지들도, 할머니들도, 다른 아저씨나 아줌마들도 다 똑같아요. 하지만 그건 웃는 게 아니에요. 웃는 표정을 흉내 내는 얼굴? 아니, 원래는 무표정한 얼굴 위에 덮어쓴 것 같은 그런 괴상한 얼굴……? 그런데 며칠 전 진짜로 이상한 걸 봤어요. 그날은 학교에서 좀 늦게 왔는데, 어둑어둑한 길 공판장 앞에 아저씨들 몇 명이 서 있더라고요. 솔직히 처음엔 잘못 본 줄 알았어요. 그 아저씨들 머리 위에서 연기가 피어오르고 있었으니까요. 그렇지만 아무리 눈을 비벼도, 그건 없어지지 않았어요."

아이가 본 건 사람들의 머리 위로 연체동물의 투명한 촉수 같은 것이 뻗어 나와 석양을 배경으로 꿈틀거리는 광경이었다. 마치 봄날의 아지랑이가 지평선 너머에서 피어오르듯 그 투명하고 기이한 기운은 서서히 퍼져 올라 서로 뒤엉키더니 더 높은 하늘로 천천히 사라졌다.

"나중에 안 건데요, 그건 피어오른 게 아니라, 하늘에서 나타나 사람들 머릿속으로 스며들고 있던 거예요. 그날 밤 누워서 그 이상한 장면을 몇 번이나 다시 생각한 끝에 깨닫게 된 거죠."

그러다 경오는 걸음을 멈추더니 길 오른쪽 어딘가를 가리켰다.

"저기가 어딘지 아세요?"

최는 아이가 가리키는 쪽을 보았다. 그러나 짙게 깔린 어둠 탓에 그저 산의 검은 그림자와 지평선만이 아득했다.

"저 길 끝에 집이 하나 있는데 거기 살던 할아버지가 엊그제 돌아가셨어요. 어른들은 다 쉬쉬하지만 난 다 알고 있다고요. 그 할아버지가 어떻게 죽었는지. 그리고 죽기 전에 어떤 얘길 했는지도요. 할아버지는 우리 집에 와서 할머니한테 이상한 부탁을 했어요. 내가 방 안에서 숙제하다가 다 들었다니까요."

최는 김영주의 이야기를 떠올렸다. 그게 다 사실이었던가. 그러나 죽은 노인의 부탁이 뭐였는지 물으려는 순간 앞쪽에서 누군가가 나타났다. 어둠 속에 등을 잔뜩 구부린 노파가 서 있었다. 아이는 최의 뒤로 몸을 숨기며 떨리는 목소리로 속삭였다.

"우리 할머니예요. 내가 지금까지 한 말은 절대, 절대 비밀이에요."

최는 얼떨결에 고개를 끄덕였다. 노파는 아이를 보자마자 다짜고짜 욕부터 퍼부었다.

"빌어먹을 녀석, 왜 이제야 오는 거냐? 하는 짓이라곤 꼭 제 어미를 닮아서……."

그러다 최를 보더니 의심 어린 눈초리로 묻는 것이었다.

"댁은 뉘쇼?"

최는 고개를 숙이며 인사했다.

"마을에 일이 있어서 들렀다가 그만 아이 자전거와 부딪쳤습니다. 미안한 마음에 집까지 데려다주려고 같이 걸어오는 중이었어요. 저는 이만 돌아가겠습니다. 죄송합니다."

최는 그때까지도 뒤에서 쭈뼛대는 경오를 조심스레 앞으로 밀었다.

"어서 가 봐야지. 할머니가 많이 걱정하셨나 보다."

미안해하며 사연을 설명하는 최에게 노파는 아무런 대답도 하지 않았다. 다만 손자의 손을 홱 잡아당기더니, 대문 안으로 들어가 문을 잠가버렸다. 최는 잠시 서 있다가 천천히 발을 돌려 마을 입구로 걸어 나왔다.

차 문에 열쇠를 꽂는데 누군가가 어깨를 툭 쳤다.

"이런 데서 만나 뵙는군요."

뒤를 돌아본 최는 당황했다. 분명 어디서 본 사람인데. 누구지? 그때 어딘지 모르게 펭귄과 닮은 분위기를 풍기는 남자가 껄껄 웃으며 말했다.

"아까 병원 영안실 앞에서 뵈었던 분, 맞지요? 내가 원래 눈썰미가 좀 있습니다. 누구든 한번 보면 영 잊지를 않으니까요. 참, 소개가 늦었습니다. 마을 이장 오구식이라고 합니다. 오전에는 동네 어르신께서 비극적인 선택을 하신 바람에 장례 절차를 논의하러 병원에 갔던 길이지요. 그분이 친척이라곤 단 한 사람도 없거든요. 그러니 어떡합니까? 이장인 내가 다 도맡아서 일 처리를 하는 수밖에요. 그러고보니 아까 선생님께서 계단에 이걸 떨어뜨리셨더군요. 너무 급히 뛰어가시는 바람에 전해 드리지도 못하고 그냥 갖고 있었는데……. 여기서 또 만난 걸 보면 이것도 다 인연인가 봅니다."

이장이 내민 건 그의 명함이었다.

"제가 이걸 떨어뜨렸다고요?"

최는 자기도 모르게 중얼거렸다. 분명 그의 것이 맞긴 했다. 하지만 이상하지 않은가. 본래 그는 명함을 잘 가지고 다니지 않았다. 보통은 차 안에 있는 명함 지갑에 넣어 두고 일이 있을 때만 한두 장씩 꺼내서 갖고 나가는 편이었다. 명함을 도로 받으려고 손을 내미는데 이장이 씩 웃었다.

"이건 그냥 내가 갖고 있겠습니다. 이러면서 서로 안면도

트고 그러는 거 아니겠습니까. 이참에 저도 기자님 한 분 알
게 되어 좋고 말입니다."

펭귄 같은 남자는 다시 한번 손을 내밀었다.

"정식으로 악수를 청하는 겁니다."

그러고는 최의 손을 잡더니 있는 힘껏 세게 흔드는 것이었
다. 최가 얼굴을 찡그리며 손을 빼려는 순간, 이장이 그를 힐
끗 올려다봤다. 문득 그 눈빛이 푸르스름해 보여 최는 당황했
다. 하지만 다시 바라본 이장의 얼굴은 그저 평범한 시골 농
부의 그것일 뿐이었다.

역시 피곤한 탓이라니까. 최는 속으로 중얼대며 시동을 걸
었다. 오구식은 쉽사리 그 자리를 떠나지 않았다. 괜찮다는데
도 굳이 차 빼는 걸 봐 준다며 부산을 떨고는, 최가 완전히
마을을 벗어날 때까지 서서 바라보는 것이었다.

작성자: 김영주, 2월 21일.

"한적한 시골 마을은 어떻게 화성이 되었나"(上)

멀리 눈 덮인 산 위로 회색 구름이 천천히 가라앉는다. 밤새 내리던 눈은 어느덧 비로 바뀌었고, 거리는 녹은 눈과 진흙이 뒤섞여 질척질척하다. 눈과 흙먼지를 뒤집어쓴 자동차들이 8차선 대로를 빠르게 지나간다. 어느 모로 보나 이런 작은 마을에는 어울리지 않는 도로이다. 길이 넓고 곧다 보니 간혹 고속도로로 착각하는 외지인들이 있다는 게 큰 문제였다. 도로를 지나는 차는 미친 듯이 가속페달을 밟는다. 바로 어젯밤만 해도 마을 앞 교차로에서 60대 기사가 몰던 버스와 20대 대학생이 끌고 나온 승용차가 정면으로 부딪쳤다. 면허 취소 수준의 음주 상태였던 대학생은 그 자리에서 즉사했고, 버스 기사 역시 중상을 면하지 못했다. 마을 규모에만 맞았더라도 (예를 들자면, 오래전 시골 마을의 신작로 같은, 그런 정겨운 길 말이다.) 결코 일어나지 않았을 사고였다. 그런 길로는 모든 자동차가 천천히 달릴 수밖에 없을 테니까.

소도시의 외곽을 가로지르는 이 기이한 8차선 도로는 지방 자치제가 빚어 낸 폐해다. 지자체들은 저마다 더 큰 도로와 건물, 랜드마크를 세우는 데 열중했고 도시와 마을은 점점 더 기형적인 모습을 띠어 갔다.

"장마철이 지난 뒤 숲길을 걸어 보십시오. 거기 얼마나 많은 독버섯 무리가 돋아나 있는지. 그런 다음 돌아와 당신이 사는 공간을 둘러보십시오. 어떻습니까? 그 둘은 이상하게 닮아 보이지 않습니까?"(출처: 『독버섯의 시대』, 즈웨데 틸루 저)

한 인류학자는 20세기 이후 지구 곳곳에 생겨난 도시에 대해 위와 같이 묘사하기도 했지만, 중요한 건 그 장소에 사는 사람들이 별다른 거부감 없이 공간을 받아들인다는 사실 아닐까. 받아들이기만 한 게 아니라 그들은 기괴한 거주지를 사랑하기까지 한다. 그 사랑에는 뭔가 특이한 것이 있어서, 애정과 증오가 교차하고, 혐오가 광신에 가까운 집착과 공존하지만 말이다.

다시 이 마을에 대한 이야기로 돌아가자면, 터무니없는 규모의 도로 때문에 학교에 가는 초등생들은 아침마다 공포에 떨어야 한다. 그들은 신호등조차 없는 건널목에 서서 멀리서 굉음을 울리며 달려오는 덤프트럭을 바라본다. 모래와 흙, 자갈을 잔뜩 실은 데다 온통 검은색으로 코팅되어 있어서 마치 고스트라이더가 모는 것처럼 무시무시해 보이는 그 트럭들은,

무슨 일이 있어도 멈추지 않을 것처럼 광적으로 길 위를 질주한다. 그나마 다행인 것은 트럭들이 마을 입구에서는 속도를 낮춘다는 사실이다. 물론 안심하지는 말아야 한다. 운전사들이 건널목 앞에서 무방비 상태로 떨고 있는 어린이들을 보고 그런 아량을 베푸는 것은 결코 아니므로. 그들은 단지 마을 앞에서 오른쪽으로 펼쳐지는 드넓은 공사장으로 진입하기 위해 속도를 낮추는 것뿐이다.

기록에 의하면 오래전 탄광업이 활황일 때는 마을에 활기가 넘쳤다. 광산이 모두 문을 닫은 뒤 극동리에는 몰락이 찾아왔다. 깊고 어두운 황혼이 마을을 뒤덮은 것이다.

마을이 다시 활기를 찾은 것은 아이러니하게도 그나마 남아 있던 푸른 숲과 계곡이 사라지면서부터였다. W시에서 정책적으로 지원하는 바이오산업단지 조성을 위해 나무를 베어 내고 산을 깎아 냈는데, 그 덕분에 이 죽은 듯한 마을에 다시 사람들이 드나들기 시작했다. 한때 숲과 산이 있던 곳은 이제 화성을 방불케 하는 넓고 황량한 벌판이 되었다. 사막처럼 붉은 대지에서는 하루에도 몇 번씩 먼지 바람이 일고, 때로 한곳으로 모여들어 토네이도처럼 하늘로 뻗어 오른다. 그때마다 인부들은 머리를 숙이고 이리저리 뛰어다니는데, 아무리 방진 마스크와 고글로 단단히 무장했어도 저녁이면 그들 몸의 구멍이란 구멍에는 온통 누런 흙먼지가 잔뜩 껴 있게 된다.

한편, 중국 자본의 투자를 받는 신생 영화사 K프로덕션은, 대작 SF영화인 「배틀 온 마스」 촬영을 위해 화성의 풍경을 그대로 재현할 만한 장소를 찾고 있었다. 로케이션 팀은 하루가 멀다 하고 탐사를 나섰지만 국내에서는 적합한 촬영지를 찾기 힘들다는 쪽으로 의견이 모였다. 보고를 받은 대표는 우울한 목소리로 대답했다.

"어쩔 수 없군요. 예산을 더 쓰더라도 제대로 찍는 게 중요한 것 아닙니까? 「마션」을 촬영했던 요르단의 와디럼 사막을 한번 알아봅시다."

그때 어디선가 구원처럼 전화가 걸려왔다. 화성을 배경으로 한 영화의 촬영지를 찾지 못해 고군분투하던 영화사에 먼저 연락을 취해 온 사람은, 바로 바이오제네시스사 회장 노이균 씨였다. 그는 영화사 담당자에게 직접 접촉을 시도해 이렇게 전했다.

"화성과 똑같이 생긴 땅을 찾는 중입니까? 여기, 바로 그런 장소가 있습니다."

처음에 그들은 노이균의 제안에 별다른 흥미를 보이지 않았다. 화성은 붉은 모래사막의 땅. 국내에 그런 땅이 있을 리 없지 않은가. 그러나 노이균은 특유의 승부사 기질로 제안을 밀어붙였다.

"일단 와서 보십시오. 이곳은 현재 바이오산업단지 조성을 위해 평지화 작업을 마쳤습니다. 사방 어디를 둘러봐도 나무 한 그루 보이지 않고 매일 누런 모래바람이 황량하게 불고 있습니다. 그야말로 「배틀 온 마스」를 위한 최적의 촬영 장소이지요 만약 여기서 영화를 찍는다면, 그쪽은 제작비를 절반 이하로 줄일 수 있어서 좋고, 우린 두고두고 홍보할 뭔가(세트장을 활용한 화성 탐사 테마파크 같은 것 말입니다.)가 생기니 좋은 것 아니겠습니까? 마침 시에서도 모든 편의를 다 제공하겠다고 약속했으니 이 기회에 서로 윈윈 해 봅시다. 어때요?"

결국 담당자들이 극동리로 답사를 왔다. 노이균 회장은 부시장, 면사무소장까지 초청해서 그들을 맞이했다. 영화사 사람들이 탄 차가 마을 입구 대로로 들어설 때 한 줄로 늘어선 주민들은 모두 박수를 치며 그들을 맞이했다. 그들을 반기는 거대한 현수막이 하늘에 나부꼈다.

「배틀 온 마스」 영화 촬영장 부지 선정 작업은 의외로 싱겁게 끝났다. 공사장을 답사하러 왔던 영화사 관계자들이 이구동성으로 "바로 여기가 화성이다!"라고 외쳤던 덕분이다. 그들은 쓸쓸하게 펼쳐진 주황색 땅과 먼지로 뒤덮인 회색 하늘을 보며 탄성을 질렀다. 그리고 국내에서 이보다 더 화성에 가까운 장소를 찾을 수 없다는 데 모두가 동의했다.

계약은 일사천리로 진행됐고 마을은 축제 분위기로 들떴다. '경축! 극동리 일대 대작 SF영화 촬영지 선정!' 따위의 문구가 인쇄된 현수막들이 여기저기서 펄럭였고 사람들은 곧 들어설 화려한 테마파크의 꿈으로 빠져들었다. 모형 우주선과 로켓들. 블랙홀과 은하계로 뒤덮인 인공 밤하늘. 갖가지 기괴한 모습의 외계인들. 거기에 유에프오까지. 금방이라도 수천, 수만의 관광객들이 몰려올 듯했고 몰락해 가던 마을은 인파로 들끓게 될 것 같았다.

주민들은 마치 화성인이 된 것처럼 행동했다. 그들은 화성을 꿈꿨고 화성을 상상했으며 극관, 대운하, 먼지폭풍 같은 단어들에 대해 공부했다. 마을 초입 식당 간판에는 별, 달, 태양계의 그림이 들어갔고, 타오르는 듯한 주황빛의 화성 사진을 곁들이지 않은 가게는 눈길조차 끌지 못했다.

그래서일까? 영화 세트장이 조성된 공터 쪽으로 빠지는 교차로 한구석에 비스듬히 걸려 있는 검은색 현수막과 빛바랜 피켓을 눈여겨본 이가 단 한 사람도 없었던 것은. 한껏 들뜬 마을 분위기에 어울리지 않는 검고 음울한 플래카드에는 다음과 같은 구호가 흰색 페인트로 삐뚤삐뚤 적혀 있었다.

"화성은 물러가라. 여기는 지구다."

두 그루의 나무를 사이에 두고 걸려 있는 검은 현수막 아래에는 한 노인이 뭔가가 잔뜩 적힌 피켓을 들고 우두커니 서 있었다. 2절 크기의 전지에 매직으로 직접 쓴 그 사연의 내용은 다음과 같다.

①바이오산업단지가 들어오면서 자연이 복구 불가능할 만큼 훼손됐다. ②이 땅을 진짜 화성처럼 꾸미기 위한 음모가 진행 중이다. ③바이오산업단지와 영화 세트장 허가를 내주는 대가로, 시는 노이균 회장과 밀약을 맺었다. 그들은 전국의 산업 폐기물을 마을로 들여와 '신재생에너지 발전소'라는 거창한 이름으로 포장된 폐기물 처리장에서 불태울 것이다. ④쓰레기가 타며 배출될 무시무시한 오염 물질 때문에 마을 주민들은 희귀 암을 비롯한 각종 질병에 시달리다 죽어 갈 것이다. ⑤바이오산업단지 내 뇌과학연구소에서 주민을 대상으로 몰래 진행하는 실험을 중단하라.

언젠가부터 노인은 비가 오나 눈이 오나 하루도 빠지지 않고 그곳에 나와 지나가는 사람들에게 서명을 받았다. 그러나 화성의 꿈에 취한 주민들에게 가뜩이나 왜소한 노인은 눈에 띄지 않았던 게 틀림없다. 나중에 그가 광장에서 기괴한 죽음을 택했을 때 끝까지 움켜쥐고 있던 종이에는 단지 세 사람의 이름과 전화번호만이 적혀 있었다. 119 구급대원이 노인의 손에서 종이를 빼냈을 때 쪽지에 쓰인 이름들은 이미 땀과 체액, 피에 젖어 번질 대로 번져 있었다. 구급대원은 그 구겨진 종이를 잘 펴서 비닐봉투에 넣은 뒤 밀봉했고 그 위에 네임펜으로 일련번호를 적어 경찰에 제출했다.

노인의 죽음과 관련해서 노이균 회장은 짤막한 애도와 함께 논평을 전해 왔다.

"그분이 주장하는 폐기물 처리장과 오염 물질 이야기는 말그대로 억지였습니다. 잘못된 정보를 듣고 거기에 빠져들고 말았던 거지요. 저는 회사 직원과 함께 이만호 어르신을 몇 번이고 찾아뵙고 사실에 대해 설명드렸습니다. 애석하게도 그분은 눈과 귀를 닫은 채 본인의 주장만을 끝없이 되풀이하셨지요. 물론 저는 어르신이 마을 주민의 건강과 안전을 위한 충심으로 그런 행동을 하셨으리라 믿고 있습니다. 세간의 소문처럼 보상에 불만이 있어서 그런 극단적인 선택을 하셨을 거라곤, 결코 생각해 본 적도 없지요. 비록 저희에게 이만호 노인의 죽음에 대한 책임이 있진 않지만 도의적 차원에서 회사는 최대의 지원을 아끼지 않을 생각입니다. 그리고 다시 한번 말씀드리지만, 마을에 들어오는 것은 폐기물 처리장이 아니라 신재생에너지 발전소입니다. 여러분도 알다시피, 친환경 재생에너지 산업은 현재 우리에게 가장 필요한 것 중 하나니까요. 그동안은 아무 생각 없이 버려졌던 폐기물들이 신재생에너지 발전소에서는 중요한 자원으로 재탄생할 것입니다. 오염 물질을 거르는 장치 또한 최첨단이기에 발전소는 그 어떤 공해도 유발하지 않을 것을 약속드립니다."

2월 21일 일요일 낮

[단독] "초대형 SF 화제작 「배틀 온 마스」 시놉시스 본지 단독 입수!"(《시네마투데이》, 2월 20일.)

서기 2050년, 대한민국은 드디어 세계에서 세 번째로 화성에 기지를 건설하게 된다. 미국과 중국에 이은 쾌거였다. 질투심에 사로잡힌 일본은 대한민국을 따라잡기 위해 화성으로 닌자를 보낸다. 그즈음 화성의 UN 기지에서 의문의 살인 사건들이 발생한다. 시체들은 하나같이 미간에 구멍이 뚫려 있었고, 피는 한 방울도 흐르지 않았다.

난국에 부딪힌 살인 사건을 해결하기 위해 대한민국의 과학수사 요원인 최가 화성으로 가는 특별기에 탑승한다. 화성에 도착한 최는 기지 전체에 흐르는 기괴한 분위기를 감지하고 의문에 빠져든다. 시체들을 면밀히 살펴본 그는 이 사건이 인간이 아닌 괴생물체에 의한 것일 수도 있음을 직감한다. 그는 화성에 초고대 문명이 존재했었으며 그곳에서 건너온 자들이 지구 생명체의 기원이 되었다는 오래된 전설을 떠올린다. 그런 주장을 하는 이들은 여전히 화성 어딘가에 문명의 잔해가 남아 있다고 믿는다.

한편 비밀리에 숨어든 일본의 닌자들은 원래 기착하려던 곳이 아닌, 화성의 반대편에 불시착한다. 길을 잃고 모래 폭풍에 시달리던 그들은 생사의 기로를 헤매던 와중에 지하로 뚫린 의문의 터널 입구를 발견한다. 곧 닌자들은 그것이 오래전 이 행성에 번영했던 문명이 남긴 통로임을 알게 된다. 터널 입구와 내부를 조사하던 중 그들은 벽에 끼어 있는 종이 한 장을 발견한다. 지하 터널이 상세하게 그려진 지도였다. 터널을 통해 대한민국의 기지로 잠입할 수 있으리라는 생각에 기뻐 날뛰는 닌자들. 그때 그들 뒤에서 검고 거대한 무언가가 나타나고, 닌자들은 비명 한번 못 지른 채 모조리 살해당한다. 이후 화성 구석구석을 탐사하던 UN대원들은 미간에 구멍이 뚫린 채 죽어 있는 닌자들의 비참한 시체를 발견한다. 대한민국의 기지로 점점 다가오는 죽음의 그림자. 과연 최와 대원들은 이 위기를 어떻게 헤쳐 나갈 것인가.

시놉시스를 내려놓으며 노이균은 빙긋이 미소지었다. 그야말로 시대적 상황에 꼭 어울리는 내용 아닌가.

"그래, 몰살이잖아. 몰살."

그는 오른손에 들고 있던 빨간펜으로 여러 번 밑줄을 그었다. 일본 닌자들의 몰살. 그것도 황량하기 그지없는 화성에서 어떤 거대한 힘에 의해.

"그런데도 우리는 무사히 살아남아 화성을 위기에서 구한다, 이 말이지."

생각할수록 마음에 들었다. 거창한 배경만큼이나 특수 효과도 많이 사용될 거라 하니 제대로만 찍으면 최고의 블록버스터가 될 게 확실했다.

먼 하늘을 바라보는 그의 시야에 인파로 북적이는 화성 탐사 테마파크의 전경이 파노라마처럼 펼쳐졌다. 그리고 곧 이어질 각종 일간지의 기사 제목들. 지역 경제 부활. 성장. 발전. 인구 증가. 그런 타이틀 사이 어딘가에서는 그 자신도 자신만만한 얼굴로 활짝 웃고 있으리라.

노이균은 다시 한번 슬그머니 미소지었다. 극동리의 밝고 환한 미래. 그와 함께 영원히 남아서 빛나게 될 자신의 이름까지. 이 모든 것들이 손에 잡힐 듯 생생하게 다가오고 있었다.

행복한 몽상에 빠져 있던 노이균의 눈이 서서히 감긴다. 잠든 것도 아닌데 렘수면에 빠진 듯 눈동자가 이리저리 빠르게 움직인다. 주먹은 어찌나 꽉 쥐고 있는지 손등에 푸른 정맥이 울룩불룩 솟아오른다.

—여기가 어디지?

그가 코를 킁킁댄다. 젖은 흙냄새. 먼지 냄새. 석탄 냄새.

—그래, 터널이군. 터널이야.

문득 화성 탐사 테마파크에도 터널이 필요하다는 생각이 떠오른다. 오래전 번성했던 초고대 문명이 건설한 터널. 얼마나 멋지겠는가.

—테마파크 지하에 거대한 터널을 뚫자. 그리고 롤러코스터를 달리게 하는 거야.

그의 눈꺼풀이 떨리기 시작한다. 깊고 어두운 굴. 그 내부의 끝을 알 수 없는 어둠. 아버지는 어린 그의 손을 잡고 그 깊고 깊은 터널 속을 내려가고 또 내려갔다. 발밑에 아무것도 없는 듯 오직 낙하만이 계속될 때, 그가 무서워 울면 아버지는 소리치곤 했지.

—정신 차려. 이게 너의 왕국이니까. 아니지. 이건 너의 왕국이 아니라 나의 왕국이야. 이제 곧 너는 나고 나는 네가 될 것이며 우린 그렇게 영원히 함께하게 될 테니까.

아버지의 손을 잡고 얼마나 내려갔을까. 덜컹, 하는 소리와 함께 눈을 뜨자 사방이 온통 흰색이었다. 눈이 부셔서, 그는 아버지의 팔에 매달린 채 비틀거렸다.

— 얘야, 겁내지 말고 눈을 뜨렴.

어디선가 자상한 목소리가 들려왔다. 눈 앞에 하얀 가운을 입은 남자가 서 있다. 그는 복잡한 표정으로 어린 노이균을 바라보고 있다.

— 가엾은 녀석. 미안하구나.

남자는 분명 그렇게 말했었지. 그들은 남자의 안내에 따라 하얀 방 가장 안쪽에 달린 문으로 들어섰다. 그런데 그다음은? 그다음에는 어떻게 됐지? 어린 시절을 생각하면 언제나 그의 기억은 아버지의 광산 지하 깊은 곳 어딘가에서 멎어 버렸다. 그 이후의 모든 것은 새하얀 백지. 혹은 완전히 시커먼 어둠.

노이균이 별안간 비명을 지르며 머리를 감싸 쥔 채 바닥에 쓰러진다.

"이제 좀 괜찮으십니까?"

눈을 뜨자 박중혁이 손수건으로 이마의 땀을 닦아 주고 있었다.

"저리 치워!"

그는 비서의 손을 밀쳐 내며 자리에서 일어났다. 하지만 곧 현기증이 밀려와 어쩔 수 없이 소파에 도로 눕고 말았다.

"아무래도 주사를 맞는 게 좋을 것 같습니다. 이따 시장님 자제분 결혼식에 참석하셔야 하는데 만에 하나 증세가 나타나기라도 한다면……."

박중혁은 캐비닛을 열고 주사기와 앰플을 꺼냈다. 노이균은 아무 말도 없이 셔츠 소매를 걷어 올렸다. 굳이 맞지 않겠다고 고집을 피워 봤자 아무 의미 없다는 걸 잘 알고 있었다.

비서는 능숙하게 노이균의 팔을 알콜 솜으로 문지른 뒤 주사기 바늘을 찔러 넣었다. 따끔했지만 곧 기분 좋은 느낌이 온몸으로 퍼져 나갔다. 멍하니 미소 짓고 있는 노이균을 보며 비서는 소파 위 자리를 정돈하기 시작했다.

"두어 시간 누워서 쉬십시오. 이따 저녁에 시청으로 출발할 겁니다. 그때 모시러 들어오겠습니다."

노이균은 얌전히 소파에 누웠다. 눈꺼풀이 무거워지며 서서히 잠이 왔다.

꿈속에서 그는 또다시 그 방에 서 있었다. 넓고 환한 방. 이상한 기구들. 문득 아버지의 머리 위에서 하얀 연기 같은 게 피어오르는 것이 보인다.

—그게 뭐죠?

어린 노이균이 손가락으로 아버지의 머리를 가리킨다.

—연기가 피어오르는 게 아니라, 아버지 머릿속으로 스며들어가고 있어요.

그러나 아버지는 대답이 없다. 문득 아버지가 죽은 걸지도 모른다는 생각이 든다. 미동도 없고 눈 하나 깜짝하지 않으니까. 사방을 두리번대던 노이균이 갑자기 소리를 지르기 시작한다. 벽면의 거대한 거울에 비친 자기 머리 위에서도 아지랑이 같은 하얀 연기가 솟아오르고 있기 때문이다.

— 가엾은 녀석.

하얀 가운의 남자가 또 다시 중얼거린다.

— 미안하구나, 정말 미안해.

노이균의 감은 눈에서 눈물이 흘러내렸다. 끙, 소리를 내며 돌아눕는 그를 가만히 지켜보던 비서가 주머니에서 손수건을 꺼내 조심스럽게 눈가를 닦아 주었다. 비서는 한동안 소파 옆에 서 있었다. 얼마나 시간이 흘렀을까. 깊이 잠든 걸 확인이라도 하려는 듯 그가 노이균의 몸을 흔들었다. 미동도 없이 코를 고는 노이균. 박중혁은 그제야 살그머니 문을 닫고 밖으로 나왔다.

잠시 후 비서실 앞을 지나가던 미화원 황 씨는 안에서 들리는 소리에 발걸음을 멈췄다. 짐승이 포효하는 듯한 끔찍한 소리였다.

"똑바로 해, 멍청한 새끼야. 셋이나 되잖아. 당장 끝내지 못하면, 알지? 너 하나 없애 버리는 건 일도 아니야."

황은 대걸레를 손에 든 채 문 쪽으로 좀 더 가까이 다가갔다.

그가 알고 있는 비서는 온화하기 그지없는 사람이었다. 어쩌다 복도에서 마주치면 언제나 웃는 얼굴로 먼저 인사를 건네지 않았던가. 명절마다 과일과 양말, 비누와 샴푸 세트 같은 선물을 꼼꼼히 챙겨 주는 이도 박중혁이었다. 그런 사람이 누군가에게 이렇게 무시무시한 말을 퍼붓고 있을 리 없다. 그렇다면 안에 무슨 일이……?

문득 무서운 생각이 들어 황은 뒷걸음질을 쳤다. 그러다 그만 들고 있던 대걸레에 발이 걸려 넘어지고 말았다. 발목을 삐었는지 아파서 움직일 수가 없었다. 겨우 바닥을 짚고 일어서려는 그를, 누군가가 위에서 눌렀다. 엄청난 힘이었다.

"누…… 누구쇼? 왜 그러는 거요?"

그는 자기를 누르는 게 누군지 올려다보려고 안간힘을 썼지만 이미 몸은 뻣뻣하게 굳은 채였다. 덜덜 떠는 그의 귓가에 박중혁의 목소리가 들려왔다.

"문밖에서 몰래 엿듣는 건 예의 없는 행동 아닙니까?"

"자네였군. 깜짝 놀랐네, 그려. 근데 장난이 좀 심한 거 아닌가. 일단 이거 놓고 얘기하자고, 응?"

남은 기운을 겨우 쥐어짜서 대답하자 박중혁이 어둠 속에서 킬킬 웃었다.

"장난이라고요? 그래요, 편하게 생각하세요. 그런데 한 가지만 기억해 두세요. 여기서 뭘 들었든, 입 닥치고 계시라는 거. 안 그러면 아저씨도 이렇게 되는 수가 있으니까요."

그는 옆에 떨어져 있던 대걸레를 무릎에 대고는 가볍게 뚝 부러뜨렸다. 황은 덜덜 떨며 고개를 끄덕였다.

"알았어. 뭘 들은 것도 없지만, 입 다물고 있을게."

그러자 박중혁이 갑자기 손을 내밀었다. 그는 바닥에 황을 일으켜 세워 주더니, 두 동강 난 대걸레를 집어 들고는 근심스러운 표정을 지었다.

"아저씨, 어디 다친 데는 없으세요? 왜 바닥에 넘어져 계신 거예요?"

황은 어리둥절한 얼굴로 대걸레를 받아들었다.

"괜찮아. 걸레야 비품실에 또 있으니까."

황급히 자리를 뜨려는 그를 박중혁이 다시 붙들었다.

"잠깐만요. 옷도 엉망이 되었네요."

비서는 따뜻하게 웃으며 그의 옷을 털어 주었다.

"일요일에도 나와서 고생이 많으십니다."

황은 잠깐 멍하니 서 있다가 퍼뜩 정신을 차린 듯 옆에 놓여 있던 양동이를 집어 들었다. 그러고는 뒤도 돌아보지 않고 계단을 향해 달려갔다.

2월 21일 일요일 오전

　곽과 구는 서로를 밀치며 조금씩 뒤로 물러섰다. 남자는 비도 오지 않는데 검은색 우비를 입고 있었다. 후드를 얼마나 깊게 눌러썼는지 얼굴은 보이지도 않았다. 왼손에 든 건 낫처럼 보였고 검은 장화 탓인지 전체적으로 음산한 분위기를 풍겼다. 만약 저놈이 갑자기 미쳐서 낫을 휘두른다면? 그런 생각 때문일까 그가 들고 있는 낫 끝에서 끈적끈적한 액체가 떨어지고 있는 듯 보였다. 그렇다면 저건…… 피?

　구가 먼저 슬그머니 돌아섰다. 곽이 얼른 그 뒤를 따랐다. 이제 앞뒤 가릴 때가 아닌 것이다. 둘은 마른 넝쿨에 의지하며 비탈길 아래로 기어 내려갔다. 골짜기 사이로 도망치면 놈이 쫓아오지 못할 거라는 계산에서였다. 그때 앞서 내려가던 구가 떨리는 목소리로 외쳤다.

"발을 디딜 곳이 없어요!"

곽은 넝쿨을 움켜쥔 손에 힘을 줬다. 이마에서는 식은땀이 흘러내렸다.

"뭔 소리야? 지금 다시 올라가면 끝장이라고."

그 순간 검은 후드에 가려졌던 남자의 얼굴이 눈앞에 나타나는 바람에 곽은 매달려 있던 넝쿨을 놓치고 아래로 떨어질 뻔했다. 다행히 남자가 잽싸게 손을 내밀어 그를 잡았다.

남자는 있는 힘을 다해 곽을 끌어올렸다. 그러고는 그 아래의 구에게도 손을 내밀었다. 남자의 도움으로 다시 위로 올라온 곽과 구는 흙길 위에 털썩 주저앉았다.

남자는 힘에 부쳤는지 잠시 돌아서서 숨을 가다듬었다. 그는 옆구리에 차고 있던 주머니에서 물통을 꺼내 벌컥벌컥 물을 마신 뒤 곽과 구에게도 건넸다. 둘은 말없이 물통을 받아 서로 번갈아 가며 물을 마셨다.

"혹시 두 분이 마을 자율방범대에 신고 전화를 걸었나요?"

옷소매로 입을 닦던 남자가 생각났다는 듯 물었다.

곽과 구는 무슨 영문인지 모르겠다는 얼굴로 고개를 저었다. 물론 그들이 112로 전화를 걸려고 시도했던 것은 맞다. 그러나 휴대폰은 불통이었고 그래서 직접 경찰에 알리려고 산길을 내려오다 이 모양 이 꼴이 되지 않았는가.

곽이 우물쭈물하자, 남자는 주위를 둘러보았다.

"분명히 이 부근이라고 들었는데 어떻게 된 일이지?"

그가 낫을 휘두를 것 같지는 않아 보인다고 판단했는지, 구가 웅얼대며 입을 열었다,

"그게 그러니까, 우리가 신고를 한 건 아니고요, 정확히는 신고를 하려고 했는데…… 왜냐하면 저기 위 비탈 아래에서 손이 파묻혀 있는 걸 봐서요, 그런데 전화가 불통이라……."

하지만 구는 횡설수설하다 곧 입을 다물었다. 남자의 정체를 아직 모른다는 생각이 머리를 스쳤기 때문이다.

그 틈을 타 곽이 한 발 앞으로 나서며 미심쩍은 얼굴로 물었다.

"한데, 좀 아까 마을 자율방범대라고 하지 않으셨소?"

그 말에 남자가 들고 있던 뭔가를 내려놓으며 손을 내밀었다. (다시 보니 그가 손에 쥐고 있던 건 낫이 아니었다. 그저 평범한 등산용 지팡이일 뿐이었다.)

"이런, 제 소개가 늦었습니다. 전 이곳 극동리 자율방범대 대장인 오구식이라고 합니다. 이장 일까지 같이 보고 있으니 쉽게 말해서 동네 돌아가는 사정은 다 이 손안에 있다고나 할까요, 하하."

오구식은 머리까지 뒤집어쓰고 있던 우비를 벗었는데, 검은색 후드에 가려져 있던 얼굴이 드러난 순간, 곽과 구는 허

탈한 표정으로 서로를 마주 보았다. 극동리 자율방범대 대장
이자 이장이라는 사람의 외모가, 순박하기 그지없는 시골 농
부 그 자체의 모습을 하고 있었기 때문이다. 뚱뚱하고 작달막
한 게 어딘지 모르게 귀여운 남극 펭귄을 연상시킨다고나 할
까. 이렇게 사람 좋은 함박웃음을 짓는 농부를 살인마로 오해
했다니. 한층 부드러워진 목소리로 구가 말했다.

"저희가 마침 경찰서를 찾아가던 중이었거든요. 그러다가
길을 잃었는데, 여기서 대장님을 만나 얼마나 다행인지 모르
겠습니다."

"무슨 일로 경찰을 만나려고 하시는 건가요? 혹시 산에서
뭔가 이상한 걸 발견하기라도 했나요? 예를 들자면, 시체라든
가, 뭐 그런 것 말입니다."

오구식은 곽과 구가 흠칫 놀라는 걸 보더니 얼른 머리를
긁적였다. 앞섶을 풀어 헤친 우비 사이로 자율방범대 마크가
새겨진 남색 점퍼가 보였다.

"놀라셨다면 정말 미안합니다. 사실 아까 처음 뵈었을 때부
터 말씀드렸지만, 저는 방범대로 걸려 온 전화를 받고 출동한
겁니다. 아니, 정확히는 방범대 초소로 직접 온 전화는 아닙
니다. 오해가 있을까 싶어 설명드리자면, 일단 누군가가 112로
전화를 걸면 가까운 치안센터로 연락이 가고, 원래는 경찰이
출동해야 하지요. 하지만 휴일엔 센터에 당직 순경이 한 사람

도 없거든요. 요샌 경찰도 인력 감축의 시대라, 웬만한 시골은 어디나 이 모양이에요. 그래서 오늘 같은 날엔 어쩔 수 없이 자율방범대 대원이 현장으로 출동하는 겁니다. 가서 확인한 다음 정말로 무슨 문제가 있으면, 지구대로 연락을 해서 정식 출동을 하게 하는, 그런 수순을 밟고 있지요."

자율방범대 대장은 잠시 말을 멈추고는 물병을 꺼내 물을 마셨다. 옷소매로 입을 쓱 닦은 뒤 그는 다시 이야기를 이어 갔다.

"그런데 오늘 새벽 지구대에서 온 연락에 의하면, 이 산 어딘가에서 누군가가 시체 비슷한 걸 목격했다지 뭡니까. 솔직히 전화를 받고 처음엔 좀 난감했습니다. 제가 방범대장이기는 해도 일요일엔 그냥 쉬고 싶은 게 인지상정이니까요. 게다가 그런 신고 전화를 받고 가 보면, 그게 또 사람 시체인 경우는 지금까지 한 번도 없었거든요. 다 동물들의 짓이죠. 멧돼지 같은 짐승들이 종종 무덤을 파헤쳐 나온 유골을 이리저리 물고 다니니까요. 출동을 부탁하는 전화가 왔을 때, 전 마침 집에 있는 화목 보일러에 쓸 땔감을 정리 중이었습니다. 뭔 새벽부터 일을 하냐고요? 원래 시골에선 하루종일 일이 많은 편입니다. 하여간 그래서 다른 대원에게 좀 가서 봐 달라고 부탁할 요량이었지만, 개똥도 약에 쓰려면 없다고 하잖습니까. 하필이면 오늘따라 다 어디 가고 없어서, 결국 제가 이렇게 직접 산에 올라오게 된 거지 뭡니까."

오구식의 자세한 설명을 듣고서야 곽과 구는 마음을 놓았다. 그러니까 그들보다 조금 앞서 산을 올랐던 누군가가 먼저 그 '손'을 발견했던 게 틀림없었다. 최초 발견자는 신고만 한 뒤 제 갈 길을 가 버렸고, 뒤를 따르던 자신들이 산속을 헤매다 오구식을 만나게 된 것이다. 왠지 아까 그 손 주변에 사람 발자국 같은 게 어지러이 나 있는 걸 본 듯한 기분 마저 들었다.

"우리가 본 게 바로 대장님이 말씀하신 그거 맞는 것 같네요."

곽과 구는 앞다투어 저 위 산등성이 비탈에서 겪은 일을 설명하기 시작했다.

"처음엔 정말 그게 능이버섯인 줄 알았다니까요."

"어두운 데다 눈까지 침침해서, 나까지 그만 착각하고 말았지 뭐요."

이야기를 듣던 오구식이 사람 좋게 웃었다.

"두 분만이 아닙니다. 의외로 많은 사람들이 시체에서 떨어져 나온 손이나 발을 버섯이나 약초로 오해하곤 하지요. 어쨌든 다행입니다. 그걸 쑥 뽑지 않으셨으니 말입니다."

한창 웃고 떠드는 와중 곽은 문득 이상한 느낌이 머릿속을 스치는 걸 느꼈다. 뭔가 놓친 것만 같은 찜찜함. 그러나 워낙 찰나의 일이었기에 그는 곧 다시 오구식과의 대화로 빠져들었다. 오구식은 사람을 즐겁게 해 주고 안심시켜 줄 줄 아는 따뜻한 농부였다. 새벽부터 정신이라곤 없었는데 처음으로 마음이 편안해졌으니 말이다.

한참을 떠들던 오구식이 앉아 있던 나무둥치에서 일어나며 엉덩이를 털었다.

"그럼 두 분, 앞장서시겠습니까?"

순간 곽과 구는 당황했다.

"잠깐, 혹시 이장님, 아니 대장님 말씀은, 우리한테 그 손이 불쑥 튀어나와 있는 장소까지 안내해 달라, 이건가요?"

오구식은 그런 당연한 걸 왜 묻냐는 듯한 얼굴이었다.

"네, 여러분이 길 안내를 좀 해 주셨으면 해서요. 최초 신고자는 지금 어디 있는지도 모르고, 그나마 이렇게 두 분을 만났으니 저야말로 얼마나 다행인지 모릅니다.

"그러면 다른 대원은 더 오지 않는 건가요? 일단 경찰이 와야 하는 거 아닌가 싶은데요?"

구의 질문에 곽도 고개를 끄덕이며 거들었다.

"그러게 말입니다. 우리 같은 일반인이 가 봤자 아무 소용이 없을 것 같은데, 안 그렇소, 대장 양반?"

그 말에 오구식이 쓴웃음을 지었다. 어떻게 보면 비웃는 것 같기도 한 묘한 웃음이었다. 후드를 벗은 그는 그렇게 나이가 많지 않아 보였다. 좀 전까지는 검은 우비 자락이 드리운 그늘 때문에 얼굴이 푹석 늙어 보였으나 다시 보니 생각보다 젊은 듯했고 몸도 단단했다.

오구식이 한숨을 내쉬더니 말했다.

"미안합니다. 갈 길 바쁜 분들을 붙들고 제가 뭔 소릴 했나 모르겠어요. 그나저나 이 짓도 이젠 못 해 먹겠습니다. 그저 순수한 봉사 정신으로, 오직 내 고장의 안전은 내가 지키겠다는 각오로 시작한 일인데, 다들 요구하는 것만 많고, 우릴 정말 경찰이라고 생각하는 건지 툭하면 민원에다 신고에다, 아주 죽을 맞이거든요."

그렇게 푸념을 내뱉다 말고 그가 손을 내저었다.

"오해는 마십시오. 두 분이 그런 귀찮은 민원인이란 뜻은 절대 아니니까요. 다만, 쉬는 날 아침부터 전화를 받고 산을 헤매다 보니, 갑자기 신세 한탄이 나왔지 뭡니까. 어쩔 수 없지요. 저 혼자서라도 이 넓고 넓은 산속을 뒤지는 수밖에요. 그러고 다니다 보면, 언젠간 찾을 수 있겠죠."

긴 한숨을 내쉬는 오구식을 보니 곽은 차마 발길이 떨어지지 않았다. 구도 마찬가지인 것 같았다. 둘은 우물쭈물하다가 누가 먼저랄 것도 없이 동시에 소리치고 말았다.

"대장님, 그냥 우리가 앞장서겠습니다. 저희가 이래 봬도 산에서 뼈가 굵은 산야초 채취인 아닙니까."

결국 세 사람은 앞서거니 뒤서거니 하며 다시 산을 올랐다. 새벽에 오를 때는 힘든 줄도 몰랐던 나지막한 야산이었는데도 다시 오르려니 모든 게 고행처럼 여겨졌다. 힘든 건 오구식도 마찬가지인지 툭하면 숨을 고르며 나뭇가지를 잡은 채 쉬었고, 그럴 때마다 곽과 구도 헐떡이며 그를 기다렸다. 그렇게 가다 보니 시간은 훨씬 오래 걸렸고, 결국 한 시간은 더 지나서야 현장에 도착할 수 있었다. 가장 앞서가던 구가 곽을 돌아보며 외쳤다.

"아저씨, 여기 맞지요?"

곽 역시 걸음을 멈추었다. 그는 나무줄기에 의지한 채 사방을 둘러봤다. 분명 이곳이 맞다. 아까 구가 여기 서서 저 아래를 내려다보며 능이버섯이 있다는 둥 고집을 피웠지. 그는 뒤에서 따라오던 오구식에게 소리쳤다.

"저깁니다, 대장님. 저 아래 낙엽이랑 마른풀이 잔뜩 덮인 곳 보이지요? 여기서 내려다보면, 그 사이로 불쑥 솟아 있는 손도 어렴풋이 보일 겁니다."

오구식이 곽 옆에 와서 아래를 기웃댔다.

"눈이 어두워서 그런가, 잘 모르겠네요. 얼핏 보면 진짜 버섯 같기도 하고. 여기서 잠시만 기다리세요. 내려가서 확인부터 하고 올라올 테니까요."

오구식은 늘어진 칡덩굴을 붙잡고 조심조심 비탈을 내려갔다. 그러나 곧 비명 소리와 함께 미끄러지더니 아래로 굴러떨어지고 말았다. 벼랑 밑 마른풀 더미에서 허우적대는 그를 보며, 곽과 구는 한동안 망설였다.

"어떡해요? 다시 저기까지 내려가야 하는 거예요?"

"어쩔 수 없지. 가 보자고. 혹시 다쳤을지도 모르잖아."

그들은 가파른 비탈을 내려가 엉거주춤 앉아 허리를 주무르고 있는 오구식을 양쪽에서 부축했다. 그렇게 셋이 어깨동무를 한 채 손이 솟아 있는 장소에 이르렀을 때, 곽과 구는 얼른 오구식의 팔을 놓고 최대한 멀리 물러섰다. 푸르딩딩하게 부풀어 오른 그 손을 또 보고 싶은 마음은 전혀 없었다.

오구식은 조심조심 걸어가더니 땅바닥에 주저앉아 마른풀 사이 솟은 손을 자세히 살폈다. 그러더니 우비 안쪽에 메고 있던 가방에서 뭔가를 주섬주섬 꺼냈다.

"저건 또 뭘까요?"

"아무래도 장갑 같은데…… 라텍스 장갑 말이야."

"은근히 또 철저하네요."

구가 속삭이자 곽도 작은 소리로 대답했다.

"휴일엔 치안센터에 경찰이 없다잖아. 그러니 자율방범대라도 나설 수밖에 없겠지. 어떻게 경찰을 줄일 생각을 했을까? 그러다가 강도나 살인범 같은 놈들이 마구 설치면 어떡하려고."

그때 구가 검지를 입에 대며 낮게 속삭였다.

"아저씨, 저기 봐요. 대체 뭘 하는 걸까요?"

오구식이 이쪽으로 등을 돌린 채 잔뜩 웅크리고 있었다. 한참을 기웃댄 끝에 곽이 이상하다는 듯 중얼거렸다.

"땅을 파고 있는 것 같군."

"설마요. 그럼 현장이 훼손되는 거잖아요."

곽이 대답하려는 순간, 오구식이 벌떡 일어섰다. 허리에 손을 짚고 서 있는 그의 얼굴은 화가 난 듯 어두워 보였다. 구가 입에 손을 모으고 소리쳐 물었다.

"대장님, 그거 뭔가요? 정말 사람 손이에요?"

그러나 오구식은 아무 대답도 하지 않았다. 한동안 그렇게 서 있더니 도로 바닥에 꿇어앉아 코를 땅에 대고 킁킁대며 냄새를 맡을 뿐이었다.

그 광경을 지켜보던 곽이 문득 사방을 두리번거렸다.

"들어 봐. 무슨 소리 들리지 않아?"

정말로 어디선가 지직대는 소리가 어렴풋이 들려왔다. 새 우는 소리나 휴대폰에서 나는 소리가 아니라 망가진 라디오 에서 들리는 잡음 같은 소리였다. 소리가 나는 방향을 찾아 여기저기를 둘러보다 말고 구가 속삭였다.

"이번엔 또 어딜 가는 걸까요?"

구가 가리키는 쪽을 보니, 오구식이 아까보다 더 몸을 움츠린 채 숲속으로 뛰어 들어가고 있었다. 그는 품에서 검고 네모진 물건을 꺼내며 떡갈나무 뒤로 몸을 감췄다.

곽과 구는 발소리가 나지 않게 최대한 조심하며 오구식이 숨은 나무를 향해 다가갔다. 확실히 그 뒤에서 지직대는 소리가 들려오고 있었다. 거기에 띄엄띄엄 섞여 드는 말소리. 오구식이 나무 뒤에서 누군가와 대화를 나누고 있는 게 틀림없었다.

두 사람은 조각상처럼 멈춰 서서 귀를 기울였다. 오구식은 거의 울 듯한 목소리로 변명을 늘어놓고 있었다.

"그러게요, 미친놈이지요. 완전히 미쳐 버렸어요. 그런데 아직 그 셋이 맞는지는……. 갑자기…… 나타나는 바람에…… 곧 보고드릴……."

갑자기 소리가 뚝 끊겼다. 5분이 넘도록 꼼짝 않고 기다리던 곽과 구는 서로를 마주 보다가 동시에 고개를 끄덕였다.

"안 되겠어. 가 보자고."

그러나 곽과 구가 발을 내딛기도 전에 나무 뒤에서 오구식이 먼저 불쑥 튀어나왔다. 방금 전까지 무전기에 대고 울먹이던 사람이라고는 믿어지지 않을 정도로 말쑥한 얼굴이었다. 이마에 땀이 맺혀 있고 눈이 충혈되어 있긴 했지만 오히려 차갑고 냉철해 보이기까지 했다. 두 산야초 채취인은 왠지 그 기세에 눌려 가까이 가지 못하고 멈칫댔다. 마침내 구가 용기를 내어 한 발 앞으로 나서며 물었다.

"방금 경찰과 통화한 거 맞지요? 그런데 대장님이 보기엔 어떠세요? 우리 생각엔 아무래도 들짐승 소행 같지는 않아서요."

오구식은 구의 질문을 칼같이 끊었다.

"미안하지만 이제 더는 알려드릴 수가 없습니다. 수사 기밀로 전환되어서 말입니다. 다만 문제는…… 경찰 쪽 얘기가, 마침 마을 옆으로 통과하는 고속도로에서 12중 추돌사고가 났다지 뭡니까. 다들 거기 현장에 나가 있느라 당장 이곳으로 파견할 인력이 하나도 남아 있지 않다는군요. 사고가 수습되는 대로 사람을 보내겠다고는 하지만, 덕분에 우리가, 아니 정확히는 제가 할 일이 배로 늘었다는 게 걱정이라면 걱정이겠지요."

땅이 꺼져라 한숨을 쉬는 오구식을 보며 곽과 구는 어찌해야 할지 몰라 당황했다. 결국 눈치를 보던 곽이 먼저 말했다.

"사정이 딱하게 되었군요. 혹시 우리라도 괜찮다면 더 도와드리지요."

그러자 오구식은 기쁜 내색을 감추지 못하며 말했다.

"역시 그럴 줄 알았습니다. 처음 산등성이에서 만났을 때부터 이분들은 뭔가 다르다, 민원이나 넣고 요구하는 것만 많은 그런 사람들과는 아예 가치관이나 생각부터가 다른 분들이

다, 그런 느낌이 확 왔거든요. 정말 고맙습니다. 그럼, 부탁 좀
더 하겠습니다. 자, 일단 이걸 받으시지요."

그가 내민 것은 주방에서 고기나 야채를 헹구거나 썰 때
쓸 법한 얇은 일회용 비닐장갑이었다.

"두 분께도 제가 낀 것 같은 라텍스 장갑을 드리면 좋으련
만 아시다시피 예산이 한정되어 있어서 말입니다."

"이걸로 뭘 하는 거지요?"

곽이 묻자, 오구식은 산등성이 아래 손이 있는 곳을 가리
켰다.

"다 같이 저기 내려가서 주변을 좀 더 파 봐야 할 것 같아
요. 지구대에서 오기 전에 우리가 먼저 일종의 스탠바이 상태
를 만들어 놓는다고 보면 되는 거지요. 물론 걱정은 마세요.
다행히 오늘 날씨가 많이 풀려서 땅도 얼어 있지 않고 시체도
대충 파묻어 놓은 것 같으니까요."

순간 두 사람의 마음에 기묘한 의구심이 치솟았다. 아무래
도 이건 그동안 봐 왔던 범죄 드라마와 너무 다르지 않은가.
산야초 채취인이 시체를 발굴하는 작업에 끼어들다니. 구가
기어 들어가는 목소리로 물었다.

"우리가 현장을 막 파도 정말 괜찮은가요? 자율방범대 일
을 오래 하셨으니 다 알아서 하시겠지만, 그래도 사건이 일어
난 장소를 막 파헤친다니 좀 당황스럽네요."

오구식이 웃으며 손사래를 쳤다.

"허허 두 분은 텔레비전을 너무 많이 보셨군요. 하지만 실제 현장은 그렇지가 않습니다. 현장 보존, 과학수사, 그런 건 다 드라마 작가들의 머릿속에나 있는 거라고요."

곽과 구는 고개를 끄덕일 수밖에 없었다. 그들이 경찰 업무에 대해 아는 건 모두 텔레비전 드라마로 본 것뿐이었으니까.

"그럼, 내려가 보실까요?"

오구식은 쾌활하게 외치며 앞장섰다. 곽과 구가 조심스럽게 그 뒤를 따랐다. 막상 현장에 다다라 흙더미를 내려다보니 마른 잎과 나뭇가지들 사이에 쑥 솟아 있는 손도 그리 징그럽게 느껴지지 않았다. 그들은 말없이 옷소매를 걷어붙이고 주변의 흙을 파기 시작했다. 얼마나 지났을까, 가장 먼저 냄새를 감지한 건 구였다. 그는 아직 약간은 얼어 있는 땅을 두 손으로 파헤치다 말고 얼굴을 찡그리며 주위를 둘러봤다.

"이게 무슨 냄새죠?"

곽도 흙을 파던 것을 멈추고 사방을 두리번댔다. 생선 썩는 냄새 같은 악취가 사방에 진동했다. 하지만 두 사람이 그러거나 말거나 오구식은 그저 미친 듯이 흙을 파내고만 있을 뿐이었다.

"장갑이 찢어졌어요. 제길."

찢어진 비닐장갑을 벗으며 구가 뒤로 물러났다. 더러운 오물이라도 만진 듯, 그는 양쪽 장갑을 다 벗어던지며 호들갑을 떨었다.

"손에도 다 밴 것 같아요, 구역질 나게!"

그때 곽은 뭔가를 보았다. 진흙과 잘린 나무뿌리 사이에서 갑자기 드러난 그 무엇을.

"가만히 좀 있어 봐, 저거 안 보여? 사람 얼굴이잖아!"

그는 날뛰는 구를 꽉 잡으며 주춤주춤 뒤로 물러섰다. 오구식은 그들이 그러거나 말거나 뭐라고 중얼대며 흙만 파고 있을 뿐이었다.

뒤로 물러나던 구가 다시 한번 소리쳤다.

"하나가 아닌 것 같아요! 봐요, 시체가 엄청나다니까요!"

오구식도 어느새 일어서서 허리에 손을 짚은 채 욕을 내뱉으며 사방을 둘러보고 있었다.

"이럴 줄 알았어. 미친 할아범 같으니라고."

그의 발 너머 흙구덩이 속에 겹겹이 겹쳐진 세 개의 머리가 보였다. 서서히 썩어 가며 악취를 풍기기 시작하는 얼굴들. 팅팅 부풀어 오른 그 얼굴들엔, 모두 다 하나같이 정중앙에 커다란 구멍이 뚫려 있었다.

멀리서 올빼미인지 부엉이인지가 우는 소리가 들려왔다. 아까부터 서서히 흐려지던 하늘은 어느새 짙은 회색 구름으로 뒤덮였고, 시체 냄새를 맡았는지 어디선가 날아온 까마귀 떼가 공중을 선회하기 시작했다. 둥근 원을 그리며 나는 검은 새들을 보고 있노라니 곽은 어지러움을 느꼈다. 세상 전체가 빙글빙글 도는 것 같았다.

'잠깐, 내가 지금 꿈을 꾸고 있나? 하긴 당연하지. 도대체 누가 야산에 약초를 캐러 왔다가 시체를 셋이나 보겠어? 그래 맞아, 아직 난 이불 속에 누워 자는 중이야. 이제 곧 알람이 울릴 테고 그러면 일어나서 산에 갈 준비를 하면 되겠지. 구 녀석은 여전히 곯아떨어져 있겠지만 어떻게든 깨워서 데리고 가는 수밖에.'

그때 정말로 알람이 울렸다. 그런데 잘 들어 보니 알람 소리와는 좀 달랐다. 뚜, 뚜, 뚜, 뚜, 하는 소리가 평소 듣던 알람이 아니었다. 그제야 퍼뜩 정신을 차린 곽은, 자신이 숲속에 있다는 것을 깨달았다. 알람 소리라고 생각한 것은 어디선가 들려오는 무전기 신호 같았다. 오구식은 다시 숲속으로 들어간 듯했고, 저쪽 구석 가지를 넓게 펴고 있는 참나무 아래 구가 쭈그리고 앉아 토하고 있었다. 곽은 얼른 그리로 달려갔다.

등을 두드려 주려는데, 구가 나무를 잡고 비틀비틀 일어서며 그의 손을 확 뿌리쳤다. 얼굴빛이 누렇고 핏기 하나 없이 창백했다.

"그러게 내가 뭐랬어요? 새벽부터 산에 갈 필요 없다 그랬잖아요. 이제 어떡해요? 연초부터 재수 없게 시체를 셋이나 봤으니. 돌아가면 푸닥거리라도 하든가 부적이라도 써야지, 안 그랬다간 한 해를 다 말아먹을 거라고요!"

옷소매로 입가를 닦으며 끝없이 중얼대는 구를 겨우 진정시켜 나무둥치에 기대 앉혀 놓은 뒤, 곽은 오구식을 찾아 나섰다.

숲속으로 들어가 앙상한 나무 사이를 돌아다니는데, 어딘가에서 아까의 그 뚜, 뚜, 하는 소리가 들려왔다. 곽은 최대한 발소리가 나지 않게 조심조심 걸어 소리가 나는 쪽으로 다가갔다. 어두컴컴한 숲속에 오구식이 뒤돌아 앉아 있었다. 등을 어찌나 둥그렇게 구부리고 있는지 거대한 거북이 엎어져 있는 것처럼 보일 정도였다. 그는 누군가와 대화를 주고받는 듯했다. 대충 이런 말들이 띄엄띄엄 들렸다.

"껍데기…… 진짜…… 가짜……."

"대장님, 거기서 뭐 하세요? 한참 찾았잖아요."

바로 뒤에 곽이 온 것도 모르고 이상한 말을 중얼거리던 오구식이 화들짝 놀라며 돌아섰다. 그는 무전기를 품에 안은 채 머리에는 커다란 군용 헤드폰 같은 걸 쓰고 있었는데 곽을 보자마자 벗었다. 땅을 파기 전에 봤던 모습에 비해 10년은 더 늙은 듯 볼이 푹 꺼져 있었다.

"괜찮으세요? 아무래도 어서 내려가 봐야 할 것 같습니다.

저 녀석 상태가 너무 안 좋거든요. 충격을 많이 받았나 봅니다."

그때 바닥에 놓여 있던 검은색 무전기에서 다시 뚜, 뚜, 소리가 들려왔다. 곽은 무전기 앞에 꿇어앉으며 중얼거렸다.

"이건 처음 보는 스타일이네요. 아, 이래 봬도 제가 군에 있을 때 통신병이었다는 거 아닙니까."

무전기를 이리저리 살피는 곽을, 오구식이 확 밀쳤다. 비탈 아래로 굴러떨어질 뻔했던 곽은 칡뿌리를 붙들고 매달려 겨우 무사할 수 있었다. 갑자기 분노가 치밀어 올랐다.

"지금 뭐 하는 거요? 도와주는 사람한테 막 대해도 분수가 있지!"

그런 그를 본체만체하며, 오구식은 서둘러 무전기 뒤편을 더듬어 전원부터 껐다. 뚜, 뚜, 하는 잡음이 멈추자 세상 전체가 조용해진 것 같았다. 그제야 정신이 든 듯, 자율방범대장은 두 손을 비비며 변명을 늘어놓았다.

"정말 미안합니다. 경황이 없다 보니 너무 큰 실례를 저질렀어요. 혹시 알고 계시려나 모르겠는데, 우리 자율방범대가 쓰는 물품은 모두 사비로 사들이는 거거든요. 이런 기본적인 것들은 좀 지원해 주면 얼마나 좋겠습니까마는, 그게 힘든가 보더라고요. 하여간 이게 워낙 비싸다 보니 절대로 외부인에 겐 맡기지 않는다는 게 일종의 원칙이고 관리도 철저하지요.

하루 일과를 마치면 방범대 초소 벽에 걸어 놓은 물품관리표에 기록, 날인을 하고, 그런 다음엔 자물쇠가 달린 금고에 넣어 보관하고 나서야 한숨 돌릴 수 있을 정도니 오죽하겠습니까. 진심으로 죄송하게 됐습니다. 부디 너그러이 이해해 주십시오.”

몇 번이고 고개를 조아리는 오구식의 어깨에 곽이 손을 얹었다.

“그런 사정이라면 이해하고말고요. 공적으로 사용하는 비품을 얼마나 철저하게 관리해야 하는지는 누구보다도 잘 알고 있으니까요. 산야초 채취를 하기 전엔 군청에서 공무원으로 일하며 나름 부하직원도 여럿 두었으니, 그런 쪽의 고충은 다 이해합니다.”

안심한 듯 무전기를 주섬주섬 챙기는 오구식을 보다 말고 곽이 말했다.

“그나저나, 이제 저는 구를 산 아래로 데리고 내려가야 할 것 같습니다. 시체를 본 뒤로 계속 토하고 울고, 상태가 많이 안 좋아서요.”

순간, 오구식의 표정이 미묘하게 변했다. 걱정하는 것 같기도 했지만, 그것보다는 곽이 무슨 말을 하는지 모르겠다는 듯 어리둥절한 쪽에 더 가까운 얼굴이었다.

“아, 맞다, 동료가 한 분 더 있었지요! 그래요, 두 사람이었던 겁니다. 괜히 제가 일을 도와달라고 해서 두 분을 힘들게 하고 말았군요. 먼저 그분한테 가 보기로 합시다. 서두르세요."

허둥대며 구가 있는 쪽으로 가던 오구식이 걸음을 멈췄다.

"참, 선생님. 군에 있을 때 통신병이었다고 하셨지요? 거 참 다행입니다. 무전기가 아까부터 말썽이었는데, 그것부터 먼저 한번 봐 주시겠습니까?"

원칙적으로 외부인에게는 맡기지 않는 물품이라더니, 이상했지만 곽은 무전기라면 자신 있었다. 젊은 시절 2년 반 동안 품에 끼고 살다시피 했으니 말이다. 그는 오구식이 조심스럽게 바닥에 내려놓은 검은색 무전기 앞에 쭈그리고 앉았다.

"어디 봅시다……."

잠시 후 곽은 고개를 갸웃했다. 이건 그가 익히 알고 있던 기계가 아니었다. 생전 처음 보는 형태의 검은색 플라스틱 상자에 가까웠다. 버튼도 없고 다이얼도 없고 계기판도 보이지 않았다. 기기 뒤편을 손으로 더듬어 보니 전원을 켜고 끄는 용도로 보이는 작은 단추가 만져졌다. 곽은 무전기를 툭툭 쳐 보고 귀에 대 보기도 했다. 그러다 실수로 전원 단추를 눌렀는데, 갑자기 지직대는 잡음과 함께 엄청난 소리가 터져 나오는 바람에 깜짝 놀랐다. 사람의 목소리 같기도 하고 짐승이 포효하는 것 같기도 한 그 소리는 이렇게 외치고 있었다.

"똑바로 해, 이 멍청한 새끼야. 셋이나 되잖아! 당장 끝내지 못하면 알지? 너 하나 없애 버리는 건 일도 아니야."

문득 곽의 머릿속에 아까부터 걸리적거리던 의문의 실마리가 풀렸다. 그래, 신호. 여기서는 휴대폰의 신호가 아예 잡히지를 않았지. 내 것도, 구의 것도 모두 먹통이었다고. 그래서 우리가 직접 신고를 하러 산길을 달려 내려가던 중이었잖아. 그런데 저 자는 우리가 신고 전화를 걸었냐며 다가왔어.

"잠깐만요, 대장님. 아까 처음 만났을 때 신고 전화 얘기했잖아요. 생각해 보니까 그게 좀 이상해서……."

오구식을 부르며 일어서는데, 눈앞이 번쩍했다. 뭐지? 엄청난 통증과 함께 바닥에 쓰러지며, 곽은 생각했다.

'역시 오늘은 구의 말을 들었어야 하는 건가?'

따뜻하고 끈적한 것이 이마에서 흘러내리는 걸 느끼며 그는 속으로 중얼거렸다.

구는 옷소매로 입을 닦았다. 먹은 것도 없었지만 그래도 배 속에 든 걸 남김없이 비우고 나니 좀 나아졌다. 나무둥치에 주저앉은 채 그는 좀 전에 봤던 기괴한 시체들을 떠올렸다. 이마에 구멍이 뚫린 세 개의 얼굴. 보라색 몸통. 모두 입을 벌리고 있었고 그 내부는 검은 심연 같았지. 눈앞에 펼쳐진 잿빛 황량한 숲을 보며 구는 거기에 무언가 빠져 있는 듯한 느낌을 받았다. 그래, 현실성. 그게 없구나. 무겁게 가라앉은 회색 하늘. 어디선가 들리는 부엉이 울음소리. 스산하게 불어오는 바람. 분명 이건 진짜 세상인데, 그럼에도 불구하고 모든 게 다 가짜 같단 말이야.

그때 비탈 아래에서 인기척이 들렸다. 마른 풀과 낙엽을 밟으며 누군가가 다가오고 있었다. 퍼뜩 곽이 떠올랐다. 아저씨는 어디 있지? 아직도 그 구덩이 앞에 죽치고 앉아 푸르딩딩한 손과 구멍 뚫린 얼굴들을 보고 있는 건가. 미친 노인네 같으니라고.

그는 속으로 곽을 욕했다. 곽만 아니었다면 새벽부터 이런 산에 오를 일은 없었을 거다. 앉은 채로, 구는 이 일을 그만두는 것에 대해 진지하게 생각했다. 자연인의 삶을 동경하여 시작했지만 산속 생활은 따분하기 그지없었다. 게다가 잘난 척만 하는 곽의 끊임없는 잔소리라니. 언제까지고 그런 고집 센 노인네 밑에서 풀뿌리나 캐며 살 수는 없는 노릇 아닌가. 그는 주먹을 꽉 쥐었다. 그래, 이참에 곽에게 말해야지. 돌아가면 바로 짐을 챙겨서 떠나겠다고.

"여기 계셨군요. 이제 좀 정신이 듭니까?"

하지만 시든 풀을 헤치고 나타난 건 자율방범대장 오구식이었다. 얼굴은 붉게 상기되어 있고 추운 날씨인데도 땀을 흘리고 있었다. 직전까지 토하고 난리를 쳤던 게 떠올라 구는 겸연쩍게 웃었다.

"지금은 뭐, 괜찮습니다. 제가 비위가 좀 약해서요."

오구식이 손을 내저었다.

"아닙니다, 아니에요. 그런 시체를 보고도 아무렇지도 않다면 그게 더 이상한 거지요. 저 역시 자율방범대 활동을 꽤 오래 해 왔지만 이런 광경엔 결코 익숙해지지 않거든요."

구는 고개를 끄덕였다. 보랏빛으로 퉁퉁 부은 시체를, 그것도 한꺼번에 세 구씩이나 본다면, 게다가 다들 이마엔 시커먼 구멍이 뚫렸는데, 대체 그 누가 아무렇지도 않을 수 있겠는가. 아까 본 광경을 떠올리며 몸서리를 치다 말고, 구가 물었다.

"아저씨는 어디 있지요? 설마 아직도 구덩이 앞에 앉아서 들여다보고 있는 건가요? 그분이 워낙 쓸데없는 일에 호기심이 많아서요."

"마침, 그 얘기를 드리려던 참인데. 어르신이 보기보다 충격을 많이 받으셨더라고요. 도저히 못 견디겠다고, 먼저 내려가고 싶다고 어찌나 고집을 피우시는지. 어쩔 수 없이 하산하는 길을 알려드렸습니다. 다행히 밑에 지구대 사람들도 와 있어서 그분이 내려가는 즉시 읍내 병원에 모시고 가 보라고도 다 얘기해 두었지요. 시체가 발견된 위치는 이미 보고했으니 이제 우리도 내려갑시다."

산길을 내려가는 동안 오구식은 한마디도 하지 않았다. 어색한 마음에 몇 번 말을 붙여 봤지만 건성으로 고개만 끄덕일 뿐이었다.

산 아래 공터에는 차 한 대가 주차돼 있었다. 처음에는 경찰차인 줄 알았지만 자세히 보니 아니었다. 경찰청 로고와 비슷하게 생긴 자율방범대 마크 때문에 그렇게 보인 것이었다. 둥근 모양의 방범대 마크를 빙 둘러싸고 이런 글자가 빼곡하게 새겨져 있었다.

'범죄 없는 마을, 살기 좋은 마을, 무한히 발전하는 마을, 극동리.'

차에 올라타서도 오구식은 말이 없었다. 구 역시 하루 종일 지쳐 있었기에 창밖만 내다보았다.

얼마나 달렸을까. 텅 빈 벌판 한가운데 회색 컨테이너가 덩그러니 서 있는 게 보였다. 논과 밭뿐인 시골 풍경에 어울리지 않는 화려한 간판에는 '신강읍 지구대 극동리 자율방범대'라고 적혀 있었다. 사방을 둘러봤지만 보이는 것이라곤 먼 산의 검은 능선, 비닐하우스, 그리고 50미터쯤 떨어진 곳에 있는 우체국 분소뿐이었다.

"다 왔습니다."

서둘러 내리는 오구식을 따라 구도 차에서 나왔다. 초소 문손잡이에는 쇠사슬이 둘둘 감겨 있고 커다란 자물쇠 하나가 매달려 있었다.

"죄송합니다. 이게 녹이 슬어서 툭하면 이렇게 안 열리거든
요."

자물쇠에 열쇠를 꽂고 돌리며 오구식이 힘겨운 목소리로
말했다.

얼마 뒤 드디어 철컹, 소리를 내며 문이 열렸다.

초소 안은 추웠다. 가정집 마루처럼 신발을 벗게 돼 있어
서 구도 등산화를 벗고 마루로 올라갔다. 두어 평쯤 되어 보
이는 공간은 가운데가 칸막이로 나뉘어 있었다. 그 뒤로 철제
책상과 검은색 바퀴 달린 의자 두 개가 보였다. 오구식이 그
쪽을 가리키며 말했다.

"저기가 제 자립니다. 일종의 집무실이라고 보면 되지요."

그때 구가 입김을 호호 불며 손을 비비는 것을 눈치챈 오
구식이 부산스럽게 움직였다.

"이런, 추울 거란 생각을 미처 못했습니다. 잠깐만 기다리
세요. 곧 따뜻해질 테니까요."

그는 벽에 붙어 있는 다이얼을 돌렸다.

"지금 켜고 있는 건 태양광 발전으로 돌리는 전기온돌이
에요. 이걸 돌리면 바닥 전체가 웬만한 가정집 안방보다 훨씬
뜨끈뜨끈하지요. 서너 달 전만 해도 이런 시설은 없었습니다.
차가운 콘크리트 바닥에, 컨테이너는 다 녹슬어서 비까지 새
고 있었으니까요. 그런데 다행히 회장님이 모든 걸 후원해 주

셨어요. 새 컨테이너에, 내부 집기 일습, 컴퓨터에, 의자에, 전기온돌 등등, 필요한 건 다 지원해 주셨지요. 무엇보다도 고마운 건 실내 화장실까지 새로 지어 줬다는 겁니다. 그 전엔 밖에 나가서 후미진 구석을 찾아 일을 보고 들어와야 했는데, 이젠 이렇게 번듯한 화장실이 있으니(오구식은 컨테이너 구석에 있는 작은 간이 화장실의 문을 열고 굳이 내부를 보여 주었다.) 순찰 나갔다 오면 손도 씻고 급하면 용변도 볼 수 있어서 얼마나 편하고 좋은지 모르겠습니다."

오구식의 말대로 초소가 작긴 해도 있을 건 다 있는 것 같았다. 칸막이 바깥쪽으로는 한때 홈쇼핑에서 인기리에 팔렸던 접이식 침대가 놓여 있고 그 옆으로 조그만 밥상이 하나 세워져 있었다. 벽에는 '근무일지'라고 적힌 검은색 파일이, 그 바로 곁에는 극동리 자율방범대 조직도가 붙어 있었다. 오구식의 이름 두어 칸 위, '명예 자율방범대장 노이균'이라는 글자가 고딕체로 인쇄되어 있는 게 인상적이었다. 조직표를 들여다보고 있을 때 어느새 다가온 오구식이 설명을 시작했다.

"그분이 바로 제가 말한 회장님입니다. 혹시 알고 계실는지도 모르겠네요. 워낙 유명한 분이라서 말입니다."

"아, 그렇습니까? 저는 처음 들어 보는 이름이라서……."

구의 대답에 자율방범대장은 얼굴을 찡그렸다.

"노이균 회장님을 모르다니요. 하긴 바이오산업이라든가

문화 콘텐츠, 이런 분야에 관심이 없으면 모를 수도 있겠네요. 그래도 '바이오제네시스'라는 이름은 들어 보지 않으셨나요? 요새 코스닥에서도 아주 잘 나가는 회사이니 말입니다. 먼저 이걸 한번 읽어 보십시오."

오구식이 가리키는 벽면에는 신문 기사 몇 개가 스크랩되어 있었다. 가장 위쪽에 붙은 기사의 타이틀은 '고향 발전을 위해 자율방범대 컨테이너 쾌척한 사업가'였고, 바로 아래 '22세기를 선도할 바이오테크놀로지의 미래, 바이오제네시스 CEO와 만나다.'라는 기사에는 30대 중후반쯤 되어 보이는 남자가 팔짱을 끼고 선 사진이 있었다. 전체적으로는 영민한 인상이었지만 코끝이 날카로운 데다 눈 아래 다크서클이 진하게 져 있어서 어딘지 모르게 음산한 느낌이었다.

"이분인가요?"

구가 묻자 오구식이 고개를 끄덕였다.

"예, 맞습니다. 그분이 바로 노이균 회장님이세요. 마을 발전을 위해 물심양면으로 노력하고 계신 분이지요. 바이오제네시스 공장도 여기에 짓고 있으니, 아마 일자리도 엄청 많아지겠지요? 그걸로도 모자라서 유명한 감독이 찍는 공상과학 영화를 마을 건너편 부지에서 촬영하도록 주선해 주기까지 했어요. 덕분에 요샌 마을 주민 모두가 촬영장에서 엑스트라로 부업을 뛰는데, 그게 또 꽤 수입이 쏠쏠하거든요. 저도 새벽부터 일어나 하우스랑 축사랑 다 둘러본 다음엔 촬영장에 가서 우주복 같은 걸 입고 화성인 노릇을 하는데, 재미도 있고 돈도 벌고 하니, 그야말로 일석이조더라고요. 참, 근데 좀 어떻습니까? 따뜻해지지 않았나요?"

구는 바닥을 손으로 짚어 봤다. 확실히 따스한 온기가 돌고 있었다. 갑자기 하루의 피로가 한꺼번에 몰려오며, 뜨끈한 바닥에 등을 대고 누워 한숨 자고 싶어졌다.

구는 하품을 하며 컨테이너 한쪽 벽에 난 창으로 밖을 내다보았다. 넓은 8차선 대로를 사이에 두고 왼쪽으로는 붉고 황량한 벌판이 펼쳐졌고 오른쪽으로 난 산비탈엔 온통 태양광 발전용 회색 패널이 뒤덮여 있었다. 여기가 극동리 자율방범대 초소라는 사실만 잊는다면 낯선 행성에 불시착했다고 믿어도 될 만큼 기묘한 풍경이었다.

어느 틈엔가 옆에 와 서 있던 오구식이 말했다.

"여기가 외계 행성인가 싶지요? 이곳에 처음 오는 분들은 다 그런 말을 하더라고요. 근데 그게 또 틀린 말은 아닌 게, 저기 보십시오. 왼쪽으로 보이는 벌판 말입니다. 바로 거기서 영화를 찍고 있거든요. 이쪽에선 능선에 가려져 잘 안 보이지만 저 너머로 조금만 가면 화성 기지, 우주선, 이런 세트가 잔뜩 세워져 있어서 그야말로 진짜 화성에 온 기분이 든다니까요. 영화를 다 찍으면 저 일대를 화성 테마파크로 꾸민다

는 말도 있어요. 그러면 관광객도 몰려올 테니, 다들 기대에
차 있지요."

구는 창밖을 좀 더 잘 보려고 머리를 내밀었다. 차갑고 쓸
쓸한 공기가 코끝을 스쳤다. 그는 대기가 주황색에 가깝다고
느꼈다. 멀리 지평선 끝에 은빛으로 반짝이는 구조물이 보였
다. 저게 화성의 기지와 우주선들인가? 문득 그는 아까 산속
에서 느꼈던 기분에 다시 사로잡혔다. 지금 여기가 실재하는
세상인 건 확실한데…… 왜냐하면 분명 이렇게 컨테이너 바
닥에 발을 딛고 시골 특유의 냄새가 나는 공기를 한껏 들이
마시고 있으니까…… 그럼에도 왠지 모든 것이 가짜처럼 느껴
지는 이유는 무엇일까.

그때 멀리서 환호성이라고 해야 할지 비명이라고 해야 할
지 알 수 없는 소리가 들려왔다. 소리는 점점 가까워지더니,
곧 지평선 너머에서 은빛으로 빛나는 거대한 덩어리가 서서
히 모습을 드러냈다. 무지막지하게 큰 개미 떼가 몰려오는 것
같기도 하고, 은색의 길고 구불구불한 몸을 가진 뱀이 기어
오는 것 같기도 한 그런 광경.

"엑스트라들입니다."

오구식이 또 말을 붙였다.

"마을 주민들은 모두 저기 가서 엑스트라로 뛰고 있어요.
하루 일당이 꽤 쏠쏠하니까요. 사실 힘들 것도 별로 없습니

다. 감독이 좀 까다롭긴 한데, 그래서 여러 번 같은 장면을 다시 찍어야 하는 불편함은 있지만 그게 어딥니까. 은박지로 만든 우주복을 입고 우우 소리를 지르며 이리 뛰고 저리 뛰기만 해도 돈이 나오는데 말입니다. 이렇게까지 마을 전체가 조용하고 나다니는 사람이 아무도 없는 건, 바로 그 이유 때문이에요. 다들 저기에 가 있으니까요."

구는 고개를 끄덕였다. 어느새 거대한 은빛 덩어리는 일제히 방향을 바꾸어 반대편으로 이동하고 있었다. 환호성인지 비명인지 알 수 없는 소리도 서서히 멀어져 갔다.

잠시 후 오구식이 플라스틱 쟁반에 종이컵 하나를 받쳐 들고 다가왔다. 그는 구석에 있던 밥상을 끌어다 그 위에 종이컵을 내려놓았다.

"새벽부터 고생이 많으신데, 한 잔 드셔 보세요. 직접 재배한 무농약 둥글레차거든요. 아마 한 입 드시는 순간 피로가 확 풀리고 추위도 단번에 가실 겁니다."

종이컵에서는 좋은 향이 풍겼다. 황녹색을 띤 차에서 모락모락 김이 피어올랐다. 구는 호호 불어 가며 차를 마셨다. 뒤를 돌아보니 오구식은 칸막이 뒤쪽 의자에 앉아 물끄러미 이쪽을 지켜보고 있었다. 전기온돌이 깔린 바닥은 점점 따뜻해졌다. 노곤함이 밀려왔다. 구는 반쯤 눈을 감으며 벽에 몸을 기댔다. 정말 엄청난 하루 아니었던가. 새벽부터 산을 헤맸고,

시체를 발견했으며, 지금은 자율방범대 초소에 앉아 화성 같은 풍경을 내다보고 있다.

'아저씨한테 전화라도 해 볼 걸 그랬나?'

눈을 감은 채 옆으로 픽 쓰러지며, 구는 마지막으로 이런 생각을 했다.

2월 20일 토요일 밤

S# 8

넓고 환한 방은 하이테크놀로지의 결정체다. 온도와 습도가 적당히 유지되고 있고 실내로 적정한 농도의 산소를 공급해 주는 기계음이 나지막하게 들려온다. 마스크를 쓴 한국인 과학수사요원 최가 의문의 변사체로 발견된 UN 소속 과학자의 시체를 살펴보고 있었다. 시체의 이마에는 구멍이 뚫려 있다. 무언가 뾰족하고 거친 것으로 황급히 낸 구멍이었다. 으스러진 뼈 안쪽으로 난 상처를 들여다보며 최는 낮에 기지에서 만난 사람들의 어색한 태도를 떠올린다. 그들은 죽은 동료를 애도하고 있었지만 표정만은 애도와 거리가 멀어 보였다. 그들의 얼굴 가죽을 뜯어낸다면 그 아래 완전히 다른 또 하나의 표정이 숨어 있을지도 모른다고 최는 생각한다.

그때 검시실의 문이 열리며 겁에 질린 얼굴의 낯선 여자가 들어온다. 그녀는 불안한 시선으로 두리번대며 최에게 바짝 다가와 열에 들뜬 허스키한 목소리로 속삭인다.

"그거 알고 있어요? 이 기지의 사람들은 모두 인간이 아니에요."

"무슨 소리를 하는 겁니까? 당신은 누구죠?"

여자는 자신을 UN기지의 과학자라고 소개한다. 이름은 올가. 그녀에 따르면 어느 날부터인가 기지에 주둔해 있는 사람들이 모두 변해 버렸다는 것이다.

"하지만 겉으로 봐선 달라진 게 하나도 없어요. 심지어는 눈가에 난 점까지 말이에요. 바뀐 건 여기니까요."

여자는 오른손 검지로 자기 관자놀이를 가리킨다.

"네?"

최가 되묻자, 여자가 여전히 관자놀이에서 손을 떼지 않은 채 빠르게 중얼거린다.

"그것들, 어느 날 갑자기 나타나 영혼을 삼켜 버린 그 존재들. 지금 여기에도 있어요. 아니, 이곳 기지에 있는 모두가 이미 바뀌어 버렸지요. 어쩌면 나 자신조차도 말이에요."

그때 문이 열리며 한 무리의 사람들이 뛰어 들어온다.

"신경 쓰지 마십시오. 이 여자는 미쳐 버렸으니까요. 우주의 고독이라고 아십니까? 낯선 행성에 파견된 사람들이 흔히 겪는 정신질환이지요."

그들은 강제로 여자를 끌고 나간다. 텅 빈 복도에 여자의 비명이 울려 퍼진다.

"컷! 오늘은 여기까지. 수고하셨습니다!"

조마조마한 마음으로 지켜보던 스태프들이 일제히 박수를 쳤다. 오후에는 촬영이 일사천리로 진행됐다. 저녁에는 인근 고깃집에서 회식이 있을 예정이었다. 촬영장 선정에 큰 도움을 줬다는 노이균 회장이 직접 내는 것이라 했다. 다들 콧노래를 부르며 짐을 챙겼다.

한쪽 구석에 은빛 우주복을 입은 사람들이 모여 있었다. 그들도 들떠 있긴 마찬가지였다. 노이균 회장은 엑스트라들을 위한 저녁 식사까지 마련해 놓았다. 막국수와 수육, 감자전이 나오는 거나한 자리가 될 것이었다.

"소품은 반드시 반납해 주세요. 우주복은 잘 접어서 주셔야 해요. 그거 비싼 겁니다!"

스태프 한 사람이 와서 이런저런 잔소리를 늘어놓았지만, 평소와 달리 모두 고분고분했다. 오늘 밤은 모두에게 즐거운 밤이었다. 적어도 아직까지는 그럴 예정이었다.

2월 20일 토요일 저녁

　최는 전방을 주시하며 조심스럽게 차를 몰았다. 백미러로
보니 이장이 미동도 없이 서서 이쪽을 보고 있었다. 오구식
과 악수했을 때 손에 느껴졌던 차가운 축축함이 떠올라, 그
는 몸서리를 쳤다. 어린 시절 하굣길에서 잡았던 도마뱀의 피
부와 느낌이 비슷했다. 온몸이 비늘로 덮인 도마뱀은 최의 손
에 꼬리만 남겨 놓은 채 어디론가 빠르게 기어 도망쳐 버렸
다. 한동안은 잘린 꼬리를 주머니에 넣고 다녔는데, 나중에는
그게 어디로 갔는지 기억나지 않았다. 친구들에게 말라비틀
어진 도마뱀 꼬리를 자랑하던 광경을 떠올리다 말고 그는 브
레이크를 밟으며 속도를 낮췄다.

　멀리 보이는 이장의 머리 위로 뿌연 연기 같은 것이 피어

오르고 있었다. 그러나 천천히 달리는 사이에 사이드미러 속 이장의 모습은 흐릿해지더니 아예 사라지고 말았다.

"정말이에요. 내가 봤다니까요. 아저씨들 머리에서 투명한 촉수 같은 게 솟아나 하늘로 올라가고 있었어요."

경오의 말이 다시 떠올랐지만, 최는 고개를 저었다. 말도 안 되잖아. 멀쩡한 인간의 몸에서 연기가 피어오르다니. 자연 발화 현상도 아니고 말이야. 그래, 뭐…… 그냥 담배 연기였겠지. 딱 봐도 골초 같아 보이긴 했으니까. 최는 휘파람을 불며 운전대를 손으로 톡톡 쳤다. 나중에 경오를 다시 만난다면 이렇게 얘기해 줄 생각이었다.

"네가 본 건, 동네 아저씨들이 피우던 담배 연기일 거야. 그러니 쓸데없는 걱정하지 말고 할머니 말씀이나 잘 들으렴."

어느새 구불구불한 시골길이 끝나고 시내로 곧장 들어가는 자동차 전용 도로가 보였다. 텅 빈 교차로에서 신호를 기다리던 최의 눈에 낯선 광경이 들어왔다. 오른쪽으로 펼쳐진 컴컴한 들판 너머에서 반원형의 햇무리가 환히 빛나며 점점 커지고 있었다. 근처에 모인 사람들이 웅성대는 소리가 여기까지 들려왔다.

직진 신호를 받았지만 최는 앞으로 나가는 대신 우회전해서 갓길에 차를 세웠다. 도로를 따라 물이 마른 도랑이 파여 있는 바로 옆 잡초 더미 속 철근 구조물에 커다란 현수막이 하나 걸려 있었다.

'영화 「배틀 온 마스」 촬영을 환영합니다. 극동리 주민 일동.'

그걸 보고서야 그는 여기가 영화 「배틀 온 마스」 세트장에서 가깝다는 걸 깨달았다. 황폐한 들판 한쪽에서 은빛 우주복을 입은 사람들이 삼삼오오 무리를 지은 채 돌아다니고 있었다. 햇무리처럼 보였던 휘황하게 빛나는 반원형의 물체는, 모형 우주선 정도 되는 것 같았다.

시동을 걸고 다시 출발하려던 최가 고개를 앞으로 내밀었다. 떠들썩하게 다가오는 은빛 우주복의 사람들 속에 어디서 본 듯한 남자가 끼어 있는 게 보였다. 검은색 정장 차림의 남자는 무심한 몸놀림으로 그들과 함께 걸었고, 중간중간 귀찮다는 듯 고개를 끄덕이기도 했다.

곧게 뻗은 도로를 달리며 한참을 생각했지만 누군지는 기억나지 않았다.

남자가 바이오제네시스의 노이균 회장이라는 걸 떠올린 것은, 시내에 거의 다 왔을 즈음이었다.

그날 밤, 최는 소파에 비스듬히 누워 스마트폰을 보았다. 극동리에서 촬영 중인 「배틀 온 마스」에 대해 분석해 놓은 블로그 글이었다. 한참을 읽다 말고, 최는 손가락을 이리저리 움직여 화면을 야간모드로 바꾸었다. 그제야 눈이 좀 편해지는 느낌이었다.

인간의 의식은 뇌에서 일어나는 분자 단위의 화학 작용이라는 것이 과학적으로 증명된 21세기에도, '몸'이라는 기계 안에 머무는 '영혼'이라는 실체에 대한 믿음은 계속되고 있다. 이를 잘 보여 주는 것이 바로 영화 「배틀 온 마스」의 '구멍 뚫기' 행위인데, 여기서 인간들은 외계의 괴생명체에 정신을 정복당한 사람을 처치하기 위해 그들의 머리 한가운데에 구멍을 낸다.

그렇다면 왜 머리인가? 예로부터 영혼이 안주하는 기관이 어디인가를 두고 많은 이들이 서로 다른 두 개의 주장을 펼쳐 왔음은 잘 알려진 사실이다. 본래 영혼은 인간의 심장에 거주한다고 믿어져 왔다. 가장 오래된 벽화 중 하나인 피라미드의 그림을 보아도, 아누비스가 손에 움켜쥐고 있는 것은 피가 뚝뚝 떨어지는 죽은 자의 심장이다. 저승에서 온 그 개는, 사자(死者)의 영혼의 무게를 재기 위해 (그리하여 그가 지은 죄의 무게를 가늠하기 위하여) 심장을 천칭에 올려놓는다.

그러나 이 오래된 믿음은 계몽 시대에 이르러 흔들리기 시작했다. 영혼은 과연 어디에 머무는가? 이 질문에 답하기 위해 데카르트는 두뇌 안쪽 깊숙한 곳에 위치한 '송과선'이라는 기관에 주목했다. 인체의 모든 기관이 좌우 대칭을 이루며 각각 두 개씩 쌍을 이루는 데에 반하여 송과선은 뇌의 중심에 있으며 단 하나만 존재한다는 데서, 그는 영혼이 솔방울 모양으로 생긴 이 작은 기관에 담겨 있을 거라고 추측했다.

그렇다면 「배틀 온 마스」에서 화성의 괴생명체에 정복당한 인간이 이마 한가운데에 구멍이 뚫려 죽는 것 역시 이와 관련지어 생각해 볼 수 있지 않을까. 외부에서 들어온 사악한 의식(=영혼)이 머무는 기관을 완벽하게 훼손함으로써, 그 존재가 다시는 부활하지 못하도록 하는 이런 식의 제의는, 오래전부터 흡혈귀나 좀비를 제거하는 방법으로 특별히 애용되어 왔기 때문이다. 불사의 존재로 알려진 흡혈귀와 좀비의 숨통을 끊으려면 그들의 심장에 구멍을 뚫어야 하듯, 우주로부터 깃든 괴생명체를 완벽하게 제거하는 데에는, 이마에 구멍을 뚫는 행위가 필요할 터이기 때문이다.

화면을 밑으로 내리자 사진이 하나 보였다.

하늘에는 금빛 달이 떠 있고 붉은 모래 언덕은 곧이라도 무너져 내릴 듯 위태로우며 어디선가 끊임없이 메마른 우주의 바람이 불어오는 듯 신비로운 풍경.

'화성인가?'

사진을 가만히 들여다보던 최는, 그 아래 달린 댓글까지 다 읽어 보기로 했다.

암스트롱2021: 와아, 정말 멋진 화성 사진이에요!

우주인간: 화성에 가 보고 싶어라……. ^^

인터스텔라: 그런데 적어도 2030년 이후의 우주가 배경이라면, 그들을 없애는 방법 또한 좀 더 미래적이어야 할 텐데, 그 점이 아쉬워요. 예를 들면 레이저 광선검을 이용한다든가, 하는 설정은 어떨까요?

아바타소녀: 설마 감독이 그런 걸 고려하지 못했을까요? 저는 아니라고 생각해요. 오히려 감독은, '죽지 않고 다시 살아나며 끊임없이 인간의 몸을 옮겨 다니는 존재'의 시간적 보편성에 대해 말하려던 것 아닐까요? 그런 존재들은 언제나 어디에나 있으니까요. 따라서 그들을 없애는 방법 역시 시간을 아우르는 보편성을 지녀야 했던 것 아닐까, 그렇기에 미간에 구멍을 내는 전통적 방식을 가져온 게 아닐까 생각해 봅니다. 그나저나 이 화성 사진은 정말 독특하네요. 화성 표면에서 달이 보이다니 말이에요.

화성의공주(작성자): @아바타소녀. 예리하시네요. 저 사진은 화성의 풍경을 찍은 게 아니에요. 「배틀 온 마스」가 촬영되고 있는 현장 사진이죠. 지난 주말 저녁 일부러 찾아가 보았는데, 와, 정말 멋지더라고요. 진짜 화성에 불시착한 듯한 기분을 느꼈거든요. 시간 되면 언제 한번 가 보실 것을 추천합니다.

스마트폰 화면을 닫고 나서도 한동안 최는 가만히 누워 있었다. 실제인지 아닌지 분간할 수 없을 정도로 진짜 화성같은 마을이라니. 게다가 거기 사는 아이는 이렇게 외치지 않았던가.

"모두 가짜라니까요. 정말이에요!"

문득 백미러에 비치던 이장의 음산한 얼굴이 떠올랐다. 사라졌다는 세 사람의 실종 신고를 취소하러 온 것도 이장이었다고 했지. 그들은 정말 돌아왔을까? 무슨 이유에서인지 박 순경은 그 뒤로 전화를 받지 않고 있었다. 최는 이럴 때 도움을 청할 수 있는 이가 단 한 사람뿐이라는 것을 알고 있었다.

"그래, 우광일."

주소록을 뒤진 끝에 전화를 걸었지만, 계속 자동 응답으로만 넘어갈 뿐이었다. 최는 나지막하게 투덜대며 옷장에서 외투를 꺼냈다.

차에 오르는데, 스마트폰이 요란하게 울렸다. 화면을 보니 김영주의 이름이 떠 있었다. 그는 잠시 망설였다. 지금 만나러 가는 사람에 대해 이야기하면, 그녀는 열 일 제치고 달려올 게 뻔했다. 하지만 아직은 일렀다. 일단 우광일을 만나 본 뒤에, 그다음에 모든 걸 얘기해도 충분하리라. 그는 휴대폰을 끄고 시동을 걸었다.

2월 20일 토요일 밤

차에서 내린 최는 눈앞의 성채를 올려다보았다.

물론 그게 성이 아니라 그저 산처럼 쌓인 폐지와 온갖 잡동사니에 불과하다는 것을, 그는 잘 알았다. 그럼에도 이곳을 방문할 때마다 시커먼 하늘을 배경으로 탑처럼 높이 솟은 쓰레기 더미가 동유럽 어딘가의 음산한 고딕 양식의 성을 닮았다는 환상에 사로잡히는 것이었다.

어딘가에서 웅웅대는 기계 소리가 들려왔다.

'아직도 폐기물 분쇄기가 돌아가는 건가? 시간이 이렇게 늦었는데.'

손목시계를 보며 최는 생각했다. 손전등으로 아래를 비추며 걸었지만 몇 번이나 발을 헛디뎠고, 덕분에 컨테이너로 만든 사무실 앞에 다다랐을 때는 온통 흙투성이가 되고 말았다. 쇠창살이 달린 작은 창으로 뿌연 불빛이 새어 나오고 있었다. 간판 따위는 없었고, 대신 벽에 '종합 리사이클링 센터: 무엇이든 완벽하게 처리해 드립니다.'라는 문구와 함께 전화번호 하나가 붙어 있었다.

문을 열고 들어서며 최는 짐짓 호들갑스럽게 외쳤다.

"여기 시체도 치워 주는 거 맞아요?"

입구 쪽으로 등을 돌리고 구부정하게 앉아 모니터를 들여다보던 남자가 뒤도 돌아보지 않고 대답했다.

"글쎄, 어떤 시체냐에 따라 다르지."

"노인네가 하나 죽었는데, 그게 좀 이상해서요. 어때요, 가능해요?"

그제야 남자는 천천히 몸을 돌렸다. 의자에서 삐걱대는 소리가 났다.

"이번엔 시체냐? 또 어디서 무슨 짓을 저지른 건데? 그나저나 전화는 왜 계속 울리고 난리야? 나 바쁜 거 몰라?"

퉁명스러운 말투였지만 얼굴엔 장난기가 가득했다. 앉으라는 말도 없었지만 최는 사무실 구석에서 바퀴 달린 의자를 끌고 와 털썩 앉았다. 그는 직전까지 남자가 몰두해 있던 모니터 화면을 보고 빙긋 웃었다.

"바쁘다면서요? 그런 사람이 게임이나 하고 있어요?"

"나처럼 두뇌를 많이 쓰는 사람은, 이런 거라도 하면서 열을 식혀야 돼. 안 그러면 아마 과부하로 벌써 뻥 터져 버렸을 거야."

"좀 솔직해집시다. 요샌 머리 식힐 만큼 일도 없을 거 아니에요? 업계에서도 소문이 파다하던데. 우광일도 이젠 한물갔다고요."

그의 짓궂은 말에도 남자는 별다른 반응을 보이지 않았다.

"뭐 좀 마실래? 줄 건 믹스커피밖에 없지만."

그는 대답도 기다리지 않고 곧바로 커피포트에 물을 붓고 전원을 올렸다. 익숙한 손놀림으로 종이컵을 꺼내고 커피 봉지를 흔들어 뜯는 모습을 지켜보다 말고, 최가 물었다.

"전화는 왜 안 받아요? 통화만 됐어도 굳이 이 밤중에 여기까지 오진 않았을 텐데."

우광일이 김이 모락모락 나는 컵을 내밀며 말했다.

"알잖아. 쓸데없는 전화는 안 받아. 별 어중이떠중이가 다 찾으니까."

"내가 어중이떠중이라는 거예요?"

"당연하지. 기자란 놈들은 다 어중이떠중이야. 겪어 봐서 잘 알거든."

최는 입을 다물고 커피를 받아들었다.

바깥은 적막했다. 어느새 기계음도 멎었고 어디선가 올빼미 울음소리만 구슬프게 들려왔다. 신강읍에서 시내로 곧장 통하는 자동차 전용 도로가 생긴 후로 이 구불구불한 지방 도로는 완전히 쇠락하고 말았다. 오는 길에도 판자로 대충 문을 막아 놓은 휴게소 두어 곳을 지나온 참이었다.

커피를 다 마신 최는 컵을 우그러뜨렸다. 공처럼 둥글게 뭉쳐서 책상 아래 쓰레기통을 향해 던졌지만 종이컵은 테두리에 부딪히며 튕겨 나와 바닥을 뒹굴었다.

"왜 왔는지 궁금하지 않아요?"

하지만 우광일은 별 관심이 없는 듯했다. 컴퓨터 책상 앞에 앉아 서류 몇 장을 들여다보며 이쪽에는 눈길도 주지 않았으니까.

"뭐, 좋아요. 듣든가 말든가, 그건 형 자유죠. 어쨌거나 이야기는 어떤 미친 노인에게서 시작돼요. 완전히 돌아 버린 노인네. 자기 이마를 드릴로 뚫고 죽었으니까요."

문득 우광일의 눈썹이 움찔하는 걸 본 것 같았지만 곧 본래의 무표정으로 되돌아갔다.

"죽은 방법 자체도 이상하지만, 더 이상한 건 주위의 반응이에요. 예를 들자면, 굳이 노인의 사인을 농약 중독으로 기록하려는 검안의가 있다든가, 뭐 그런 거요. 의사한테 그렇게 부탁한 사람이 노이균이라는 사업가라는 것까진 대충 알아냈고요. 솔직히 그게 이해가 안 가는 건 아니에요. 좀 알아보니 노이균이 극동리에 투자한 돈이 꽤 많더라고요. 바이오산업단지에 자기네 회사 건물도 올릴 예정이고, 나중에 무슨 테마파크를 만든다고 영화 세트장까지 유치했으니까요. 그런데 괜히 일이 꼬이면 분명 사업에 걸림돌이 될 거잖아요. 들기론 그 노인, 죽기 전에 개발을 반대하는 시위도 했었다는데……, 남들 다 보는 앞에서 그런 짓을 한 것도 아마 이슈화를 노렸던 걸지도 모르죠. 그러니 만에 하나 환경 단체라도 나서서 노인의 죽음을 걸고넘어지면 얼마나 귀찮아지겠어요? 그러니까 거기까진 그렇다 쳐요. 진짜 이상한 건 따로 있으니까요. 실은 극동리에 갔다가 어린애를 하나 만났는데……, 걔가 하는 말이 마음에 걸리더라고요. 언젠가부터 사람들이 다 이상하게 변해 버렸다는 거예요. 완전히 다른 존재가 된 것 같다면서 ─ 자기네 할머니까지 말이에요. ─ 그렇게 변해 버린 사람들이 하나같이 이상한 말을 중얼거린다네요. 형이 내 얘길 어떻게 생각할지는 짐작이 가요. 이 새끼 미쳤나, 이러고 있겠지요. 하지만 만약 형도 걔를 직접 만나 본다면 이 이야기가 좀 다르게 들릴지도 몰라요."

경오에게 들은 얘기를 생각나는 대로 떠들다 고개를 들어 보니, 우광일은 팔짱을 낀 채 눈을 감고 있었다.

'혹시 자는 건가?'

문득 최는 자괴감에 휩싸였다. 김영주에게 말려들어 극동리에 다녀온 것으로도 모자라, 주말 한밤에 이런 폐허 같은 장소에 와서 한물간 전직 경찰에게 헛소리를 늘어놓고 있다니.

최는 한숨을 내쉬며 중얼거렸다.

"관둡시다. 지금까지 얘긴 못 들은 걸로 쳐요. 어차피 듣지도 않았겠지만."

그때 우광일이 눈을 번쩍 떴다.

"아니, 계속해. 그 마을, 이마를 뚫고 죽은 노인, 이상하게 변해 버렸다는 사람들. 다 말해 보라고."

최는 우광일이 보인 뜻밖의 반응에 당황했다. 그는 우물쭈물하며 대답했다.

"신경 쓰지 말라니까요. 방금 말했잖아요. 역시 말도 안 되는 얘기라고요."

그러다 최는 입을 다물었다. 우광일의 눈이 이상하리만치 빛났기 때문이다.

"무섭게 왜 그래요?"

농담조로 건네는 최의 말도 듣는 둥 마는 둥, 우광일은 혼자 깊은 생각에 잠겼다. 그는 주머니에서 담배를 꺼내더니 길게 한 모금 빨고서야 천천히 입을 열었다.

"솔직히 말해 봐. 너 알고 온 거 아니야?"

우광일이 던진 질문에 최는 어리둥절한 표정을 지었다. 알고 왔다니. 대체 뭘 알고 왔다는 말인가. 그런 그의 속마음을 읽기라도 한 듯 우광일이 계속해서 말을 이어갔다.

"노이균이 삼헌광업과 무슨 관계인지 정말 몰랐어? 그리고 내가 오래전 경찰 일을 그만둔 이유가 뭐였는지, 진짜 아무것도 몰랐느냐 이 말이야."

뜬금없는 우광일의 말에 최는 짜증 섞인 어조로 대답했다.

"참 나, 삼헌광업은 또 뭐예요? 그리고 내가 형이 그만 둔 이유를 어떻게 알아요?"

그제야 우광일이 담배를 비벼 끄더니 미안한 듯 웃었다.

"하긴, 네가 뭘 알겠냐. 그땐 너도 아직 어린애였을 텐데."

그는 재떨이를 옆으로 밀고는 서랍을 뒤져서 신문 스크랩 파일을 하나 꺼냈다. 기사마다 가장자리가 누렇게 변색된 낡은 파일이었다.

"들어본 적은 있지? 한 번 읽어 봐."

파일을 건네받은 최는 첫 장부터 빠르게 훑어봤다.

"노방산 일가족 변사 사건? 이거 엄청 오래된 일이잖아요. 사업이 망한 걸 비관한 일가족이 산속 외딴집에 숨어들어 극단적 선택을 한 사건으로 알고 있는데……. 아, 여기 있네요. 1989년 11월 9일. 신강에서 태백으로 넘어가는 노방산 골짜기에서 부부와 각각 여덟 살, 열 살인 아이들이 죽은 채 발견됐다고 말이에요. 그때 아마 태어난 지 얼마 안 된 막내만 살아남았을 걸요. 맞죠?"

"그래, 다들 그렇게 알고 있지."

"그거 말고 무슨 내막이 더 있다는 거예요?"

최의 질문에 우광일이 긴 한숨을 내쉬었다.

"실은 좀 전에 네가 죽은 노인 얘길 했을 때 놀랐어. 자기 이마를 드릴로 뚫었다고 했지? 그런데 그때도 비슷한 일이 있었다면 믿겠냐? 그 사람들, 노방산에서 발견된 일가족 말이야, 그들 모두 결국엔 이마 한가운데를 뚫리고 말았으니까."

죽은 이들을 처음 발견한 건 심마니였다. 전날 밤 돌아가신 할머니가 산삼이 있는 장소를 콕 집어 주는 꿈을 꾸고 산을 오른 길이었다. 새벽부터 부슬부슬 내리던 비는 그가 산을 헤매던 중 싸락눈으로 바뀌었다. 날씨는 점점 추워졌고 기대했던 산삼은 전혀 보이지 않았다. 급기야는 하늘이 시커멓게 변하더니 오후 3시밖에 안 됐는데도 한밤중처럼 어두워졌다.

"그땐 죽었다 싶었어요. 옷도 대충 입고 나간 길이었는데, 갑자기 한 치 앞도 안 보이니 어찌나 겁이 나던지요. 그런데 멀리 그 집이 보이지 뭡니까. 갈까 말까 좀 망설이긴 했어요. 내가 노방산에 하루이틀 드나든 것도 아니고, 그래서 산속에 뭐가 있는지는 대충 다 아는데, 거기에 집이 있다는 건 그날 처음 본 거니까요. 귀신에 홀렸나 싶을 만큼 뜬금없이 나타난 집이었지요. 가까이 가 보니, 지은 지 얼마 안 된 듯 지붕을 덮은 너와가 아직 깨끗하더라고요. 다가가서 한참을 기웃대다 외쳤어요. 누구 안 계쇼? 산삼 캐러 왔다 길을 잃었는데, 좀 열어 주시구려. 이렇게 말입니다. 안에선 아무 기척도 없더라고요. 기다리다 못해 문을 슬쩍 밀어 봤는데, 그냥 확 열리지 뭡니까."

처음에는 아무것도 보이지 않았다. 손으로 허공을 더듬으며 그는 코를 킁킁댔다. 생선 썩는 냄새 비슷한 악취가 어렴풋이 느껴졌기 때문이다. 봉당에 일렬로 누워 있는 시체를 본 건, 어느 정도 시간이 지나 눈이 어둠에 익숙해진 후였다.

"잠든 사람들인 줄만 알았어요. 그런데 아버지로 보이는 사람을 흔들어 깨우다 알게 된 거죠. 다들 죽었다는 것을."

심마니는 비명을 지르며 밖으로 달려 나왔다. 어느새 눈은 그쳤고 무겁게 가라앉았던 구름도 걷혀 있었다. 그는 숨을 깊게 들이쉬며 폐 안 가득 고여 있을 시체 냄새를 없애려 애썼다.

"그때였어요. 안에서 애 우는 소리가 어렴풋이 들리더군요. 솔직히 말하면, 그냥 냅다 튀고 싶었어요. 시체가 넷이나 누워 있는 집엘 무서워서 어떻게 다시 들어가냐고요. 하지만 울음소리는 점점 커졌고…… 결국 어쩔 수 없이 너와집 안으로 다시 들어간 거지요."

그는 덜덜 떨며 시체들의 머리맡을 지나갔다. 울음소리는 봉당 너머 닫힌 문 뒤에서 들려오고 있었다. 숨을 깊게 들이 마신 다음 눈을 꾹 감고 문을 열었다. 속으로 하나, 둘, 셋을 센 다음 눈을 뜨니, 흙벽으로 된 골방 구석에 아이가 하나 엎드린 채 울고 있었다.

심마니는 애를 안고 집 밖으로 나와서는 뒤도 돌아보지 않고 달렸다. 오직 산 아래로 내려가야 한다는 생각뿐이었다. 몇 번을 구르고 넘어진 끝에 산자락 끝 마을에 다다른 그는, 처음 보이는 인가에 들어가 무작정 소리쳤다.

"좀 나와 봐요! 산에 시체가 있어요! 다 죽었다고요!"

그는 안으로 들어가 아이부터 눕힌 뒤 그 집 사람들에게 방금 목격한 광경을 두서없이 늘어놨다. 그리고 그날 신강읍 파출소에서 전화를 받은 사람이, 당시 9급 순경이던 우광일이었다.

그와 선배인 이 경사는 낮에 내린 싸락눈이 얼어붙어 미끄러운 산길을 올랐다. 중간에 몇 번씩이나 넘어져 바지와 신발은 흙투성이가 되었다.

너와집 앞에 다다랐을 때는 이미 어두운 밤이었다. 집까지 안내해 준 심마니는 나무 뒤에 숨어 절대로 들어가지 않겠다고 버텼다. 또다시 시체를 보느니 얼어 죽더라도 여기 있겠다는 거였다.

우광일과 동료 역시 난감하긴 매한가지였다. 그동안 접해 본 사건이라곤 읍내 장터에서 벌어진 주민들끼리의 자리다툼이나 말려 본 게 다였기에, 뭘 어떻게 해야 할지 알 수 없었다. 하다못해 누가 먼저 안에 들어가느냐를 두고도, 그와 이 경사는 티격태격했다.

"그때 난 순경이 된 지 아직 반년도 안 됐을 때야. 당연히 선배인 이 경사가 먼저 들어가야 하는 거 아니냐고. 근데 그 인간이, 자긴 들어갈 수 없다는 거야. 안에 누가 있을지도 모르는데 혹시 잘못되기라도 하면 마누라와 애는 어쩌냐는 거지."

결국 우광일이 먼저 너와집에 들어갔다. 문을 열자 시체에서 풍기는 악취와 함께 가스 냄새가 풍겨왔다. 손전등을 켜니 나란히 누운 네 사람이 보였다. 잠시 망설이다가 가까이 다가가 손가락을 그들 목에 대 보았다. 확실히 죽어 있었다. 그 차가운 축축함에 몸서리를 치며 그는 얼른 손을 뗐다.

"머리맡에 화로가 있었어. 그 안엔 타다 만 번개탄이 보였고. 가스 냄새가 어디서 나는 건지 알겠더라고. 그래, 다 같이 죽은 거구나. 당장은 그렇게 생각했지. 과학수사? 현장 감식? 그때가 1989년이야. 그런 게 있다는 건 소문으로나 들어 봤지, 산골에 있는 조그만 파출소에서 할 수 있는 게 뭐가 있겠어?"

구급 요원들이 올라올 때까지 우광일은 이 경사와 함께 밖에서 기다렸다. 심마니는 나중에 파출소에 나와서 진술 조서를 쓰기로 하고 진작에 산 아래로 내려가 버린 뒤였다.

"파출소 인원과 인근 구급 요원이 다 동원됐는데 다들 보자마자 토하고, 난리도 아니었어. 비탈길을 다시 내려가자니 들것도 쓸모가 없어서 시체 하나씩을 각각 등에 업고 내려와야만 했지."

그렇게 일가족이 극단적 선택을 한 것으로 대충 마무리될 뻔했던 사건은 정작 다른 데서 꼬이고 말았다. 가족임이 틀림없으리라고 생각한 그들이, 전혀 모르는 남남으로 밝혀진 탓이었다.

"남남이라고요?"

"우리가 처음에 아버지라고 생각했던 사람, 그 남자가 서울 종로서에 실종 신고가 되어 있더라고. 마흔한 살 된 남자였는데 다니던 회사가 부도난 뒤로 전철역이나 공원을 어슬렁대며 지냈다는 거야. 어느 날부턴가 집으로 돌아오지 않길래 기다리던 가족들이 실종 신고를 냈던 거지. 남자의 신원이 밝혀지면서 우린 다른 죽은 이들이 그의 가족이 아니라는 걸 알게 됐던 거야."

"그럼 그 여자와 애들은 뭐였어요? 신문엔 가족이라고 써 놨던데, 그건 어떻게 된 거고요?"

"너희 기자들이야 한번 기사화하면 그만이잖아. 일가족 동반 자살! 이런 식으로 펑 터뜨리는 게 중요하지, 그 진짜 뒷얘길 제대로 파 본 적 있냐고. 그때도 마찬가지였어. 한 가족이 죽은 채 발견됐다는 게 중요했지, 그들이 누구였는지 왜 그런 선택을 했는지, 아니 정말로 스스로 목숨을 끊기나 한 건지는 아무도 궁금해하지 않았던 거야. 게다가 89년이었다고, 1989년. 온갖 굵직굵직한 뉴스들 사이에 산골짜기에서 죽은 가족이 끼어들 틈은 없었던 거지. 결국 남은 이들의 신원은 밝히지 못하고 말았어. 무연고 시신이 됐다고나 할까. 골방에서 울고 있던 어린애 역시 마찬가지였어. 대체 그들이 어디서 왜 어떻게 만나 그 깊은 산속까지 오게 된 건지……."

"그런데 형, 좀 전엔 이 사건이 극동리 노인이 드릴로 자살한 것과 비슷하다고 하지 않았어요?"

"그러니까 좀 끝까지 들어 보라고. 이제 그 얘길 하려는 참이니까."

시신은 읍내에서 가장 큰 신강병원 시체안치실에 보관되었다. 그들의 신원을 밝히려는 노력이 계속됐지만 전국에 흩어진 실종자 정보를 취합하는 것은 불가능에 가까웠다.

"결국 모든 게 시들해지고 말았어. 게다가 우린 그 사건 외에도 신경 써야 할 일이 한두 가지가 아니었거든."

신강병원에서 누군가가 난동을 피우고 있다는 신고 전화가 걸려 온 것은 크리스마스를 며칠 앞둔 어느 추운 밤이었다. 마침 야간 근무 중이던 우광일은 파출소에서 온 무전을 받고 긴급히 출동했다. 그는 먹던 단팥빵과 요구르트를 대충 삼키고 병원을 향해 차를 몰았다. 이 경사와 함께 달려 들어가니, 로비에서 간호사와 직원들이 우왕좌왕하며 어쩔 줄 모르고 있었다.

"어딥니까?"

우광일이 허리춤에 찬 곤봉에 손을 얹으며 묻자 얼굴이 사색이 된 경비원이 지하로 가는 계단을 가리켰다.

"지하 2층 시체실에서 어떤 미친놈이 날뛰고 있어요."

계단으로 달려가는데, 경비원이 뒤에서 외쳤다.

"조심하세요. 놈은 흉기를 갖고 있어요!"

지하 2층 복도는 전기 배선이 망가졌는지 온통 캄캄했다. 손전등으로 앞을 비추며 걷다 오른쪽 모퉁이를 도니 시체안치실이 보였다. 굳게 닫힌 철문 틈으로 빛이 새어 나오고 있었다. 귀를 대 봤지만 별다른 소리가 들리지 않았다.

우광일은 이 경사에게 뒤를 부탁했다. 먼저 들어갈 테니 여차하면 가스총이라도 쏘라고 일러두고 문 뒤에 딱 붙어서서 숨을 들이마셨다. 속으로 하나, 둘, 셋을 센 다음 발로 문을 걷어찬 우광일은 흡 하고 숨을 삼켰다.

안쪽은 지옥도 그 자체였다. 시신 보관용 냉동고는 모두 열려 있었고 피바다가 된 바닥에는 시체 몇 구가 뒹굴고 있었다. 속이 울렁거리는 것을 겨우 참으며 조심스럽게 발을 들였다. 그때 이 경사가 뒤에서 외쳤다.

"조심해!"

동시에 시체들 사이에 죽은 듯 엎드려 있던 뭔가가 벌떡 일어서더니 커다란 박쥐처럼 붕 날아오르며 그를 향해 돌진했다.

제기랄, 이렇게 가는 건가? 병원 지하 시체 구덩이에서 생을 마감하다니. 짧은 찰나 그런 생각이 머리를 스쳤지만, 두뇌보다 육체가 먼저 반응했다. 정신을 차려 보니 어느새 바닥으로 몸을 날려 한 바퀴 구른 뒤였고, 그가 재빨리 피하는 바람에 그 시커먼 것(나중에 알고 보니 사람이었지만.)은 발을 헛디뎌 넘어지면서 바닥에 고여 있던 피 웅덩이에 빠져 허우적대고 있었다. 미끌미끌한 피바다에서 버둥대던 괴한을 이 경사가 달려와 뒤에서 덮쳤고 겨우 일어선 우광일이 수갑을 채웠다. 그러는 와중에도 괴한은 발버둥을 치며 고래고래 소리쳤다.

"난 할 일을 한 거야. 영혼을 모두 먹혀 버린 놈들을 처리한 거라고!"

당시를 회상하며 우광일은 고개를 저었다.

"그나마 다행인 건, 놈이 갖고 있던 흉기를 우리한테 휘두르진 않았다는 거야. 그 미친 인간이 들고 있던 게 바로 전동 드릴이었거든. 대체 뭘 잘못 처먹었는지 그걸 갖고 들어와 시체마다 구멍을 뚫고 있었던 거지. 그것도 이마 한가운데에 말이야. 이제 알겠냐? 내가 왜 네 얘길 듣고 이 사건을 떠올린건지."

수갑을 채우고 돌려세워 보니 괴한은 생각보다 나이가 많았다. 적게 잡아도 예순은 넘어 보였으니 말이다. 끝까지 드릴을 놓지 않고 버텼지만 이미 배터리가 다 닳아서 작동을 멈춘 상태였다.

나이 든 괴한은 순찰차에 순순히 들어갔다. 백미러에 비친그의 모습은 악귀에 가까웠다. 옷은 피에 젖었고 눈은 충혈된채 번들대는 것이 인간이 아니었다. 우광일이 시동을 걸자 늙은 괴한이 뒤에서 중얼댔다.

"난 할 일을 했을 뿐이야. 어차피 저것들은 진짜도 아니었고."

우광일은 아무 말도 하지 않았다. 병원에 몰래 들어가 시체에 구멍이나 뚫는 미치광이와 무슨 대화가 되겠는가. 밤길을 운전하려면 정신을 집중할 필요도 있었다. 이 경사가 현장 정리를 위해 병원에 남은 탓에 혼자서 노인을 파출소까지 데려가야 했다. 그는 앞만 보고 달렸다. 뒤에 앉은 노인은 계속해서 웅얼대며 떠들었다. 열에 들뜬 목소리였다.

"영혼도 없는 껍데기의 머리를 뚫은 게, 그렇게 큰 잘못인가? 만약 그냥 됐다면, 저것들은 이 마을, 아니 세상을 집어삼켰을 거야. 자네들까지도 모두 다 말이야."

결국 참다못한 우광일이 한마디 했다.

"좀 조용히 갑시다. 그런 말도 안 되는 변명은 아무 소용없어요."

그러나 노인은 멈출 생각이 없어 보였다. 오히려 더 큰 소리로 외쳤으니 말이다.

"대체 뭘 안다고 그런 말을 하지? 저들은 그저 가죽 자루에 불과했어. 자루에 구멍을 내는 게 그리 큰 잘못인가?"

백미러에선 노인이 음산한 눈빛으로 그를 노려보고 있었다. 히터를 켜서 따뜻한데도 이상하게 추운 느낌이 들어 우광일은 몸서리를 쳤다. 길 양옆으로 자란 나무들이 위로 손을 뻗으며 거대한 괴물로 변하는 듯 보였다. 그때 노인이 난데없는 질문을 던졌다.

"혹시 영혼이 있다고 믿소?"

우광일은 당황했다. 영혼이라니. 그런 건 생각조차 해 본적이 없었다. 군이 말하자면 그는 영혼 따위 있든 없든 상관없다는 쪽이었다. 있으면 어떻고 또 없으면 어떻단 말인가. 어차피 아침에 일어나서 파출소에 출근하고 저녁이면 자취방에 들어가 잠드는 똑같은 나날을 살아갈 텐데.

아무 대답도 하지 않자 노인이 또다시 중얼거렸다. 한결 차분해진 목소리였다.

"아직 젊으니 그런 건 당연히 관심 밖의 일이겠지. 하지만 단언컨대, 영혼은 존재한다네. 물론 난 영혼보단 '의식'이라는 표현을 더 선호하지만. 나는 그걸 과학적으로 증명해 냈어. 죽어서 땅에 묻히면 썩어 문드러질 이 유한한 육체 안에 죽지 않고 불멸하는 뭔가가 깃들어 있다는 사실을 말이야. 더 놀라운 게 뭔지 아나? 우리가 어떤 방법을 사용해서 영혼을 다른 몸으로도 옮길 수 있다는 거라네."

노인의 말을 듣고 있자니 돌아가는 사정이 대충 파악됐다. 우광일은 피식 웃으며 대꾸했다.

"보아하니 사이비 종교의 교주쯤 되나 보군요. 날 포섭할 생각이라면 관두는 게 좋을 겁니다. 그런 거에 넘어갈 만큼 어리숙하진 않으니까요."

그러나 노인은 그의 말에 아랑곳하지 않았다. 도리어 더 열광적으로 미친듯이 떠들 뿐이었다.

"사이비 종교? 자네 같은 사람의 상상력은 딱 거기까지겠지. 하지만 잘 들으라고. 지금이 아니면 기회가 없을 테니까. 노방산에서 죽은 이들 말이야. 그들을 그렇게 만든 건 나야."

순간 우광일은 하마터면 브레이크를 밟을 뻔했다.

겨우 마음을 가라앉힌 그가 물었다.

"뭐라고요? 그들을…… 당신이?"

우광일의 말에 노인은 정색했다.

"오해는 하지 마. 내가 직접 죽인 건 아니니까. 그건 맹세할 수 있어. 나는 그 사람들 털끝도 건드리지 않았다고. 그렇지만…… 애초에 그들에게서 영혼을 제거한 건 나야. 물론 후회하고는 있어. 좋은 뜻에서 시작한 일이었고, 실패할 거라곤 상상도 하지 못했지. 그런데…… 그것이 껴든 거야. 그것이."

어느새 노인의 목소리는 침울하게 변해 있었다.

"시체실에 들어가 이마에 구멍을 낸 건 그들을 위한 나의 마지막 선의라고 보면 돼. 그 사람들을 본래대로 되돌릴 순 없지만, 적어도 그 안에 깃든 다른 것을 없애 버림으로써 영원한 안식으로 인도할 순 있을 테니까. 일을 마친 뒤엔, 나도 따라 죽을 생각이었어. 그런데 갑자기 경비원이 나타났고, 당신들을 부르는 바람에 모든 걸 망친 거지. 그래서 하는 말인데, 부탁하네. 날 다시 병원으로 데려가 줘. 가서 일 처리를 제대로 했는지 내 눈으로 확인해야 하니까. 노방산에서 발견된 시체에 정확히 구멍을 뚫었는지만 보게 해 주게나."

갑자기 이상한 의문이 머리를 스치는 바람에 우광일은 고개를 저었다. 제길, 시체실에서 처음부터 확인했어야 하는데. 그는 우측 깜빡이를 켜며 갓길에 차를 세웠다. 뒤를 돌아보니 볼이 움푹 꺼진 노인이 광기 어린 눈으로 앞쪽을 응시하고 있었다.

"정말로 노방산에서 죽은 이들만 골라서 그 짓을 했다는 겁니까?"

한동안의 적막이 흐르고서야 노인이 고개를 끄덕였다.

"몰랐나? 당연히 그 정도는 파악했을 줄 알았는데."

우광일은 뭐라고 대답해야 할지 몰라 당황했다. 물론 노인의 말이 옳았다. 어떤 시체가 훼손됐는지부터 살펴보는 게 순서였으니까. 그러나 굳이 변명하자면 그는 정신이 없었다. 피바다에 굴러 옷과 신발은 피투성이가 되었고 이 경사는 한술 더 떠 옆에서 토하며 난리를 쳤다. 그런 동료를 진정시키고 노인을 순찰차에 태워 데려오느라, 신원 확인이라는 가장 기본적인 절차를 잊고 만 것이다.

"그들이 왜 거기 그렇게 죽어 있어야만 했는지, 내가 그 모든 걸 말해 줄 수 있어."

"좋습니다. 사실대로 모두 말해 주세요."

잠시 동안의 침묵 후 노인이 천천히 입을 열었다.

"난 비밀 연구소에서 금지된 실험을 하고 있었어. 물론 혼자서 한 건 아니야. 그런 대규모 실험을 단독으로 한다는 건 불가능하니까. 돈을 댄 건 노원철이야. 삼헌광업 사장 노원철. 초반에 우린 의기투합했지. 각자 다른 목적을 가지긴 했어도 결국 한 지점을 향했으니까. 하지만 실험은 실패했고, 생각지도 못한 부작용이 생긴 순간 서로 갈라서게 되고 만 거야……"

그러나 노인의 이야기는 더는 이어지지 못했다. 멀리 어둠 속에서 요란한 사이렌 소리가 들리더니, 순찰차 한 대가 경광등을 번쩍이며 달려왔기 때문이다. 급정지한 차에서 뛰어내린 사람은 파출소장이었다. 우광일도 얼른 밖으로 나가 경례를 했다. 그러나 소장은 인사는 받는 둥 마는 둥 하며 순찰차 안을 기웃댔다.

"어디 계신가, 그분?"

"그분이라니 누굴 말하는 겁니까?"

소장은 우광일에게 대답도 하지 않고 뒷좌석에 앉아 있는 노인을 발견하자마자 외쳤다.

"얼른 풀어 드려. 뭐 하는 짓이야?"

"소장님, 이 자는 병원에 들어와 시체를 훼손하다 현장에서 체포됐습니다."

그때 소장이 뒤에 서 있던 순찰차를 향해 손짓을 하자, 운전석에서 누군가가 쭈뼛거리며 다가왔다. 이 경사였다. 그는 담요 한 장을 고이 접어 받쳐 들고 있었다. 눈이 마주치자 시선을 피하는 이 경사에게 우광일은 따지듯 물었다.

"선배, 제대로 보고한 거 맞아요?"

"어, 그게 말이야, 그러니까 박사님은, 저 안에 계신 분 말인데, 그분은…… 아니다, 자세한 건 나중에 얘기해 줄게. 지금은 일단 소장님 말씀을 따르라고."

소장은 이 경사가 건넨 담요를 노인의 어깨에 덮어 주었다. 그것도 모자라 손수 수갑을 풀고 차에서 내리도록 부축까지 했다.

"죄송합니다, 박사님. 우광일 순경이 뭘 몰라서 이런 실수를 저질렀으니, 대신 사과드리지요."

그러면서 노인을 데려가려는 소장을, 우광일이 가로막았다.

"소장님, 저 사람은 시체에 드릴로 구멍을 뚫었습니다. 그러다가 현장에서 잡혔고요. 증인도 많습니다. 그런데 이렇게 데려가면 뭘 어떡하자는 겁니까?"

소장은 그를 잡아끌더니 마른 수풀 더미 쪽으로 데려갔다.

"W시 경찰서에서 서장이 직접 전화를 했단 말이야. 노원철 사장이 엄청 아끼는 박사님인데 그런 식으로 끌고 갔다고, 노발대발 난리였다니까. 나중에 얘기하자. 알겠지?"

어느새 이 경사는 시동을 걸고 기다리고 있었다. 차 뒷좌석에 앉아 있던 노인이 우광일에게 손짓을 하는 게 보였다. 그는 입을 뻥긋대며 열심히 뭔가를 중얼거리고 있었다.

"뭐라고요?"

우광일이 묻는 순간 차가 출발했다. 동시에 노인이 차창을 내리며 이렇게 외치는 게 들렸다.

"탄광에 가 봐, 거기 실험실이 있으니까!"

"다음 날 출근하자마자 소장에게 갔어. 그 자식, 애써 날 못 본 척하더군. 난 단도직입적으로 물었지. 어제 그 노인, 대체 어떻게 된 거냐고 말이야. 소장은 끝까지 아무 말도 하지 않았어. 그때 이 경사가 오더니 내 팔을 끌고 조사실로 데려 갔어."

조사실에 들어와서도 안심이 안 되는지 이 경사는 한동안 문에 귀를 대고 있었다. 복도에 아무도 없다는 걸 확인하고서야 그가 낮게 속삭였다.

"그 노인한테서 손 떼. 네가 걱정돼서 하는 말이야."

"선배도 봤잖아요. 시체실에서 무슨 짓을 했는지."

"알아, 하지만 벌써 사건은 다 마무리됐어. 왜, 전부터 마을을 떠돌던 노숙자 하나 있잖아. 김 씨라던가? 그놈이 술에 취해서 병원에 들어와 미친 짓을 한 걸로 정리됐다, 이거야. 마침 연구 목적으로 병원을 방문했던 노인이 그 노숙자를 말리고 있었는데, 아무것도 모르는 멍청한 시골 경찰 둘이 뛰어들었고 말이야. 그러니까 우린 시체를 훼손한 범인을 체포한 게 아니라, 죄도 없는 엉뚱한 사람을 끌고 간 거라고."

우광일은 한동안 말을 잇지 못했다. 사건의 모든 추이가 완벽한 허구로 꾸며졌는데, 그걸 반박할 수단은 어디에도 없었다.

"김 씨인가 뭔가 하는 새끼 어디 있어요? 뭘 받아먹고 그런 진술을 한 거래요?"

이 경사는 힘없이 고개를 저었다.

"소용없어. 방금 말했잖아. 노원철에 관계된 사람들은 이 일대에선 언터처블이라고. 막말로 노인이 누굴 죽인 것도 아니잖아. 시체를 좀 망가뜨렸을 뿐인데, 그게 다 무연고 시신이었고 말이야. 노방산에서 죽은 사람들만 쏙쏙 골라냈는데, 종로서에 실종 신고 냈던 남자 측 가족들도 벌써 합의했대. 아마 노원철이 엄청 두둑이 챙겨 줬나 봐."

갑자기 전날 밤 노인이 뒷좌석에 앉아 울부짖듯 외친 말이 떠올랐다.

— 시체실에 들어가 이마에 구멍을 낸 건…… 그들을 위한 나의 마지막 선의였어. 그 사람들을 본래대로 되돌릴 순 없지만, 적어도 그 안에 깃든 뭔가를 없애 버림으로써 영원한 안식으로 인도할 순 있을 테니까.

그때 이 경사가 복도로 나가 캔커피 하나를 뽑아 왔다.

"이거라도 마셔. 기운차리라고. 어젯밤, 네가 노인을 데리고 간 다음 병원 직원들과 뒷정리를 하는데, 소장이 뛰어 들어오는 거야. 뒤엔 처음 보는 남자가 서 있는데, 나중에서야 그가 삼헌광업 사장이란 걸 알았지. 소장은 날 보자마자 그분 어디 있느냐고, 당장 데려오라고 소리를 질렀고. 그런데 말이야, 노원철이란 사람, 생각보다 괜찮더라. 있는 사람 특유의 너그러움이 있었어. 나한테도 몇 번이나 허리 굽혀 인사했는지 몰라. 하도 여러 번씩 사과하기에 나중엔 내가 말렸다니까. 그 사람 말로는 그분이 자기네 연구소에 있는 유명한 박사라는 거야. 요즘 연구가 잘 안 풀려서 스트레스가 쌓인 김에 술을 먹고 병원에 들어가 그런 실수를 저지른 것 같다며 수십 번은 더 머리를 조아리는데, 거기다 대고 뭐라 하기도 참 그렇더라고. 필요한 건 다 합의해 드리겠다, 대신 박사님이 중요한 연구를 끝까지 마칠 수 있도록 협조를 부탁한다, 그건 극동리, 더 나아가 신강읍의 발전에 꼭 필요하다, 노원철의 말은 대충 이런 얘기였지."

비록 최근 들어 많이 쇠락하긴 했지만 삼헌광업은 여전히 이 일대 경제를 쥐락펴락하고 있었다. 그런 노원철 사장에게 모두가 굽신대는 게 어쩔 수 없는 일이라는 것을 우광일도 잘 알고 있었다. 그래도 뭔가 이상하지 않은가. 수십 년째 석탄만 캐 온 회사에 뜬금없이 연구소라니.

그때 이 경사가 그의 어깨에 손을 얹었다.

"노원철은 우리가 노인을 데려올 때까지 파출소에서 기다렸어. 그러고는 아주 극진히 모시고 갔지."

"뭐 다른 얘긴 없었어요? 그 노인 말이에요."

"글쎄, 특별한 건 없었어. 시종일관 말이 없었으니까. 고개를 푹 숙이고 있는 모양새가 자기가 한 짓을 뉘우치는 것 같긴 하더라고. 아, 그러고 보니 한마디 하긴 했네. 노원철과 함께 차에 오르다 말고 나한테 이렇게 외치지 뭐야. '그 애는 어딨소? 그 애를 찾아야 하는데. 걔는 처리하지 못했거든.' 그러는 노인을 노원철 사장이 얼른 차 안으로 잡아끌더라고."

이야기를 마친 우광일이 싱크대로 가더니 물을 받아 왔다. 최는 자신에게 건네려는 줄 알고 손을 내밀었지만 우광일은 혼자 단숨에 마셔 버렸다.

"얘기 끝났어요? 그게 다냐고요?"

최의 말에 우광일은 컵을 내려놓다 말고 혀를 찼다.

"성질이 왜 그렇게 급해? 좀 더 들어보라니까. 그런데 먼저 하나만 묻자. 너 바이오제네시스의 노이균에 대해 어디까지 알고 있는 거야?"

"요즘 노이균 모르는 사람이 있나요? 잘 나가는 젊은 사업가. 22세기를 선도할 바이오산업의 선두 주자. 뭐, 화려하잖아요."

"그러니까 네가 특종을 못 건지는 거야. 기자라는 놈이 남들과 똑같이 피상적인 사실만 앵무새처럼 중얼대니, 대체 뭘 캐 볼 수 있겠냐. 내가 노이균의 진짜 정체를 알려 줄게. 노이균은 그날, 1989년 11월 9일 노방산 골짜기에서 유일하게 살아남았던 바로 그 아이야. 사건 후에 노원철이 그 애를 입양한 거지."

뭔가 대단한 비밀이라도 듣게 될 거라고 기대했던 최는 실망을 감추지 못했다.

"뻔한 미담 아닌가요? 돈 많은 광산 소유주가 일가족이 죽어 갈 곳 없어진 아이를 입양했다는 감동적인 스토리. 노원철도 그걸 노렸겠죠."

"그래, 그렇게 볼 수도 있어. 하지만 진짜 속사정은 다르단 말이지."

우광일은 잠시 말을 멈추더니 주머니를 뒤져 담배를 찾았다. 바깥은 어느새 완전한 적막에 뒤덮였고, 간간이 들려오던 올빼미 울음소리조차 멎은 지 오래였다.

"그날 노원철이 그런 식으로 노인을 데려갔을 땐 엄청 열받았지만, 나중엔 차차 납득이 됐어. 그즈음 석탄업은 사양길이었으니까. 넌 잘 모르겠지만, 나라에서 석탄산업 합리화 정책이란 걸 시행하던 때라고. 그것 때문에 전국의 석탄광은 대부분 문을 닫았고, 삼헌광업 역시 언제 폐업해도 이상하지 않을 정도로 코너에 몰려 있었지. 그러니 그들이 광업 외의 다른 활로를 찾느라 연구소를 세웠다고 생각하면, 별로 이상할 것도 없었던 거야. 나 또한 그 일에 더는 신경 쓰고 싶지 않았어. 시골 파출소긴 했지만 매일 자잘한 사건사고가 밀려 들었고, 덕분에 하루하루 정신없는 나날을 보내야 했거든. 결국, 그렇게 시간은 흘렀고 마침내 내 뇌리에서도 그 일은 완전히 지워지고 말았어. 그런데 그때 또다른 신고가 들어온 거야."

그날 파출소로 전화를 걸어온 사람은 읍에서도 한참 떨어진 곳에 있는 정신병원의 원무과 직원이었다. 격리병동에 수용돼 있던 환자 하나가 산책 시간을 틈타 탈출했다는 신고였다.

"어느 정도 위험한 환자입니까?"

우광일은 수첩에 메모할 준비를 했다. 가까운 C시에서 조현병을 앓던 환자가 동네 주민을 무참히 살해한 사건이 발생한 지 얼마 안 된 때였다. 그러나 원무과 직원은 별로 걱정하는 기색도 없이 담담하게 대답했다.

"오늘내일하는 노인네예요. 아마 국민학생이랑 마주쳐도 겁낼 필요 없을 겁니다. 나이도 많고 평소에도 얌전했던 환자라 우리가 감시를 소홀히 한 면도 없지 않긴 해요. 기운이 없어서 어디 멀리 가진 못 했을 테고, 직원들이 나서서 찾고 있으니 곧 데려올 수 있을 겁니다. 굳이 신고를 한 건, 아시잖아요, 법이 그렇게 정해져 있어서 말입니다."

환자의 이름은 김일호라고 했다. 입원한 것은 두 달 전 연

말쯤이었는데, 술에 취한 채 행려병자처럼 돌아다니던 그를 길 가던 광부들이 발견해서 119에 신고했고 정신적 문제가 있는 게 확인되어 그곳으로 이송됐다는 것이다.

"그땐 그렇게 돌아다니다 걸리면 무조건 정신병원행이었어. 지금처럼 입원 절차가 철저했던 것도 아니고, 그냥 마음만 먹으면 무작정 집어넣을 수 있었지. 아마 그 환자도 그렇게 입원하게 된 것 같았어. 그런데 이상하게 신경이 쓰였던 건, 직원이 전화를 끊기 전 한 말 때문이었어. 처음 신강읍 사거리에서 발견했을 때, 그가 술에 취했는지 약에 취했는지 횡설수설하기만 하고 아무것도 기억하지 못하더라는 거야. 자기가 누군지, 왜 거기 있는지 말이야. 격리병동에 갇히기 직전까지, 그리고 갇힌 뒤에도 내내 같은 말만 중얼댔다는 거지. '껍데기들, 가짜를 모두 처치해야 해. 안 그러면 다 죽어. 당신들도 나도 끝장이라고.' 내가 왜 관심을 가졌는지 알겠지? 난 수화기를 내려놓으려던 직원에게 되물었어. 노인이 정말로 그렇게 말했냐고. 한데 그 직원이 갑자기 입을 다물더니 아무 말도 하지 않더라고. 그러다가 바쁘다며 인사도 없이 전화가 끊겼고. 전화를 내려놓은 다음에도 한동안 망설이긴 했어. 모른 척하고 넘어갈까 생각도 했지. 원무과 직원 말마따나 미친 사람의 말에 일일이 신경 쓸 필요는 없잖아. 그렇지만 결국 난 병원으로 가고 말았던 거야. 탈출했다는 노인을 만나 직접 확인해야 직성이 풀릴 것 같았으니까."

2월의 시골길은 한적했다. 한 시간 정도 달리자 높은 담장으로 둘러싸인 병원 건물이 보였다. 갓길에 차를 세우고 사방을 둘러보았다. 녹은 눈과 진흙이 뒤섞인 들판은 거대한 얼룩 같았고, 시든 잡초와 키 작은 나무들이 쓸쓸하게 바람에 흔들리고 있었다. 잠시 서 있는 사이에 비가 내리기 시작해 차가운 습기가 점퍼 안으로 스며들었다.

'이런 데서 환자를 찾는다고?'

고심 끝에 그는 무작정 돌아다녀 보기로 했다. 병원 직원 말대로 탈출한 환자가 노인이라면 아직 멀리 가지는 못했을 테니까. 우광일은 진흙탕에 발이 빠져 가며 이리저리 다녔고 틈틈이 입에 손을 모으고 외쳤다.

"지난번 그 순경입니다. 만약 문제가 있다면 내가 도와줄 수 있어요!"

하지만 아무리 찾아다녀도 인기척은 없었다. 점퍼는 비에 젖어 축축해졌고 감기 기운이 오는지 온몸이 오슬오슬 떨려왔다. 문득 자신이 멍청한 짓을 하고 있다는 생각이 들었다. 만약 노인을 찾아냈다고 치자. 그가 지난번 시체실에서 난동을 피우던 사람이면 또 어떡할 것인가. 그래 봤자 확실해지는 건, 그 노인이 정신병자라는 사실뿐이었다.

그때 병원 쪽에서 시끄러운 소리가 들렸다. 노인을 찾아다니던 직원들이 이쪽으로 오고 있는 것 같았다. 우광일은 서둘러 순찰차로 향했다. 굳이 그들과 마주치고 싶지는 않았기 때문이다. 차에 올라타 안전벨트를 매는데 뒷좌석에서 뭔가가 움직이는 기척을 느꼈다. 본능적으로 뒤를 돌아본 우광일은 깜짝 놀랐다.

"이런, 여기서 또 만나는군."

뒷좌석에 몸을 납작하게 눕히고 있는 사람은, 바로 그 노인이었다. 그새 얼굴은 더 말랐고 볼은 푹 꺼져서 마치 우물이 패인 것 같았다. 우광일은 허리춤 곤봉에 얹었던 손을 천천히 내리며 물었다.

"어떻게 된 겁니까? 그날 노원철 사장이 데려갔다고 들었는데, 왜 여기 있는 거지요?"

"그쪽이 짐작하는 대로야. 놈은 날 저기에 강제로 처넣었어. 내 입을 다물게 하려고 말이지."

"그럼 불법적으로 병원에 끌려갔다는 건가요?"

그러나 노인이 뭐라고 더 말하기도 전에, 차창 너머로 사람들이 나타났다. 병원용 작업복을 입은 남자가 차 안을 들여다보더니, 뒤를 돌아보며 뭐라고 소리쳤다. 곧 건장한 남자 두어 명과 함께 가운을 입은 의사가 다가왔다. 그는 운전석 쪽 유리문을 두드리며 말했다.

"문 좀 열어 주십시오. 격리병동에서 탈출한 환자입니다."

우광일은 문을 여는 대신 액셀을 밟았다. 순찰차가 갑자기 돌진하는 바람에 의사와 남자들은 비명을 지르며 양옆으로 피했다.

들판을 빠져나온 그는 읍내로 향하는 길로 접어들었다. 파출소에 데려가 입원 과정에 무슨 일이 있었는지 조사할 생각이었다.

파출소 옆 공터에 차를 세웠을 때 노인은 잠들어 있었다. 조심스럽게 흔들어 깨웠지만 일어나지 않았다. 우광일은 낮게 한숨을 내쉬고는 노인을 등에 업었다. 땀과 비에 절은 환자복에서 퀴퀴한 냄새가 났다. 다른 이들의 눈을 피해 파출소 건물 뒤 후문으로 들어갔다. 발소리를 죽여 걸은 끝에 조사실 앞에 다다라, 간유리 너머로 안을 들여다봤다. 다행히 아무도 없었다. 문을 열고 들어가 철제 의자 두 개를 이어 붙인 다음 노인을 눕혔다. 잠시 숨을 돌리고 커피라도 한잔 뽑아 오려고 문손잡이를 돌리는데, 뒤에서 목소리가 들려왔다.

"내가 왜 병원에서 탈출했는지 궁금하지 않은가?"

우광일은 문손잡이에 손을 얹은 채 멈추어 섰다.

"남은 한 사람을 마저 처리하기 위해서야. 혼자 살아남은 그 아이. 걔 이마에까지 구멍을 뚫어야 모든 게 끝나는 거라고."

또 저 소리라니. 지긋지긋하군. 정말 미쳐 버린 건가? 우광일은 노인이 비스듬히 누워 있는 의자 앞으로 다가갔다.

"너와집에 혼자 울던 아이를 말하는 겁니까? 그렇다면, 잘 들어요. 그 애는 살아 있어요. 살아서 숨 쉬고 있다, 이 말입니다. 대체 이마를 뚫고 어쩌고 하는 게 당신에게 무슨 의미가 있는지는 모르지만, 그 애한테 뭔 짓이라도 할 생각이라면 꿈 깨요. 아이의 털끝 하나라도 건드린다면 내가 가만 안 둘 테니까요."

그의 말에 노인이 피식 웃었다.

"아주 대단한 휴머니스트가 납셨군. 그런데 어쩌나? 당신 같은 어설픈 박애주의자들 때문에 이 마을이 끝장난다면? 아니 세상 전체가 골로 갈 수도 있는 문제인데 말이야."

우광일은 뭐라고 대답해야 할지 몰라 가만히 서 있었다. 그의 침묵을 틈타 노인이 계속해서 중얼댔다.

"이런 거 생각해 본 적 있어? 진정으로 살아 있는 것과 그냥 숨이 붙어 있는 것의 차이. 닭이나 소, 돼지를 왜 아무렇지도 않게 도축해서 먹어 치우겠어? 그것들에겐 영혼이 없다고 믿기 때문 아니야? 그 애도 마찬가지라고. 슬프게도 그 아이는 본래의 영혼을 잃었어. 그 빈 껍데기 안에 다른 뭔가가 들어갔지. 일종의 부작용인데…… 내 추론이 옳다면 그게 결국 무서운 결과를 초래할 거야. 방금 이마를 뚫는 게 무슨 의미가 있느냐고 했지?"

노인은 의자에서 몸을 일으키더니 오른손 검지로 자기 이마 한가운데 미간을 가리켰다.

"이 안에 영혼이 들어 있어. 난 그걸 자유자재로 옮기는 연구를 하고 있었지. 불가능하다고? 아니, 가능해. 실제로 오래전부터 그렇게 해 온 이들도 있고, 난 그 과정을 과학적으로 정리한 것에 불과하지. 노방산에서 발견된 이들은 실험 대상이었어. 그들은 스스로 원해서 이곳에 오기도 했고 이런 말 하긴 뭣하지만 불법적으로 조달한 애들도 있었어. 아니, 비난은 나중에 하게. 나도 충분히 뉘우치고 있으니까. 어쨌거나 보다시피 실험은 완전히 망했어. 대체 왜 그런 결과가 나왔는지는 나도 몰라. 뭔가…… 그래, 그 땅속 깊은 곳에 도사리고 있던 상상할 수도 없는 뭔가가, 그들의 텅 빈 내부로 스며들었던 걸까? 어쨌든 그들은 점차 괴물로 변해 갔어. 정체를 알 수 없는 무언가 위험한 것으로. 나는 더 충격적인 사실도 알게 됐지. 그들 안에 숨어든 그 뭔가가, 마치 균이 생명체를 감염시키듯 다른 인간에게로 옮겨 다닌다는 것을 말이야. 난 그걸 바로잡으려고 했어. 어떻게 해서든 원래대로 되돌려 놓으려 했다고. 하지만 노원철은 생각이 달랐어. 어차피 필요한 데이터도 다 확보했으니 실험이 끝난 사람들을 처분해 버리기로 마음먹은 거지. 마치 생체 실험을 끝낸 제약사가 죽은 쥐들을 한꺼번에 쓸어 버리듯 말이야. 그는 망친 실험 동물을,

아니 그 사람들을 모두 너와집에 갖다 버렸어. 뒤늦게 그들의 죽음을 알게 된 나는 과학자로서 마지막 양심을 걸어야 했네. 버려진 시체에서 위험한 뭔가가 새어 나와 마을로 퍼지는 걸 막아야 했으니까. 그래서 그런 거였어. 병원으로 몰래 들어가 이마를 뚫어 버린 이유 말일세."

"이미 일어난 일에 대해 당신이 뭔 소리를 하든 상관 안 하겠습니다. 하지만 그 애는 놔두세요. 아직 어린애잖아요. 이상한 의식? 영혼? 그런 거에 감염됐다고 했나요? 그게 사실이어도 뭐가 문젭니까? 솔직히 난 내 영혼이 어떤지조차도 관심 없는데. 그러니 이제 진정하시고, 병원에 들어가게 된 계기나 말해 주세요. 불법으로 강제 입원이 이뤄졌다면, 그건 내가 해결해 줄 수 있을지도 모르니까요."

우광일의 말에 노인이 부쩍 침울해진 목소리로 대답했다.

"아직도 문제의 본질을 이해하지 못하는군. 처음에 노원철은 그 애도 죽여 버리려고 했어. 일산화탄소 중독에 의한 일가족 동반 자살로 꾸며 놓으면 다 해결되는 거니까. 하지만 뭐가 잘못됐는지 아이는 죽지 않았어. 노원철도 처음엔 놀랐겠지. 그런데 살아남은 그 애를 보면서 놈은 뭔가 다른 꿍꿍이를 가지게 된 것 같아. 그 아이를 입양해서 양자로 삼았으니."

우광일은 당황해서 노인의 어깨를 잡고 있던 손을 놓았다.

그런 이야기는 금시초문이었다.

"정말입니까? 어디 보육원으로 보냈다고 들었는데……."

"나를 시체실에서 데리고 온 날 밤, 노원철이 아이를 안고 나타났어. 그 애를 입양하겠다고 하더군. 놈은, 아이에게 자기 자신을 옮기는 실험을 하겠다고 했어. 그러니 좀 도와달라는 거야. 나는 단호히 거절했어. 말도 안 되는 사악한 계획이니까. 노원철은 그런 식으로 자기 자신을 영원히 존속시킬 꿈을 꿨던 거지. 그는 거의 무릎을 꿇다시피 하며 애원했어. 알고 보면 모든 게 다 인류를 위한 거라고도 주장하더군. 어떤 몸으로든 영혼을 옮길 수 있다면 불치병으로 죽음을 앞둔 사람의 생명도 구할 수 있을 거라며 말이야. 하지만 아무리 설득해도 말을 듣지 않자 노원철은 결국 나를 정신병원에 집어넣고 말았네. 강제로 끌려가 격리병동에 갇힐 때 그가 말하더군. 잘 생각해 보십시오. 한 달 후 다시 올 땐 좀 더 긍정적인 대답이 있길 기대하지요, 라고. 그런데 그놈이 아직 모르는 게 있어. 살아남은 그 아이는 그냥 어린애가 아니라는 거야. 이미 그 애 안에도 무언가가 자리 잡고 있다고. 그걸 처치하지 못한 채 노원철이 멋대로 실험을 계속한다면, 무슨 일이 생길지 아무도 몰라."

"그래요, 그게 다 진짜라고 칩시다. 그러면 연구소는 어디 있는 거죠? 그 사건 이후 나름대로 알아봤지만, 그런 건 없었어요. 삼헌광업 사무소에 가서 물어보기도 했지만 다들 모른 다더군요."

"이런 순진한 경찰 나리를 봤나. 생각해 봐, 그런 걸 누구나 볼 수 있는 곳에 짓겠어? 삼헌광업은 광복 전부터 수십 년이나 운영되어 온 광산이야. 노원철의 증조부가 일본에 협력하는 대가로 채굴권을 얻었다고. 그렇게 오래된 광산이니, 더는 석탄을 캐지 않는 폐광도 여러 군데 있겠지, 안 그런가? 노원철은 주도면밀한 놈이야. 아무도 모르게 연구할 수 있는 장소는 오직 땅속 깊은 곳뿐이라고 생각한 거지."

밖에 누가 오는 건 아닌지 신경 쓰랴, 미친 듯 떠드는 노인의 말에 귀를 기울이랴 하다 보니 우광일은 정신이 혼미해지는 느낌이 들었다. 도대체 어디까지 믿어야 하지? 폐광 깊숙이 비밀 연구소를 짓고 금지된 실험을 한다? 만화영화에나 나올 법한 뻔한 레퍼토리잖아. 연구에 미쳐 윤리를 저버린 사이코 과학자. 세상을 파괴하고 독차지하려는 비뚤어진 자본가. 그런 이야기를 믿느니, 노인이 진짜 정신병자라서 망상에 찬 헛소리를 늘어놓고 있다고 보는 편이 훨씬 합리적이었다.

우광일은 노인 맞은편 의자에 앉으며 수첩을 꺼냈다. 지금 뭘 해야 할지, 이제야 정확히 알 수 있었다.

"일단은 진술서를 좀 받아야 할 것 같습니다. 정말로 부당하게 병원에 끌려간 거라면, 먼저 그걸 해결해야 하니까요. 성함이 김일호 씨 맞나요?"

순간 노인의 얼굴이 일그러졌다.

"난 김일호가 아니야. 내 이름은……."

하지만 노인은 더 이상 말을 잇지 못했다. 신음과 함께 입에서 거품을 내뿜으며 바닥으로 고꾸라졌기 때문이다. 사지를 덜덜 떨며 몸부림치는 노인의 눈이 하얗게 뒤집혀 있었다.

아무리 흔들어도 경련이 멈추지 않자, 우광일은 조사실 문을 열고 복도를 내달렸다. 마침 저쪽 끝에서 파출소장이 달려오고 있었다. 그는 우광일을 보자마자 고래고래 소리를 질렀다.

"우 순경, 뭔 짓이야? 위험한 환자를 의사의 허락도 없이 데리고 왔다면서?"

그제야 소장 뒤에 아까 마주쳤던 의사가 서 있는 게 보였다. 병원용 작업복을 입은 건장한 남자 둘도 함께였다.

우광일은 다시 조사실로 뛰어가 양팔을 벌려 문을 막으며 외쳤다.

"이 노인은 적법한 입원 절차를 거치지 않았어요. 잠시만 시간을 주십시오. 일단은 조사를 마치고 정말 아무 문제가 없다면 제가 병원으로 직접 데려갈 테니까요."

그러나 이 경사와 소장이 그를 제지했다. 그 둘은 있는 힘을 다해 우광일의 팔을 잡았다. 그는 꼼짝없이 붙잡힌 채 노인이 진정제 주사를 두 대나 맞은 뒤 축 늘어져 들것에 실려

가는 모습을 지켜봐야만 했다. 그는 이 경사에게 소리를 질렀다.

"선배, 정말 이러기입니까? 저 노인은 불법적으로 병원에 감금됐다고요."

그러나 우광일은 곧 턱에 엄청난 통증을 느끼며 넘어졌다. 이 경사가 주먹을 날린 것이었다. 입가의 피를 닦으며 비틀대는 우광일을 잡아 일으켜 주며 그는 낮게 속삭였다.

"미안하다. 설마 너, 노원철에게 대항하겠다는 건 아니지?"

겨우 일어나 파출소 밖으로 달려나갔을 때 이미 노인을 실은 구급차는 떠나 버린 뒤였다. 기둥을 짚고 멍하니 서 있다가 뒤로 돌아서는 그의 눈에 공터를 빠져나가는 검은 세단 한 대가 들어왔다. 뒤창 너머로는 낯익은 얼굴 하나가 빙긋이 미소짓고 있었다. 노원철이었다.

"다음 날 출근하자마자 이 경사가 걱정스러운 표정으로 날 불렀어. 소장이 기다리고 있다나. 생각했던 대로 정직 처분이 내려졌지. 예상한 바였기에 미리 써 온 사표를 던졌어. 시원섭섭한 심정으로 나오는데 이 경사가 따라와 말리더군. 이 정도 일로 그만둔다면 이 나라에 남아 있을 경찰은 하나도 없다는 거야. 선배는 마누라도 있고 아이도 있으니 어쩔 수 없겠지만, 난 아니니까 들어가 보시라고 말했고…… 그게 끝이었지.

너도 알다시피 그 후론 이렇게 지냈어. 사설탐정 노릇 비슷한 걸 하면서 말이야. 그 후에 정신병원에 찾아가 김일호란 환자에 대해 물었지만 그런 사람은 없다는 대답만 들었지. 서울에 사는 가족이 와서 데려갔다며 그 이상은 아무것도 알려 주지 못한다는 거야. 삼헌광업 사무소에도 몇 번 더 가 봤지만 갈 때마다 미친놈 취급이나 받았어. 폐광엔 물이 차서 아무도 못 들어가는데 거기 연구소를 만드는 게 말이 되냐는 거지. 그리고 얼마 후 노원철은 연기처럼 사라졌어. 그게 1997년의 일이야."

점점 쇠락해 가던 삼헌광업이 완전히 문을 닫은 것은 사고 때문이었다. IMF 사태가 터지기 한 달 전쯤 갱도 안에서 큰 폭발이 일어났고, 노원철은 그 안에서 죽었다. 아니, 죽은 걸로 추정됐다. 끝내 그의 시체는 발견되지 않았고 모든 진실은 무너져 내린 갱도와 함께 땅속에 묻혀 버렸다.

처음 폭발 소식이 전해졌을 때만 해도 갱도를 새로 뚫는 굴진 작업 중 일어난 사고라고 생각됐다. 그러나 실상은 그렇지 않았다. 폭발은 폐쇄된 지 오래된 갱도에서 일어났고 노원철은 그날 무슨 이유에서인지 아들과 함께 그곳에 들어갔다.

"노원철이 아들까지 데리고 갔다는 건, 사고가 난 뒤 폐광 입구 쪽을 비추던 CCTV를 보고서야 알게 된 거야. 그들이 거기 왜 들어갔는지는 끝까지 밝혀지지 않았어. 당사자가 죽었으니, 아니 사라졌으니, 당연한 결과겠지. 삼헌광업에서 일했던 광부들 말로는, 그 갱도는 폐쇄된 지 30년이 넘은 곳이라 하더군. 석탄이 더는 나오지 않아 버려졌는데, 얼마 후 지하수가 흘러들어 거대한 수갱이 되었다는 거야. 너무 위험해서 아무도 내려갈 수 없는 곳인데, 대체 사장이 왜 아들까지 데리고 들어간 건지 의문을 품는 이들이 많았어. 하긴 그와 관련해서도 이상한 소문이 많았지. 당시 삼헌광업은 안팎으로 엄청난 문제에 처해 있었거든. 진폐증 광부들의 시위, 보상 요구, 그리고 석탄 산업 쇠락으로 인한 경영 위기. 그걸 일거에 해결하기 위해 보험금을 노린 노원철이 사고를 가장했다는 거지. 시체를 못 찾은 것도 그런 소문을 증폭시키는 데 일조했고. 사고 뒤엔 당연히 아들인 노이균도 죽었을 거라 생각했는데, 모두가 포기했을 즈음, 아이가 뜻밖의 장소에서 나타난 거야."

노이균은 광산에서 좀 떨어진 마을 야산에서 발견되었다. 정확히는 야산이 아니라 산비탈을 일궈 만든 화전이었는데, 아침 일찍 일하러 나갔던 농부가 밭두렁에 흙투성이가 되어 쓰러져 있던 소년을 본 것이다.

"처음에 농부는 그 애가 노원철의 아들인 것도 몰랐다더군. 아이는 정신을 잃은 채 발견됐고, 나중에 의식을 회복한 후에도 그간 있었던 일을 전혀 기억하지 못했지. 게다가 가벼운 실어증 증세까지 보였고. 경찰도 아이에게서 뭔가 정보를 얻으리란 기대를 접어야 했어. 노이균은 심리치료사에게 보내졌고, 결국 왜 아버지와 함께 땅속으로 내려간 건지, 어떻게 혼자만 살아서 지상으로 올라온 건지는 영원히 미스터리로 남게 되었지. 그 사고 후론 나도 더는 그쪽을 캐지 않았어. 폭발 사고로 아버지를 잃고 가업처럼 이어 오던 광산까지 모두 망해 버린 아이를 계속 추적한다는 게 양심에 켕겼으니까. 무엇보다도 지금 하는 일이 차차 자리를 잡으면서 나도 바빠졌거든. 실체 없는 진실을 파헤치는 일에 쓸 시간은 없었던 거지.”

말을 멈춘 우광일이 또 한 잔의 물을 마셨다. 혼자만 마시는 게 마음에 걸렸는지 이번에는 종이컵 가득 받은 물을 최에게도 내밀었다. 미지근한 수돗물의 맛은 최악이었다. 최는 반쯤 마시다 말고 컵을 내려놓으며 물었다.

“이런 말, 해도 될지 모르겠는데, 솔직히 형 얘기 흥미롭긴 한데…… 좀 이상하지 않아요? 그러니까 내 말은, 구체적인 사실이 하나도 없다는 거예요. 모든 게 정신병 환자일지도 모르는 노인의 진술을 바탕으로 전개되잖아요.”

우광일은 수긍한다는 듯 고개를 끄덕였다.

“내가 한 얘길 어떻게 받아들일지는 네 자유야. 하지만 이유가 뭐든 간에 이마에 드릴로 구멍을 뚫는 기괴한 사건이 비숫한 장소에서 반복될 확률이 대체 얼마나 될까?"

최는 삐걱대는 의자 등받이에 기대어 생각에 잠겼다. 우광일이 들려준 이야기는 물론 흥미로웠지만 사실관계를 확인해야 할 게 너무 많았다.

마침내 그는 의자에서 일어섰다.

"시간 내줘서 고마워요, 형. 너무 늦은 것 같아서 이만 가보려고요. 더 알아낸 거 있으면 연락해요. 나도 새로운 거 나오면 전화할 테니까."

우광일은 어느새 모니터를 들여다보며 뭔가를 열심히 검색하고 있었다. 그는 최의 인사에도 건성으로 고개만 끄덕였다.

차에 올라타기 전 돌아보니 고철과 쓰레기로 이루어진 성채가 거대한 어둠 속에 완전히 파묻혀 있었다.

2월 21일 일요일 밤

오구식은 비틀대며 주저앉아 이마의 땀을 닦았다. 시체를 셋이나 파묻는 일은 그야말로 고역이었다. 아마 제정신이었다면 절대 하지 못했을 일인지도 모른다. 하지만 그는 뭔가에 취한 듯 삽을 들고 정신없이 땅을 팠다. 세 번째 시체까지 구덩이에 던져 넣은 뒤에야 목에 걸고 있던 수건으로 땀을 닦았다.

그는 이마에 커다란 구멍이 뚫린 채 허공을 향해 있는 사자(死者)의 눈을 마지막으로 응시했다. 흙을 덮고 발로 밟아 평평하게 만들고 나서도 마른풀과 낙엽까지 긁어모아 한 번 더 뿌렸다.

무중력 공간을 걷듯 붕 뜬 기분으로 산을 내려오니 벌써 자정이 넘은 시각이었다. 흙 묻은 삽을 비닐에 싸서 자율방범대 순찰차 트렁크에 숨기고 조수석에 굴러다니던 페트병 뚜껑을 열어 벌컥벌컥 물을 마셨다. 냉수가 온몸을 타고 흐르자 이상한 의문이 머릿속을 스쳤다. 대체 어디서 이런 괴력이 솟아나는 걸까. 얼마 전까지만 해도 그는 피로를 견딜 수 없었고 축 처진 채 하루하루를 보냈다. 삶은 다 끝난 것 같았고 뭘 해도 새로운 희망 따윈 느낄 수 없었다. 그런데 요즘은 어떤가. 아침에 눈을 뜨면 날아갈 듯 몸이 가벼웠다. 이렇게 기운이 넘치는 건 그뿐만이 아니었다. 마을 전체가 기묘한 활기로 가득 차 있었다. 전에는 그저 회색 유령 같던 사람들이 총천연색으로 되살아난 느낌이라고 할까. 그런데 문제는, 그 생기에 자연스러운 맛이라곤 도무지 없다는 것이었다. 그들이 내뿜는 생기는, 보고 있노라면 속이 울렁대는 8K UHD의 초고화질 화면처럼 비현실적이었다.

"뭐 어쩌라고. 회색보단 낫잖아."

페트병 뚜껑을 돌려 닫고 시동을 걸며, 오구식은 중얼거렸다. 무슨 말을 하는 건지 스스로도 이해할 수 없었지만 상관하지 않았다. 요즘 이런 적이 한두 번이 아니었으니까. 정신을 차려 보면 생각지도 않은 말을 웅얼대고 있거나 종이에 알 수 없는 그림이나 수식 따위를 그리고 있었다. 그럴 때마다 그는 누가 볼세라 얼른 입을 다물었고, 낙서투성이 종이는 마구 구거서 아궁이에 쑤셔 넣었다. 도대체 이 마을에서, 그리고 자기 내부에서 무슨 일이 벌어지고 있는 건지 알 수 없었지만 점점 활기차게 변해 가는 분위기를 놓치고 싶지는 않았다.

온통 시커먼 어둠속에서도 오구식은 환한 대낮의 고속도로를 달리듯 거칠게 차를 몰았다. 저 앞에 검은 고양이 한 마리가 도로를 가로지르는 걸 본 그는 액셀에 얹은 발에 힘을 주었다. 속도를 높여 달려나간 차 바퀴가 물컹한 것을 밟고 지나는 순간, 오구식의 입가에 희미한 미소가 어렸다.

초소로 돌아와서야 그는 자신이 파김치가 되었다는 걸 깨달았다. 옷소매로 얼굴을 문지르다 말고 윗옷을 더듬어 보니 여기저기 끈적한 액체가 묻어 있었다. 앞주머니 쪽에는 뇌수와 살덩이 같은 게 엉겨 덕지덕지 붙어 있기까지 했다. 아까부터 풍기던 비릿한 악취는 거기서 나는 거였다. 손바닥을 펼친 채 한참 동안 내려다보던 그가 벽을 짚으며 일어섰다. 화장실에 들어가 수도꼭지를 돌리고는 얼음장같이 차가운 물을 목과 얼굴에 끼얹었다. 그제야 좀 정신이 드는 것 같았다. 벽에 걸린 수건으로 물기를 닦던 그가 가만히 귀를 기울였다. 지하에서 쿵쿵 소리가 들려오고 있었다.

거울에 비친 오구식의 눈에 핏발이 섰다. 그는 화장실 안을 두리번거리다가 구석에 놓여 있던 변기용 관통기를 집어

들었다. 바닥을 더듬어 양변기 아래쪽의 작은 고리를 찾아냈
다. 그걸 오른쪽으로 돌린 뒤 당기자 덜컹, 하고 열리며 밑으
로 사다리가 펼쳐졌다. 오구식은 좁은 입구로 몸을 구겨 넣고
내려가기 시작했다. 바닥에 다다른 뒤 줄을 잡아당겨 위로 열
린 문을 닫았다. 전등 스위치를 켜자 뿌연 불빛 아래 쓰러져
있는 두 사람이 보였다.

곽은 이마에 피를 흘린 채 죽은 듯 널브러져 있고 청테이
프로 꽁꽁 묶인 구가 몸부림을 치며 벽에 어깨를 쾅쾅 부딪
치고 있었다. 오구식과 눈이 마주친 구는 신음을 하며 옆으
로 굴렀다. 오구식은 그 앞으로 가서 한동안 가만히 내려다
봤다.

"살려 달라고? 그럼 조용히 있었어야지."

그가 관통기를 높이 들어 올리는 걸 본 구가 울부짖기 시
작했다. 눈에는 공포가 가득했고 가랑이 사이에서 축축한 액
체가 흘러나왔다. 청테이프로 입이 봉해져 있었지만 분명 살
려 달라고 애걸하는 것이리라. 오구식은 조금의 망설임도 없
이 힘껏 내리쳤다. 쓰러진 구의 머리에서 검은 액체가 흘러나
와 바닥으로 서서히 퍼져 갔다.

1월 28일(사건 발생 2주 전)

"화장실도 없단 말입니까? 마을을 위해 봉사하는 분들이
그런 불편을 감수하게 할 순 없지요."

자율방범대 컨테이너를 처음 방문하던 날, 노이균은 걱정
스러운 얼굴로 물었다. 그는 즉석에서 새 컨테이너 초소를 기
증하겠다고 약속했다.

노이균이 마을에 온 것은, 「배틀 온 마스」 촬영이 시작되기
며칠 전이었다. 이장인 오구식도 무척 흥분해 있었다. 이런 시
골 촌구석에 화성 테마파크가 생긴다니. 그는 낡은 휴대폰으
로 몇 번이고 화성에 대해 찾아봤다. 놀랍게도 화성은 지구
바로 옆에서 태양 주위를 돌고 있었다. 그 전까지 오구식은
화성이 안드로메다은하 어디쯤에 있는 별인 줄로만 알아왔

다. 그는 화성에 대한 설명을 읽고 또 읽었다. 하도 여러 번 읽은 탓에 나중에는 거의 외울 지경이 되었다.

"화성의 별명은 붉은 행성. 화성이 붉은색인 이유는 산화철이 표면을 덮고 있기 때문이고…… 어디 보자, 화성에는 극관이 있는데 너무 추워서 살아 있는 생명체는 없다……."

중얼대며 소리 내어 읽다 말고 그는 벽에 걸린 달력 한 장을 뜯어 뭔가를 적기 시작했다. '산화철', '극관' 같은 생소한 단어들이었다.

먼저 그는 극관이 무엇인지 찾아보았다. 인터넷 백과사전에는 극관이 화성의 극지방에서 발견되는 흰색 부분이라고만 적혀 있었다. 정작 그의 관심을 끈 것은 그 뒤로 이어지는 내용이었다. 거기에는 극관이 오래전 화성에 번영했던 문명이 사용하던 수로일지도 모른다는 어느 과학자의 주장이 소개되어 있었다.

화성에 누군가가 살았었다니. 오구식은 감동 어린 눈으로 허공을 올려다봤다. 지금까지 바라보던 하늘이 전과 다르게 느껴졌다. 이번에는 산화철이 무엇인지 찾아볼 차례였다. 인터넷을 한참 뒤진 끝에 그는 산화철이 녹슨 쇠와 같다는 것을 알았고, 자율방범대 초소 문에 걸려 있는 녹투성이 자물쇠를 떠올리며 고개를 끄덕였다.

바깥은 온통 붉은 벌판이었는데, 그 외계적인 풍경을 내다

보면서도 그는 '산화철'이라는 단어를 중얼거려 보았다. 뭔가 대단한 것을 알게 된 느낌이었다.

산화철, 산화철.

극관, 극관.

새로 알게 된 단어를 주문처럼 외우며 낡고 부스러져 가는 컨테이너를 둘러보던 오구식이 한숨을 쉬었다.

"온통 산화철이군."

그는 철제 컨테이너의 녹슨 외관을 보며 중얼거렸다.

──서울에서 대기업에 다니던 오구식 씨는 농업에서 새로운 희망을 발견한 뒤 주저 없이 귀농을 결심했습니다.

오래전 언젠가, 오구식은 귀농과 귀촌을 다루는 텔레비전 프로그램에 청년 농부로 출연한 적이 있었다. 활짝 웃는 그의 얼굴을 배경으로 여자 성우의 목소리가 부드럽게 흘러나왔다. 그때만 해도 고랭지 배추나 블루베리 농사가 잘 될 거라 굳게 믿었기에 녹화해 둔 비디오에서 젊은 오구식은 환하게 웃고 있었다. 사실대로 말하자면 그는 대기업에 다닌 적이 없었다. 대기업의 하청 업체인 중소기업 사무실에서 영업사원으로 일하다 퇴사한 뒤 비디오 가게를 차렸고 그마저 망한 후 시골로 내려온 것이었다. 첫 회가 방영되고 나서 그는 머리를 긁적이며 담당 피디에게 전화를 걸었다.

"피디님, 전 대기업에 다닌 적이 없는데요. 뭔가 착오가 있던 게 아닌가 싶어서요."

전화선 너머에서 웃음소리가 들려왔다. 피디는 신경 쓰지 않아도 된다고 했다. 그가 전화를 끊으며 마지막으로 한 말이 이상하게 가슴에 남았다.

"귀농하기 전에 대기업에 다녔다고 해야 블루베리도 잘 팔릴 겁니다."

몰락은 서서히 찾아왔다. 블루베리에 병충해가 퍼져서 못 팔게 되고 배추는 지나치게 풍년이 들어 갈아엎게 되는 일이 반복되었다. 그렇게 몇 년이 지난 뒤 정신을 차려 보니 아내는 못 살겠다며 도시로 떠났고 오구식 혼자 다 쓰러져 가는 농막에 덩그러니 남아 있었다. 놀라운 사실은, 그나마 극동리에서는 그가 가장 젊은 축에 속한다는 것이었다. 외로움을 잊기 위해 이장 일과 자율방범대장 일을 맡았던 건지, 아니면 그 두 가지 임무를 수행하다 보니 절로 고독을 잊게 된 건지, 지금으로서는 알 수 없었다. 서툴지만 농사일도 익숙해져서 그럭저럭 지낼 만하다는 생각도 들었다.

이만호가 마을에 나타난 건 그즈음이었다. 사람들은 그를 피했다. 그들은 노인이 괴짜에다 심술궂고 음침하며 비협조적이라고 욕했다. 마을 잔치에는 온 적도 없고 노인회관에도 발길 한 번 하지 않았기 때문이다. 무엇보다도 이만호가 어느 날 어디선가 홀연히 등장해, 마치 갈라진 벽틈으로 빗물이 새어 들어오듯 스르르 마을로 스며 들어왔다는 사실에 사람들은 분노했다. 그게 그렇게까지 분노할 일인지는 오구식도 알 수 없었지만 말이다.

언젠가 오구식이 농지 지원금 관련 서류에 서명을 받으러 갔을 때 이만호는 들어오라는 말도 없이 대문만 빼꼼히 연 채 밖을 내다보았다. 얼굴에 불쾌한 기색이 역력했다.

"무슨 일이요?"

노인은 문틈 사이로 노려보며 물었다. 왠지 기가 죽은 오구식은 뒤통수를 긁으며 말했다.

"어르신, 진작에 인사드린다는 걸 이제야 들렀습니다. 언제 한번 마을회관에 놀러오세요. 거기 말동무하실 분들도 꽤 있거든요. 참, 지원금 신청 아직 안 하셨더라고요. 어떻게 할 계획인지 궁금해서……."

그러나 그가 말을 채 끝마치기도 전에 노인은 문을 쾅 닫았다. 닫힌 문 안쪽에서 이런 대답이 들려왔다.

"그딴 거 필요 없으니 앞으론 귀찮게 하지 마시오. 어차피 농사도 안 지으니까. 그리고 뭣보다도, 난 말동무 같은 거 필요 없어. 함부로 사람을 늙은이 취급하지 말라고. 알겠소?"

그 후로는 그도 이만호를 최대한 못 본 척하며 지냈다. 노인은 그야말로 있는 듯 없는 듯한 존재가 되었다. 외따로 떨어진 집에서 거의 나오지 않았고 방문객도 없는 조용한 삶을 살아갈 뿐이었다.

오구식이 노인을 다시 만나게 된 건 그로부터 꽤 시간이 흐른 뒤였다. 그러니까 어느 날, 떠들썩한 소문과 함께 노이균이 찾아오면서부터 말이다.

그날 오구식은 야간 순찰을 마친 뒤 자율방범대 초소에서 라면을 끓여 먹고 있었다. 그때 갑자기 문이 열리더니, 검은색 정장에 머리를 깔끔하게 빗어 넘긴 젊은 남자가 성큼 들어섰다.

"어떻게 오셨습니까?"

젓가락을 쥔 채 엉거주춤하게 서 있는 오구식에게는 대답도 없이, 남자는 초소 내부를 이리저리 둘러보았다. 그러더니 주머니에서 무전기 같은 것을 꺼내 외쳤다.

"모시고 와도 돼."

무전기를 도로 양복 안쪽에 넣고서야, 남자는 손을 내밀며 악수를 청했다.

"초면에 실례가 많았습니다. 저는 노이균 회장님의 비서인 박중혁이라고 합니다. 회장님이 누군지는 알고 계시지요? 지난번 영화 촬영장 문제 때문에 마을을 방문했을 때 마침 회장님이 이 앞을 지나다가 자율방범대 초소를 보셨다고 합니다. 어린 시절을 이곳 극동리 인근에서 보낸 탓에 회장님은 특히 마을을 사랑하는 마음이 큰데요, 주민의 안전 지킴이 노릇을 하는 방범대 초소가 너무 낡은 것이 무척 마음에 걸리셨나 봅니다. 새 초소를 기증하고 싶다 하시니 말입니다."

"저 밖에 회장님이 와 계신단 말인가요?"

비서가 뭐라고 대답도 하기 전에 컨테이너 문이 열리더니, 경호원들을 앞세워 노이균이 들어왔다. 막상 만나 보니 그는 생각보다 소탈한 사람이었다. 라면 냄비가 놓인 밥상도 아랑곳하지 않고 그 앞에 앉아 반갑게 인사를 나누었고, 오구식이 내 온 커피를 마시며 인근에서 지냈던 어린 시절의 추억을 곱씹었다. 노이균은 아버지 회사의 사무실이 여기서 그리 멀지 않은 곳에 있었다며 창밖을 내다보았다. 감회에 젖어 들던 그가 문득 물었다.

"화장실이 어디지요? 손 좀 씻으려고요."

노이균의 말에 오구식은 몸 둘 바를 몰라 우물쭈물했다. 초소에는 따로 화장실이 없다는 얘기가 차마 입에서 떨어지지를 않았다. 뭔가 눈치를 챘는지 박중혁이 곁에 서 있던 누군가에게 귓속말을 했다. 얼마 후 그가 물티슈를 갖고 뛰어들어왔고 노이균은 거기에 손을 문질러 닦았다. 그러더니 성공한 사업가답지 않은 겸손한 얼굴로 오구식에게 말했다.

"아마 저희 비서에게 들었을 겁니다. 극동리의 발전을 위해 자율방범대 초소를 새로 지어 드리고 싶다는 제 뜻을요. 근사한 화장실에다 간이 샤워 시설까지 더해서 조금이라도 편하게 해 드리고 싶은데, 이장님 생각은 어떠신지요?"

그렇게 해서 오구식은 산화철로 뒤덮인 녹슨 컨테이너에서 벗어나게 됐다. 지게차가 번쩍이는 새 컨테이너 초소를 내려 놓고 간 뒤 대원들은 모두 모여 박수를 쳤다. 노이균이 직접 참석한 준공 기념식이 끝나갈 즈음 누군가가 제안했다.

"노이균 회장님을 극동리 자율방범대 명예 회장에 추대하면 어떻겠습니까?"

신이 난 대원들의 만장일치로 제안은 통과됐고 그리하여 벽에 붙은 조직표 맨 위에는 노이균의 이름이 들어가게 됐다.

그날 밤, 운전기사가 열어 주는 차 문 앞에서 노이균이 물었다.

"이장님은 화성에 대해 좀 아십니까?"

오구식은 질문의 의도를 몰라 머뭇댔다. 그는 횡설수설하며 그동안 읽어 낸 모든 것, 극관, 산화철, 먼지 폭풍 등에 대해 이야기했다. 노이균은 별다른 반응 없이 고개만 끄덕였다. 차 문이 닫히기 직전, 오구식이 말했다.

"아, 한 가지 더 있습니다. 오래전 화성에도 문명이 발달했었다고 하네요. 그들이 운하와 지하 터널도 만들었다는데, 제가 그런 쪽에 흥미가 좀 있습니다."

그러자 노이균이 유리를 내렸다. 얼굴에 흡족한 빛이 비쳤다.

"바로 그거예요! 앞으로 이 마을은 화성 테마파크 덕분에 엄청나게 발전할 겁니다. 거기에 날개를 달아 줄 수 있는 게 바로 이장님 같은 지도층 인사들의 상상력이지요. 상상력은 창의성을 불러일으키고, 창의성은 발전의 견인차가 됩니다. 그걸 잊지 마시고, 많은 상상을 해 보세요. 좋은 의견이 있으면 언제든 격의 없이 찾아와 알려 주시고요."

다음 날 오후, 오구식은 오랜만에 마당 뒤켠 창고로 갔다. 그곳에는 그의 도시 생활의 마지막 흔적인 비디오테이프가 잔뜩 쌓여 있었다.

비디오테이프를 덮어 두었던 파란색 비닐을 걷어 내자 먼지가 풀썩 피어올랐다. 그는 재채기를 참으며 박스를 뒤적였다. 상상력, 창의성, 발전. 노이균의 말에서 무엇보다도 마음에 들었던 건, '이장님 같은 지도층 인사들'이라는 표현이었다.

그는 비디오테이프들 사이에서 우주, 화성, 외계 문명 등을 다룬 영화를 찾아내는 게 우선이라고 생각했다. 반나절을 먼지 구덩이 속에서 헤맨 끝에, 마침내 오구식은 몇 개의 공상 과학 영화를 찾아냈다. 「보디 에일리언」, 「인디펜던스 데이」, 「디스트릭트 9」, 「고무 인간의 최후」, 그리고 「콘택트」였다.

그날 밤, 그는 다섯 개의 비디오테이프를 앞에 두고 어두운 마루에 혼자 앉았다. 먼저 「인디펜던스 데이」부터 들고 자세히 살펴보았다. 우주복 차림의 두 남자가 커다란 오징어를 닮은 괴생명체를 질질 끌고 걸어가는 장면이었다.

"웬 오징어? 이건 아니야."

다음으로 집어 든 건 「고무 인간의 최후」였다. 얼굴이 잔뜩 부풀어 올라 역겹게 생긴 괴물이 햄버거를 손에 들고 웃고 있었다. 도무지 무슨 내용일지 짐작조차 할 수 없는 기분 나쁜 포스터였다. 「디스트릭트 9」과 「콘택트」 역시 그의 흥미를 끌지 못했다. 마지막으로 「보디 에일리언」을 집어 들었을 때, 오구식의 눈이 비로소 빛났다. 비디오 케이스 표지에는 한 여자가 온몸에 땀을 흘리며 막 오르가즘에 도달한 것 같은 표정을 짓고 있었다. 여자의 머리는 반으로 쩍 갈라져 있고 그 사이에서 기괴하고 미끌미끌해 보이는 괴물이 꾸물거리며 기어나오고 있었지만 어두운 마루에서는 그런 게 보이지 않았다. 오직 땀에 젖은 여자의 벗은 몸만 보일 뿐이었다.

오구식은 낡은 비디오플레이어의 전원을 켰다. 영화가 시작되자 음산한 음악과 함께 황량한 벌판을 달리는 한 가족이 보였다. 그들은 어딘가로 떠나는 중이었다. 얼마 뒤 들른 주유소 겸 휴게소에서, 주인공으로 보이는 소녀 앞에 미치광이 같은 남자가 나타나더니 수수께끼 같은 말을 남기고 사라졌다.

여긴 모든 게 껍데기뿐이니 어서 돌아가라는 경고였지만

소녀의 가족은 그 말을 듣지 않았고 영화는 지루하게 계속됐다. 기대하던 장면이 나오지 않자 오구식은 점점 흥미를 잃어 갔다. 졸린 눈을 비비며 비디오를 끄려고 할 즈음 드디어 소녀의 계모가 등장했다. 처음에 카메라는 옷을 벗고 잠든 여자의 몸을 보여 주었다. 그때 갑자기 천장에서 뭔가가 꿈틀대며 내려오더니 계모를 감싸고는 그의 정기를 빨아들이는 것 아닌가. 순식간에 여자의 몸은 쭈글쭈글한 껍데기가 되었고 천장에서 내려온 괴생물이 서서히 계모의 형체를 띠기 시작했다. 잠시 후 완벽히 계모로 변한 그 무언가가 침실 밖으로 걸어 나갔다.

굳이 뒷얘기를 볼 필요가 없다는 생각이 든 것도 그때였다. 오구식은 비디오플레이어의 전원을 끄고 안방으로 들어가 누웠다. 눈꺼풀이 점점 무거워지더니 스르르 감겼고 그는 깊은 잠으로 빠져들었다.

비디오테이프를 창고에 갖다 넣은 뒤 오구식은 노이균과 나누었던 대화를 까맣게 잊고 지냈다. 그래서 며칠이 지난 오후, 밭길을 걸어가는 도중 회장의 검은 승용차가 멈춰 섰을 때, 그가 뭘 묻는지도 이해하지 못했다.

"이장님, 뭐 좀 떠오른 게 있습니까?"

창을 내리고 묻는 노이균의 말이 무슨 뜻인지 몰라 오구식은 당황했다. 그러자 노이균이 오른손 검지로 관자놀이를 가리키며 웃었다.

"상상력 말이에요, 테마파크와 관련된."

그제야 오구식은 이마를 쳤다. 그래, 상상력, 창의성, 발전. 그는 며칠 전 밤에 본 「보디 에일리언」에서 창의적인 생각을 끄집어내 보려고 애썼다. 하지만 떠오르는 건 그저 계모의 나체밖에 없었다. 그 외에는…… 미국 어느 마을의 지루하고 황량한 풍경뿐.

"괜찮습니다, 이장님. 하루아침에 생각이 완성될 리는 없겠지요."

출발하던 차가 앞쪽에서 다시 멈췄다. 차창 너머 노이균의 얼굴이 좀 전과는 달리 어두워 보였다.

"참, 혹시 이만호란 노인에 대해서 잘 아십니까?"

오구식은 얼떨결에 그렇다고 대답했다.

"그렇죠. 아무래도 제가 마을 이장이니까요."

"잘 됐군요. 저 대신 언제 한번 찾아가서 얘기 좀 나눠 봐주시면 어떻겠습니까? 며칠 전부터 그 어르신이 시청 앞까지 가서 서명운동을 벌인다는 얘길 들어서요. 정말 골치 아프게 됐습니다. 주민 전체가 하나가 되어 합심해도 마을 발전이 제대로 이루어질까 말까 한데, 이런 식으로 훼방을 놓으면……."

순간 오구식은 모는 게 자기 책임이기라도 되는 듯 송구해

졌다. 어쨌든 그는 마을 이장이고 이만호는 이곳의 주민 아닌
가. 노인을 잘 설득해서 마음을 돌리는 게 자신의 의무로 여
겨져 오구식은 고개를 숙여 가며 대답했다.

"제가 찾아뵙고 잘 말씀드리겠습니다. 걱정하지 마십시오."

2월 17일 수요일

2월치고는 따뜻한 날씨였다. 오구식은 홍삼 음료가 담긴 검은 비닐봉지를 들고 걸음을 재촉했다. 경오가 자전거를 타고 지나다 인사를 했지만 그마저도 건성으로 받았다. 지금 그는 일종의 임무 수행 중이었다. 다른 데 신경 쓸 여유는 없었다. 이번 일을 잘 해결하면 분명 노이균은 그에 어울리는 보상을 해 주리라.

전에 문전 박대를 당하고 쫓겨났던 이만호 집의 파란 대문 앞에서 오구식은 심호흡을 했다.

대문을 몇 번을 두드렸지만 안에서는 아무 소리도 들리지 않았다. 문틈으로 들여다보니, 댓돌 위에 노인의 것으로 보이는 흙 묻은 장화와 번쩍이는 검은색 구두 한 켤레가 놓여 있었다. 뱀이 자기 꼬리를 물고 돌아가는 듯한 독특한 금장 버클이 눈에 띄는 고급 수제화였다.

잠시 망설이던 오구식은 결심한 듯 조심스럽게 대문을 밀고 마당으로 들어섰다.

"어르신, 전에 찾아뵈었던 마을 이장이에요. 안에 계시는 것 같은데 좀 들어가겠습니다."

역시 아무 대답도 들리지 않았다. 그는 마당을 가로질러 댓돌 앞까지 왔다. 다시 한번 노인을 부르려는 순간, 두런두런 말소리가 들려왔다. 마루에는 아무도 없었다. 말소리는 아무래도 꼭 닫힌 안방에서 흘러나오는 것 같았다.

소리의 진원을 따라가던 오구식은 잠시 망설였다. 괜히 얼쩡대다가 누가 나오기라도 하면 남의 대화나 엿듣는 인간으로 오해받을 게 걱정됐다. 발걸음을 돌리려는데, 갑자기 노인의 고함이 터져 나왔다.

"난 일 없어. 다신 보고 싶지도 않고 만나고 싶지도 않아. 가서 말해. 정 원한다면 제 발로 직접 찾아오라고 말이야!"

흥분하여 떠드는 노인과 달리 상대방은 차분했다. 그저 낮은 목소리로 뭔가를 설명할 따름이었으니까. 대체 뭐지? 누가 찾아왔기에 노인네가 저렇게 날뛰는 걸까? 오구식은 자기도 모르게 문설주에 몸을 바짝 갖다 붙였다. 노인이 누구와 무슨 이야기를 나누는지 조금 더 들어 보고 싶었다. 그때 뭔가 차갑고 축축한 것이 미끄러지듯 스르르 그의 손등을 스쳐 지나갔다.

오구식은 비명을 지르며 손을 확 털었다. 작은 도마뱀이었다. 비늘로 덮인 회색 몸을 흔들며 사라지는 도마뱀을 바라보던 오구식이 납작 몸을 엎드렸다. 문 안쪽에서 인기척이 들려왔기 때문이다. 아마도 그의 비명을 듣고 바깥을 살피러 나오는 것이리라.

엎드린 채로 오구식은 어디 숨을 곳이 없나 살폈다. 비닐 봉지를 움켜쥔 손에 땀이 배기 시작했다. 안방 문이 열리더니 누군가가 마루를 가로질러 걷는 소리가 점점 가까워졌다. 다급하게 주위를 두리번대던 오구식은 더 생각할 겨를도 없이 마루 밑으로 몸을 굴렸다. 마루 밖으로 삐져 나간 점퍼 자락을 잡아당김과 동시에, 안에서 나온 남자가 댓돌에 놓인 구두를 신었다. 뱀 장식이 화려한 바로 그 구두였다. 남자는 마당으로 내려선 다음에도 한참 동안 움직이지 않았다. 얼마 뒤 그는 뚜벅뚜벅 구두 소리를 내며 마당 이곳저곳을 돌아다니다 대문 밖을 살폈고 곧 다시 안으로 들어갔다.

안방 문이 닫히는 소리를 듣고도 오구식은 한동안 꼼짝 않고 엎드려 있었다. 심장이 너무 빨리 뛰어서 꼼짝할 수가 없었다. 어둠에 차차 익숙해지자 그제야 마루 밑의 구조가 눈에 들어왔다. 주인만큼이나 괴상한 집이었다. 대체 누가 마루 아래 이렇게 넓은 공간을 둔단 말인가. 매일 청소라도 하는 건지, 보통은 먼지와 잡동사니, 죽은 쥐, 썩은 버섯 같은 것들이 득시글댈 공간은 마루 위와 다름없이 깨끗했다.

얼마나 시간이 흘렀을까, 이제는 괜찮을 거라는 생각에 밖으로 나가려던 오구식이 멈칫했다. 들고 왔던 홍삼 음료 봉지가 보이지 않았다. 핸드폰을 꺼내 어두컴컴한 마루 밑을 비춰 보니, 깊은 안쪽 구석에 봉지가 처박혀 있었다. 오구식은 속으로 투덜대며 마루 아래를 기었다. '거의 다 왔어.' 끙끙대며 손을 뻗어 봤지만 아직은 봉지에 닿지 않았다. 조금만 더 가면 잡을 수 있겠다고 생각한 순간, 갑자기 바닥이 쑥 꺼지며 오구식은 아래로 떨어져 내렸다.

정신을 차렸을 때는 온통 어둠이었다. 아무것도 보이지 않았고 어떤 소리도 들리지 않았다. 여기저기 쑤시는 걸 보니 떨어지면서 온몸을 부딪친 것 같았다. 이마가 찌르는 듯 아파 손을 대어 보니 따뜻한 액체가 만져졌다.

그는 얼굴을 찡그리며 눈가를 타고 흐르는 피를 옷소매로 대충 훔쳤다. 통증을 참으며 바닥을 짚고 겨우 일어서자 생각보다 천장이 높은 공간이었다. 벽을 더듬어 봤지만 전등 스위치를 찾을 순 없었다. 오구식은 휴대폰 불빛에 의지해 사방을 비춰 봤다. 그곳은 노인이 집 아래 만들어 둔 지하실 같았다.

극동리와 같은 시골 마을에서는 집에서 좀 떨어진 공터나 뒷마당에 창고를 짓는 게 일반적이었다. 이렇게 땅을 파서 커다란 지하실을 만든 집은 여태까지 한 번도 본 적 없었다. 더 이상한 것은 지하실에 둘 법한 농약이나 비료 포대, 농기구 따위가 보이지 않는다는 사실이었다. 한쪽 구석에 싱크대 비슷한 게 있었는데, 상판 위에 유리로 된 실험 도구가 즐비했다. 불빛을 좀 더 가까이 비추자 오래도록 사용하지 않았는지 먼지가 뽀얗게 쌓여 있는 것이 보였다. 혹시 마약을 만드나? 얼마 전 어느 케이블 채널에서 지하에 숨어 마약을 만드는 화학 교사가 주인공으로 나오는 드라마를 본 기억이 났다. 그때 얼마나 손에 땀을 쥐고 조마조마하며 시청했던가. 만약 정말로 화학 교사가 자기 집 지하실에 설비를 갖추고 마약을 제조할 수 있다면 시골 노인 또한 그러지 못하리란 법은 없지 않을까.

어디선가 기분 나쁜 소음이 들려온다는 걸 깨달은 것은 그 순간이었다. 한밤중 정규 방송이 끝난 텔레비전에서 나오는 노이즈 비슷한 소음이었다. 지잉— 하는 소리가 귀를 찌르는 듯했다. 그 때문인지는 알 수 없지만 서서히 머리가 아파 오더니 급기야는 두개골을 반으로 쪼개는 것처럼 통증이 심해졌다. 오구식은 낮게 신음하며 소리가 나는 방향을 찾아 천천히 걸었다.

어둠 속을 더듬으며 앞으로 나아가던 그는 뭔가에 머리를 세게 부딪히고는 멈춰섰다. 휴대폰을 꺼내 비추자 검고 커다란 장방형의 상자가 눈앞에 보였다. 처음에는 노인이 쓸모없는 장롱을 지하에 갖다 둔 거라고 생각했다. 하지만 이리저리 둘러보고서야 그게 장롱이 아니라는 걸 알게 됐다. 검은색 장방형 상자에는 문도, 손잡이도 없었다. 손을 대 보니, 내부로부터 미약한 진동이 끊임없이 울려 왔다. 무얼로 만든 건지는 아무리 만져 봐도 알 수 없었다. 겉보기에는 금속 같았지만 촉감은 강화 플라스틱과 목재의 중간쯤 되는 재질이었다. 소음 때문인지 두통이 점점 심해졌다. 갈퀴로 두개골 안쪽을 득득 긁어 대는 것 같은 통증을 참으며, 오구식은 장롱을 앞으로 당겨 보았다. 그러나 그것은 벽에 딱 붙어 있는지 꿈쩍도 하지 않았다.

계속해서 장롱 표면을 더듬자 드디어 둥근 다이얼 같은 게 손끝에 만져졌다. 혹시나 하는 마음에 움직여 보니 다이얼이 빙그르르 돌아갔다. 동시에 검은 상자의 앞면이 양쪽으로 열리는 것 아닌가.

이건 또 뭐지? 당황한 것도 잠시, 곧 오구식은 코를 틀어쥐며 인상을 썼다. 안에서 음습한 악취가 흘러나왔기 때문이다. 냄새는 들숨을 따라 폐부 구석구석까지 퍼져 나갔다. 수억 개의 폐포로 흡수된 악취가 손끝, 발끝으로 전해지면서 오구식의 동공이 풀리기 시작했다. 점점 혼미해지는 의식 속에서, 그는 자기 앞에 서 있는 누군가의 구두를 보았다. 뱀이 자기 꼬리를 물고 있는 모양의 황금색 버클이 반짝이고 있었다.

"이장님, 안에 계시오?"

꿈인 듯 생시인 듯 들려오는 목소리에도 오구식은 잠에서 깨어나지 못하고 이리저리 뒤척였다. 끔찍한 악몽을 꾼 기분이었다. 그는 이불 속으로 더 깊이 머리를 파묻었다.

"잠깐 들어가도 되겠소? 꼭 할 얘기가 있단 말이오."

바깥의 목소리는 집요했다. 급기야는 대문을 쾅쾅 두드리며 부르기까지 했다. 견디다 못한 오구식은 자리에서 일어나 안방 문을 반쯤 열고 소리쳤다.

"예, 나갑니다, 나간다고요."

옷을 걸치며 거울을 보다가 오구식은 멈칫했다. 이마 한가운데 처음 보는 상처가 있었다. 생긴 지 얼마 안 됐는지 말라붙은 피가 아직도 끈적했다.

서랍을 뒤져 일회용 반창고를 꺼내 이마에 붙이는데, 꿈인 듯 어떤 장면이 눈앞에 펼쳐졌다. 깊고 검은 어둠. 눈을 감은 채 둥둥 떠 있는 남자. 그의 머리로부터 수십 개의 촉수가 뻗어 나와 있다. 구불대는 촉수들은 네모난 상자에 연결되어 있고 남자는 죽은 듯 가만히 공중에 떠 있다. 그 얼굴을 들여다보는 순간 오구식은 자기도 모르게 비명을 질렀다. 눈을 감고 누운 채 촉수에 둘러싸인 남자는 바로 자신이었다. 얼굴을 다시 보기 위해 눈을 깜빡이는 순간 장면은 순식간에 사라져 버렸다. 방금 무엇을 보았던 건지 다시 생각해 보려 해도 파편 같은 이미지만 이리저리 떠다닐 뿐이었다.

가까스로 정신을 차린 오구식은 반창고를 붙이고 머리칼을 내려 이마를 가린 다음 밖으로 나왔다. 열린 대문 틈으로 이만호의 얼굴이 보였다.

신발을 신는 둥 마는 둥 뛰어나가 문을 열자 노인이 성큼 들어섰다. 그는 오구식을 이리저리 살피더니 걱정스러운 표정으로 물었다.

"어디 아픈 거 아니오? 한참을 불러도 대답이 없던데."

"아닙니다, 어르신. 어제 과음을 한 게 숙취가 덜 풀렸나 봅니다."

이렇게 대답하면서도 그는 자기 상태가 왜 이 모양인지 알 수 없어 어리둥절했다.

오구식은 노인을 안으로 안내했다. 자리에 앉은 이만호가 들고 있던 봉지에서 비타민 음료 한 병을 꺼내 내밀었다.

"이거라도 들고 기운 차리시오."

허겁지겁 음료수를 마신 다음에야, 그는 벌써 늦은 오후라는 걸 깨달았다. 낮에 뭘 했는지는 도무지 기억해 낼 수 없었다. 뭔가 굉장히 중요한 일을 하려던 것 같긴 한데, 그게 뭐였는지는 아무리 생각해도 떠오르지 않았다. 그때 노인이 큰 소리로 물었다.

"그래서 이렇게 부탁을 하러 들른 거라오. 주선 좀 해 줄 수 있겠소?"

퍼뜩 현실로 돌아온 오구식은 자세를 고쳐 앉았다. 또다시 머리가 심하게 아파 왔다.

"죄송합니다, 어르신. 제가 며칠 뒤 있을 읍내 이장단 회의 준비 때문에 요즘 좀 정신이 없습니다. 괜찮으시다면 한 번만 더 말씀해 주시겠습니까?"

어쩔 줄 몰라 하며 머리를 긁적이자 이만호가 씩 웃었다. 이 괴팍한 노인에게 이런 면이 있었나 싶을 만큼 사람 좋은 웃음이었다.

"이장 일이란 게 그렇지. 공은 많이 들지만 누가 알아주는 것도 아니고. 하여간 다시 한번 말하자면 난 화해를 하고 싶은 거요."

"누구와 무엇에 대해 화해하시겠다는 건지요?"

"누구긴 누구겠소. 당연히 그 사람들이지. 그동안 내가 너무 속 좁게 굴었던 것 같아. 다들 이 고장을 발전시키려 애쓰는데 혼자만의 아집에 빠져 모두를 힘들게 했지. 그래서 하는 말인데 이장님이 자리를 좀 주선해 주면 어떨까 싶네. 술이라도 한잔하면 그간 쌓인 오해를 풀 수 있지 않을까?"

생각지도 않았던 노인의 제안에 오구식은 흥분했다. 아프던 머리까지 단번에 가라앉는 느낌이었다. 노이균이 부탁했던 일이 이렇게 저절로 풀리다니. 그는 이만호의 마음이 변할세라 얼른 고개를 끄덕였다.

"그런 일이라면 당연히 이장인 제가 발 벗고 나서야지요."

"쇠뿔도 단김에 빼랬다고, 기왕 만날 거 오늘이라도 당장 날을 잡으면 어떻겠소? 이따 밤에 우리 집으로 모입시다. 다들 한 잔씩 하며 허심탄회하게 얘기도 나누고……. 사과의 의미로 술과 안주는 내가 준비하지."

만날 시간까지 정한 뒤 대문을 나서던 노인이 뭔가 떠오른 듯 발을 멈췄다. 그는 오구식의 손에 작게 접은 쪽지 하나를 쥐여 주며 말했다.

"잊을 뻔했네. 여기, 초대자 명단이야. 누굴지 이장님도 대충 짐작하겠지만 혹시 몰라서. 그럼 이따 저녁에 보자고."

노인의 구부정한 뒷모습이 사라질 때까지 문 앞에 서 있던 오구식은 손에 쥔 종이를 펴 보았다. 붓으로 쓴 듯 정갈한 글씨체로 세 사람의 이름이 적혀 있었다.

박남철, 이희두, 윤광호.

그들은 노인과는 대척점에 있는 인물이었다. 한쪽이 마을 발전에 온몸을 다 바치는 이들이라면 나머지 한쪽은 그걸 사

사건건 반대하는 편이었으니까. 극동리 사람이라면 이들이 어떤 사이인지 모두 알 만큼 사이가 좋지 않았다.

얼마 전 바이오산업단지 조성을 위해 토지 용도를 변경할 때도 그 셋은 행동대원처럼 전면에 나서 일했다. "극동리 발전을 위해 토지 용도 변경의 조속한 처리를 요구합니다."라고 적힌 서류를 들고 다니며 마을 사람들에게 일일이 서명을 받았고 그걸 시장에게 직접 전달하기까지 했으니 말이다.

계획했던 대로 용도 변경이 이루어지고 본격적으로 사업이 추진된 지 얼마 지나지 않아 오구식은 검은색 고급 승용차가 마을 입구 공터에 들어서는 것을 보았다. 뒷문이 열리더니 박남철을 비롯한 세 사람이 내렸고 곧이어 조수석에서 양복 차림의 훤칠한 남자가 따라 내렸다. 노이균의 비서 박중혁이었다. 그는 세 사람과 차례차례 악수했고 트렁크에서 백화점 쇼핑백을 하나씩 꺼내 건넸다. 그 광경을 지켜보는 일이 그리 기분 좋은 것만은 아니었다. 어쨌거나 마을 이장은 그였고 그동안 웬만한 일은 자신이 주도해 왔으니 말이다. 씁쓸한 마음을 달래며 돌아서는데 공터 너머 커다란 느티나무 뒤에서 누군가가 몸을 감추는 게 보였다. 아무것도 못 본 척 그쪽으로 다가가자, 이만호가 떨어트린 걸 찾는 어설픈 시늉을 하며 바닥을 더듬고 있었다. 그는 오구식도 못 본 체 딴청을 피웠다. 지난번 지원금 서류에 서명을 받으러 갔을 때 당한 수모가 떠올라 오구식 역시 짐짓 모른 척하며 그 앞을 지나왔다.

사건이 터진 것은 며칠 뒤였다. 그날 마을회관에서는 축하연이 있었는데(극동리에 「배틀 온 마스」 세트장이 세워진 것을 자축하는 자리였다.), 한창 분위기가 무르익을 무렵 뜬금없이 이만호가 나타난 것이다. 마침 오구식이 일어서서 "극동리의 발전을 위하여!"라고 외치며 축배를 들던 순간, 회관 문이 쾅 소리를 내며 열렸다. 문 앞에는 눈이 벌겋게 충혈되고 백발이 헝클어진 노인 하나가 낫을 들고 서 있었다. 처음엔 아무도 그게 이만호인 줄 알아보지 못했다. 그러다가 누군가 소리쳤다.

"그 노인네 아니야? 저기 재 너머에 혼자 사는."

그제야 오구식도 그가 이만호임을 깨닫고는 잔을 내려놓고 조심조심 다가갔다. 이장이자 자율방범대 대장으로서 이만호를 진정시키는 게 자신의 의무라고 생각했기 때문이다. 하지만 오구식은 몇 발짝도 채 떼지 못하고 멈춰야만 했다. 정말로 사람을 죽일 생각인지, 노인은 낫을 마구 휘두르고 있었다. 회관 천장의 LED 전등 빛이 날에 반사되어 푸르게 번쩍였다. 살짝 스치기만 해도 팔 하나는 단숨에 절단이라는 생각이 들자 오구식은 꼼짝도 할 수 없었다.

그 틈을 타서 노인이 펄쩍 뛰어오르더니 어딘가로 돌진했다. 박남철 패거리가 모여 앉아 있는 자리였다. 낫을 든 노인이 눈을 부릅뜨고 달려오는 모습에 그들은 얼어붙은 채 소리만 질러댔다.

시간이 정지된 것 같은 순간, 오구식은 멍하니 서서 피바다가 될 마을회관을 상상했다. '극동리 학살 사건'이라고 신문마다 대서특필하겠지. 아아, 이럴 줄 알았으면 서울에서 비디오 대여점이나 계속할 것을. 모든 걸 체념하며 눈을 감는데, 노인이 갑자기 낫을 툭 떨어뜨렸다. 그러고는 덜덜 떨며 자기 손을 내려다보는 것이었다.

그제야 정신을 차린 오구식이 노인에게 다가갔다.

이만호의 몰골은 처참했다. 온몸을 사시나무처럼 떨었고 입가에는 침이 흘렀으며 동공은 풀려 있었다. 오구식은 낫을 주워 멀리 던지고는 노인의 팔을 부축하여 회관 밖으로 나왔다.

그 일 이후 오구식은 한동안 정신없는 나날을 보냈다. 그는 집집마다 찾아다니며 사정을 했다.

"그냥 조용히 넘어갑시다. 이런 추문으로 사람들 입에 오르내려 봤자 극동리 이미지만 안 좋아질 거 아니겠습니까? 다행히 다친 사람도 없잖아요. 이만호 어르신은 제가 잘 달래 놨습니다. 토지 수용 때문에 순간적으로 억울해서 그랬던 것 같은데, 앞으론 절대 이런 일이 없도록 하겠다고 약속도 단단히 받아 놨어요."

죽을 뻔했던 박남철만은 끝까지 그냥 넘어갈 수 없다고 고집을 피웠지만 마침내 오구식의 설득을 받아들였다.

"이장인 자넬 봐서 이번엔 넘어가지. 하지만 또 이런 일이 있다면 바로 경찰에 신고해서 쓴맛을 보게 해 줄 거야."

며칠 후 자율방범대 초소 앞에서 대원들과 이야기를 나누는데, 이만호가 힘없이 어깨를 움츠리고 지나가는 게 보였다. 그는 오구식 쪽을 곁눈으로 힐끗 보더니, 아무 말도 없이 가 버렸다.

"저 노인네, 또 날뛰는 거 아니에요? 이번에 또 발작하면, 아예 정신병원에 처넣을 수 있다네요. 행정명령 입원인가 그런 게 있다는데, 한번 집어넣으면 영원히 거기서 썩게 할 수도 있다더라고요. 마침 저 윗마을 입구에 정신병원도 큰 거 하나 있잖아요."

곁에 서 있던 대원 하나가 속삭이는 말에 오구식은 고개를 끄덕였다. 정말로 한 번만 더 그런 일이 생기면 경찰을 통해서 정신병원에 보내는 것도 고려해 봐야겠다 싶었다.

그런데, 그랬던 이만호가 먼저 화해하고 싶다며 찾아오다니, 믿어지지가 않아 그는 한동안 종이 위에 적힌 이름들을 내려다보며 가만히 서 있었다.

예상대로 박남철은 단번에 거절했다. 이희두와 윤광호도 뜨악해하긴 매한가지였다. 자기들을 찍어 죽이겠다며 낫을 들고 달려오던 노인과 다시 마주하고 싶지는 않다는 것이었다.

"집으로 불러서 또 뭘 휘두르면 그땐 어떡하려고?"

박의 말에 오구식도 말문이 막혔다. 그의 말대로 이만호가 술에 취해 마당에 세워 놓은 쇠스랑이라도 들고 날뛰면 그야말로 큰일 아닌가. 하지만 그는 노이균이 두 손을 부여잡고 부탁했던 것을 떠올리며 끈기 있게 박을 설득했다.

"부탁합니다. 이게 다 극동리의 발전을 위한 거잖아요."

결국 오구식의 간절함이 효과를 발휘했다. 전화선 너머로 한참 동안 침묵하던 박이 한숨을 내쉬며 이렇게 물었다.

"알았어. 그럼 8시까지 그 집으로 가면 된다는 거지? 그런데 이번 한 번만이야. 그 미친 노인네랑 다시는 엮이기 싫으니까."

그러나 그날 밤 오구식은 노인의 집에 제시간에 도착하지 못하고 말았다. 평소와 달리 자율방범대 초소에 온갖 잡다한 일들이 밀려들었던 탓이다. 밤 10시가 훨씬 넘은 시각에 서둘러 가 보니, 안에서 왁자지껄한 소리가 들려왔다. 대문 밖까지 트로트가 울려 퍼졌고 고소한 부침개 냄새가 코를 자극했다. 마루로 올라서던 오구식은 잘못 본 게 아닌가 싶어 눈을 비볐다. 노인과 박남철이 흥에 겨워 거의 얼싸안다시피 한 채 술잔을 주거니 받거니 하고 있지 않은가. 심지어 거나하게 취한 박은 이런 말까지 중얼거리고 있었다.

"이젠 형님이라고 부르겠습니다. 어떻습니까, 형님!"

곁에서는 이희두와 윤광호가 덩달아 웃으며 열심히 안주를 씹고 있었다.

왠지 오구식 혼자만이 불청객이 된 느낌이었다. 그는 상 끝 자리에 엉거주춤하게 앉아 메밀전과 술을 조금 먹었다. 어느새 시간이 훌쩍 흘러 자정이 다 되어 가는 걸 보고 오구식이 자리에서 일어섰다. 그를 본 박남철이 노래를 하도 불러 쉰 목소리로 말했다.

"벌써 가려고?"

나머지 두 사람도, 잔뜩 취했는지 일어날 기미가 보이지 않았다. 오구식은 난감해하며 노인에게 말했다.

"어르신, 죄송하게 됐습니다. 이분들이 너무 취해서 자리를 뜰 기미가 없네요."

노인 역시 취기 오른 얼굴로 웃으며 손을 내저었다.

"괜찮소, 괜찮아. 오늘은 기분 좋은 날이니까. 먼저 가 보구려. 저 사람들은 내가 해장술까지 먹여서 잘 돌려보낼 테니 걱정하지 마시고."

그리하여 오구식은 혼자서 노인의 집을 나섰다. 오토바이에 시동을 걸며 들여다보니 박남철이 또 다른 노래를 시작하고 있었다.

2월 18일 목요일

　시끄럽게 울리는 벨 소리에 잠이 깼을 때는 이미 오전 10시가 넘은 시각이었다. 한참 동안 머리맡을 더듬었지만 막상 핸드폰을 찾은 것은 이부자리 옆에 아무렇게나 벗어 던진 점퍼 주머니 속에서였다. 끊어지기 직전에야 겨우 통화 버튼을 누르니 여자의 어눌한 목소리가 들려왔다. 박남철의 필리핀인 아내였다.

　"우리 남편 거기 있어요?"

　오구식은 여자가 무슨 말을 하는지 몰라 한동안 어리둥절했다. 전날 밤에는 집에 돌아와서도 이상하게 잠이 오지 않아 혼자 소주를 마신 뒤 늦게까지 뒤척였다. 꿈에서는 어느 어둡고 컴컴한 지하실 같은 곳을 헤매며 공포에 떨었지만 다행히 전화벨 소리가 그를 깨운 것이었다.

오구식은 짜증 섞인 목소리로 대답했다.

"아주머니네 남편, 이만호 할아버지 집에 있을 거예요. 거기 가 보면 돼요."

전화선 너머에서는 여자가 서툰 우리말로 투덜댔다. 잘 들리지 않았지만 아마 전화도 받지 않는 남편을 욕하는 것이리라. 대충 대꾸하며 오구식은 수화기를 내려놓았다.

"아마 그 할아버지네서 자고 있을 거예요. 얼른 가 보세요."

깨질 듯 아픈 머리를 움켜쥔 채 앉아 있던 오구식은 해장술 겸 소주를 좀 더 마시고 컵라면을 하나 끓여 먹었다. 서랍에서 두통약을 꺼내 삼키고 딸기 하우스에 다녀와 보니 핸드폰에 수십 통의 부재중 전화가 걸려와 있었다. 박남철의 아내와 이희두의 어머니, 윤광호의 동생 번호 들이었다.

갑자기 등에서 한기가 흘렀다. 아직 술이 덜 깨 꿈인 듯 생시인 듯 가물가물한 와중에도 이만호의 집 지하에 있던 어두운 공간이 떠올랐다.

오구식은 장화도 벗지 않고 툇마루 끝에 멍하니 앉아 있다가 박남철에게 전화를 걸었다. 전화기는 아예 꺼져 있었다. 이희두와 윤광호의 전화 또한 마찬가지였다. 그는 망설이다가 이만호의 집 전화번호를 눌렀다. 그러나 벨이 수십 번 울리도록 노인은 전화를 받지 않았다.

그는 30분만 더 기다려 보기로 했다. 누구 하나라도 집에 돌아올지 모르니까. 전화기를 꼭 쥔 채 앉아 있었지만 어디서도 연락은 없었다. 오구식은 마지막으로 박남철의 아내에게 한 번 더 전화를 걸어 보았다. 그사이 남편이 귀가했지만 경황이 없어서 따로 알리지 못했을지 모른다는 기대 때문이었다. 하지만 여자가 전화를 받는 순간 그런 기대는 실망감으로 변해 버렸다.

"아직 안 왔어요. 할아버지네 가 봤지만 아무도 없고 텅 비어 있었어요."

당장 경찰에 실종 신고를 하겠다는 여자를 겨우 말리고, 오구식은 오토바이에 시동을 걸었다. 오후에는 한숨 푹 자려던 계획이 틀어져서 우울했지만 어쩔 수 없었다. 그는 이장이고, 무엇보다 세 사람을 노인의 집으로 불러들인 장본인이었으니까.

이만호의 집 대문 앞에서 오구식은 또 한번 멈칫했다. 들어가기 싫다는 느낌이 점점 커졌지만 심호흡을 하고 문을 두드렸다.

"어르신, 안 계십니까? 이장입니다."

안에서는 역시 아무 대답도 없었다.

오구식은 한 발 뒤로 물러선 채 기다렸다. 1분만 더 기다려 보고 그냥 들어가 볼 계획이었다. 잠시 후 그는 대문을 밀었다.

"그럼, 들어가겠습니다."

큰소리로 외치고 마당으로 들어서자 텅 빈 댓돌이 가장 먼저 눈에 띄었다. 오구식은 굳이 안방까지 들어가 볼 필요가 없다는 걸 알았다. 어차피 아무도 없을 테니까.

무슨 이유에선지 오구식은 마루 밑에 해답이 있을 거라 확신하며 숨을 골랐다. 왜 그런 직감이 드는지는 스스로도 이해할 수 없었다. 곧 그는 바닥에 엎드려 마루 아래를 들여다보았다. 뭔가에 홀린 듯 오구식이 그 밑으로 기어들어간 것은 그로부터 10분쯤 지났을 때였다. 여전히 어둡고 음습한 공간이었지만 오늘은 미리 작은 손전등을 준비해 왔기에 앞으로 수월하게 갈 수 있었다.

얼마나 바닥을 훑었을까, 드디어 손끝에 문고리가 닿았다. 손전등을 입에 물고 있는 힘을 다해 고리를 잡아당겼지만 문은 꿈쩍도 하지 않았다.

한동안 끙끙대다가 혹시나 하는 마음에 문을 아래로 밀어 보니, 별로 힘을 주지도 않았는데 쾅, 소리를 내며 열렸다. 그럼에도 그는 선뜻 내려가지 못했다. 저 음침한 공간에 또다시 발을 들인다면, 왠지 다시는 헤어나지 못할 것 같은 예감이 엄습해 온 탓이다. 그러나 박남철의 아내, 이희두의 어머니, 윤광호의 동생을 떠올리자 결심이 섰다. 오구식은 숨을 한

번 깊게 들이마신 다음, 밑으로 펄쩍 뛰어내렸다.

딸깍.

적막한 지하실에 손전등 켜는 소리가 울려 퍼졌다. 환해진 지하실 내부를 보며 오구식은 낮게 신음을 내뱉었다.

그동안 어쩌면 악몽일지도 모른다고 상상해 온 광경이 눈앞에 그대로 펼쳐져 있었다. 싱크대와 실험 도구들, 구석에 있는 거대한 검은 상자까지, 모든 게 실재하고 있었다. 그는 검은 장방형 상자를 향해 다가갔다. 또다시 들려오는 소음. 두개골 안쪽을 드륵드륵 긁어내는 듯 기분 나쁜 소리. 이마 한가운데 미간에서부터 통증이 퍼지더니 이내 덩굴손처럼 그의 머리 전체를 휘감았다.

너무 아파 그 자리에 쭈그리고 앉아 두 손으로 머리를 감싸 쥐는데 낯익은 뭔가가 눈에 띄었다. 자기 꼬리를 물고 있는 뱀의 형상이 달린 구두. 오구식은 천천히 고개를 들어 위를 보았다.

"당신은? 그렇다면 어제 여기 있던 사람은⋯⋯?"

그러나 그는 더 이상 말을 잇지 못했다. 남자가 무릎을 굽히며 앉더니 오른손 검지를 그의 입에 갖다 댔기 때문이다. 오구식은 남자의 손가락을 밀어내려 했지만 팔이 말을 듣지 않았다. 어느 순간 몸 전체가 물먹은 솜처럼 무겁고 흐늘흐늘하게 변해 있었다.

입 밖으로 겨우 내뱉은 목소리는 엿처럼 녹아내렸고 마치 딴사람이 말하는 듯 낯설게 들렸다. 그제야 남자는 그의 입술에서 손을 떼더니 부드럽게 말했다.

"그러게 제가 뭐라고 했습니까? 쓸데없는 일에 너무 나서지 말라고 말씀드렸잖아요. 뭐, 어차피 이번엔 당신 차례이긴 했지만……."

그때 어두컴컴한 지하실이 천천히 회전하기 시작했다. 먼저 시계 방향으로 도는가 싶더니 잠시 뒤에는 그 반대 방향으로 돌아갔다. 동시에 생전 처음 보는 낯선 광경들이 그의 눈앞에서 파노라마처럼 스쳐 갔다. 눈 쌓인 산, 조그만 오두막, 거대한 동굴. 아니지, 저건 탄광인가? 그래, 갱도로군. 왠지 지금껏 한 번도 가 보지 못한 탄광의 어둠이 낯익게 느껴질 즈음 어디에선가 남자의 목소리가 들려왔다.

"각오는 돼 있겠지요?"

"각오라니, 대체 무슨 얘기인지……?"

"글쎄요. 새 사람이 되는 것에 대한 각오라고나 할까."

남자는 계속해서 낮고 부드럽게 속삭였지만 오구식의 귀에는 그 모든 소리가 웅웅대는 소음으로 다가올 뿐이었다. 그사이 회전은 점점 빨라져 이제 휙휙 지나가는 사방의 벽이 하나의 짙은 회색 덩어리로 변해 있었다. 무저갱 같은 어둠 속에서 커다란 문이 열리더니 그 안에서 새하얀 빛 한 줄기가 뻗어 나왔다. 정신을 잃기 전 그는 가까스로 물었다.

"이것도 다 회장님의 지시인가?"

남자는 긍정도 부정도 아닌 오묘한 미소를 짓더니 어깨를 으쓱했다. 동시에 오구식의 눈이 스르르 감겼다. 그 뒤로는 온통 백색이었다.

2월 19일 금요일 아침

오구식은 일어나자마자 이부자리를 정리한 뒤 명상 자세를 취했다. 운동이라곤 하지 않는 오구식이 유일하게 건강에 신경을 쓰는 시간이었다. 평소라면 온갖 걱정과 잡생각이 꼬리를 무는 바람에 5분도 버티기 힘들었지만 오늘은 달랐다. 머리가 어찌나 맑고 깨끗한지 날아오를 듯 가벼웠다. 명상을 마치고 오구식은 콧노래를 부르며 주방으로 갔다. 예전 이 농가의 주인이 쓰던 재래식 부엌을 사용하기 편하게 개조한 장소였다. 그는 노래를 흥얼거리며 주전자에 물을 끓이고 커피를 내렸다. 냉동실에 쌓아 뒀던 찰떡 한 덩어리를 꺼내 전자레인지에 돌리면서도 흥얼거림을 멈출 줄을 몰랐다. 부엌 구석 2인용 식탁에 앉아 떡을 씹으며 그는 검은색 이장 수첩(이라고는 하지만 정확히는 시내 종묘사에서 받은 스케줄러였다.)을 펼쳤다.

꼼꼼하게 적어 둔 스케줄을 훑는데 문득 낯선 느낌이 들었다. 대체 왜 이렇게 기분이 좋은 거지? 한 손에 볼펜을 쥐고 그는 그 이유를 곰곰 생각했다. 작년에 망한 블루베리 농사라든가, 갚아야 할 영농자금, 쌓여 있는 이장 일과 자율방범대 업무들. 기분이 더러워지면 더러워졌지 좋아질 일은 어디에도 없지 않은가. 오구식은 이상한 찜찜함에 빠진 채 떡을 씹어 삼키고 개수대에 접시와 컵을 밀어 넣었다. 다시 안방으로 돌아와 외출 준비를 하는데 어디선가 소음이 들려왔다.

잠시 귀를 기울이던 오구식은 마루로 나왔다. 골동품 같은 5단 서랍장 위에 오래된 구식 라디오가 놓여 있었다. 그러나 전원은 꺼져 있었고 잡음은 거기서 들리는 게 아니었다. 마루 한가운데 서 있자니 소리는 점점 커졌다. 지직지직. 가만히 서서 귀를 기울이던 오구식이 도로 안방으로 들어갔다. 이리저리 두리번거리던 그가 옷장 문을 열었다. 철 지난 작업복과 대충 쌓아 둔 이불 더미를 마구 뒤진 끝에 검은색 배낭을 하나 꺼냈다. 잡음은 바로 그 안에서 흘러나오고 있었다.

배낭을 열자 검고 네모진, 무전기 비슷한 기계가 보였다. 오구식은 그것을 귀에 대 보았다. 아주 작지만 사람의 말소리 같은 게 들려오고 있었다. 기계를 앞뒤로 살피던 그가 다이얼을 찾아내 돌렸다. 소리가 서서히 또렷해지면서 마침내 누군

가의 말소리로 변하기까지는 단 몇 초밖에 걸리지 않았다. 오
구식은 외출하려던 것도 잊고 무전기에서 나오는 음성에 귀
를 기울였다. 너무 집중한 나머지 눈동자가 백내장에 걸린 노
인처럼 혼탁해져 가는 것도 모른 채.

— 마을 전체 산을 다 뒤져서라도…… 세 사람을 찾아
내…….

잠시 후 오구식은 마루에 걸터앉아 등산화 끈을 단단히 조
였다. 얼굴엔 결연한 의지가 빛나고 혼탁했던 눈동자도 어느
새 되돌아왔다. 신발 끈을 다 매고 벌떡 일어선 그는 대문을
나서다 말고 도로 들어왔다. 마당 여기저기를 두리번거리더
니, 한쪽에 쌓여 있는 장작더미 사이에서 패다 만 나무토막
하나를 황급히 가방에 챙겨 넣었다.

"이거면 되겠지."

흡족한 듯 고개를 끄덕이며 그는 산으로 향하는 발길을 재
촉했다.

알 수 없는 말을 중얼대며 모퉁이를 도는 오구식을 나무
뒤에서 한 소년이 지켜보고 있었다. 소년은 이장이 사라질 때
까지 서 있다가 옆에 세워 둔 자전거에 올라타더니 서둘러 페
달을 밟았다.

2월 21일 일요일 밤

오구식은 손을 쫙 펴고 앞뒤로 살폈다. 그렇게 씻었는데도 아직 피 냄새가 나다니. 그는 화장실로 달려가 다시 한번 비누칠을 했다.

얼마나 문질렀을까, 코에 손을 대고 냄새를 맡던 오구식이 만족스러운 미소를 지었다. 벽에 걸린 수건에 물기를 닦으려다 말고 그는 다시 한번 바닥에 엎드려 귀를 기울였다. 아무 소리도 들리지 않고 잠잠했다.

"죽은 건가, 다들?"

다시 일어선 오구식은 커피포트에 물을 끓였다. 캐비닛에서 컵라면을 꺼내어 스프를 면 위에 골고루 뿌리고 물을 부었다. 텔레비전에서는 오래된 예능 프로그램이 재방송되고 있었다. 벌써 몇 번째 본 건지 모르지만 그는 라면을 먹으며 혼자 킬킬 웃었다.

초소 안 접이식 침대에서 깜빡 잠들었던 오구식은 누군가 문을 두드리는 소리에 눈을 떴다. 문 앞에는 박남철의 아내가 커다란 봉투를 들고 서 있었다.

여자는 오구식이 뭐라 하기도 전에 빙긋이 웃었다. 엊그제 까지 남편을 찾아내라고 난리를 쳤다는 게 믿어지지 않을 정 도로 환한 얼굴이었다.

그녀가 말없이 내민 플라스틱 일회용 그릇에는 메밀전 두 장이 담겨 있었다.

고맙다고 인사를 한 뒤 돌아서려는데 문이 닫히지 않았다. 박남철의 아내가 몸을 반쯤 들이민 채 문 손잡이를 힘껏 잡 아당기고 있었기 때문이다.

"밤도 늦었는데 들어가 보시지요."

그러나 오구식은 말을 다 끝맺지 못했다. 여자가 그에게 몸 을 밀착하며 안으로 들어오더니 문을 걸어 잠갔기 때문이다. 얼떨결에 그녀를 안는 순간 「보디 에일리언」에 나왔던 계모의 나체가 떠올랐다. 오구식은 자석에 끌리듯 접이식 침대로 향 했다.

한참 뒤, 바닥에 떨어진 스웨터를 주섬주섬 걸치며 박남철 의 아내가 말했다.

"남편 일은 이제 걱정 안 해요. 다 잘 될 테니까요."

여자는 전을 담아 온 일회용 그릇을 냉장고에 넣은 뒤 초소 문을 열고 나가 어둠 속으로 사라졌다.

2월 22일 월요일 밤

S# 21

작고 둥근 창으로 보이는 하늘이 푸른빛을 띠고 있다.

하루가 저물고 있는 것이다.

화성의 대기는 기나긴 낮 내내 짙은 주황색을 띠지만 저녁이
되면 이렇게 신비로운 푸른색으로 변한다.

"아름답지 않습니까?"

문득 들려오는 목소리에 최가 뒤를 돌아본다.

블라디미르 나보코프가 벽에 기댄 채 팔짱을 끼고 서 있다.

"대기 중 산화철 농도가 높아서 그런 겁니다. 과학수사요원이
니 이미 잘 알겠지만. 산화철 때문에 지는 해에서 나오는 붉은 파
장이 대기를 통과하지 못해서 저런 멋진 노을이 만들어진다는군

요. 처음 여기 왔을 때 저도 한동안은 노을만 보며 저녁을 보낸 적도 있어요. 그만큼 신비로우니까요."

말없이 고개를 끄덕이는 최에게 나보코프가 가까이 다가온다.

"이야길 하다 보니 우습단 생각이 드는군요. 지금 이곳에 살아남은 이는 당신과 나 단둘인데 저녁노을이나 감상하고 있다니요."

최는 어깨를 으쓱한다.

"오히려 그게 낫다고 보는데요. 지구에 구조 요청을 보낸 상황이고 누군가가 데리러 올 때까지 우리가 할 수 있는 건 아무것도 없으니 말입니다. 게다가⋯⋯."

"게다가?"

"오늘 이 노을이 우리에겐 마지막일 수도 있으니까요. 알다시피 여기서 지구까진 너무나 멀고 아무리 빨리 구조대가 온다 해도 그들이 도착했을 즈음 이곳은 텅 비어 있을지도 모릅니다. 아니, 어쩌면 괴생물체로 변해 버린 대원들이 우글대는 활기 넘치는 화성 기지가 되어 있을 수도 있겠죠. 그중엔 나와 당신도 껴 있을 테고요."

농담조로 떠들던 최가 갑자기 입을 다문다. 그의 눈에 서리는 의혹과 공포.

한 발짝 뒤로 물러서며 최가 말한다.

"잠깐, 블라디미르 혹시 당신?"

나보코프는 대답하지 않는다.

대신 한 발 더 가까이 다가올 뿐이다.

"역시…… 변해 버리고 말았군. 그런데 대체 언제?"

그제야 나보코프는 다가오기를 멈춘다.

그는 의자에 앉으며 긴 한숨을 내쉰다.

"이제야 눈치채다니 섭섭하군요. 하지만 미스터 최, 도대체 무엇 때문에 그렇게 끝까지 변하길 거부하는 겁니까? 우리와 하나가 된다면 당신은 더욱 행복해질 겁니다. 아침부터 저녁까지, 눈을 떠서 다시 감을 때까지, 온통 긍정적이기만 한 하루를 상상해본 적 없습니까? 당신은, 그러니까 그냥 다시 당신이 되는 겁니다. 바뀌는 건 하나도 없어요. 다만 더 나은 당신이 될 뿐. 나도 처음엔 거부했어요. 하지만 막상 그것을 내 안에 받아들여 변하고 나니, 더 빨리 결단을 내리지 못했던 게 후회될 뿐이었죠."

최는 최대한 뒤로 물러서며 재빨리 주머니를 뒤진다. 하지만 무기가 될 만한 건 아무것도 없다. 역시 나보코프를 너무 믿었던 게 문제다.

그는 잠시 생각에 잠겼다가 천천히 내뱉는다.

"좋습니다, 블라디미르. 나도 변하기로 하죠. 어차피 다른 선택지도 없을 테니까요. 다만 오늘 저녁은 이대로 지내고 싶습니다. 나 자신으로 보내는 마지막 밤이라 해야 할까요. 지구에 있는 가족들에게 영상편지라도 보낸 뒤에, 그래요, 그때……"

그러나 최는 말을 끝맺지 못한다.

갑자기 문이 열리며 한 떼의 사람들이 뛰어 들어왔기 때문이다.

은빛 우주복 차림의 그들은 반원형으로 최를 둘러싼 채 천천히 다가온다. 최는 뒷걸음질 치며 절망적인 표정으로 둥근 창 너머를 바라본다.

점점 무거워지는 짙은 남색 하늘. 그 아래 끝없이 펼쳐진 대지를 뒤덮은 것 역시 은빛 우주복 차림의 군중 무리다. 그들은 하나의 거대한 몸을 이루는 세포들인 양 일사불란하게 움직이며 기지 전체를 에워싼다.

"여기까지 하고 잠시 쉬겠습니다!"

스태프의 안내가 끝나자마자 오구식은 우주복을 벗어 던졌다. 이마에선 땀이 비 오듯 흐르고 있었다. 그는 손수건을 꺼내 얼굴을 훔치고 상자에서 생수 한 병을 꺼내 마셨다. 겨우 숨을 돌리고 옆에 아무렇게나 떨어져 있던 옷을 집으려는 순간, 주머니 안쪽에서 지직대는 소리가 들려왔다. 오구식은 우주복을 대충 둘둘 말아 옆구리에 끼고 사람이 없는 곳으로 걸어갔다.

무전기처럼 생긴 검은색 기계에서는 익숙한 목소리가 흘러나왔다.

―지금 당장…… 처치…….

오구식은 무전기를 내려다보며 가만히 서 있었다. 얼마 후 그는 기계를 주머니 안쪽에 도로 넣고 아무 일도 없었다는 듯 촬영장을 향해 걸어갔다.

2월 22일 월요일

최는 출근하자마자 커피부터 탔다. 간밤에는 온갖 꿈에 시달렸는데, 커피 내음을 맡자 정신이 좀 맑아지는 듯했다. 종이컵을 입으로 가져가는데 휴대폰에서 알림이 울렸다. 주머니에서 폰을 꺼내 보고서야 엊그제 「배틀 온 마스」를 관심 키워드로 등록해 놓았던 게 생각났다. 그는 커피를 마시며 새로 올라온 기사를 빠르게 읽기 시작했다.

"「배틀 온 마스」 결말, 이것이 최선인가"(《시네마투데이》, 2월 21일.)

아벨 페라라 감독은 1980년대 후반 잭 피니의 소설 『신체 강탈자의 침입』을 세 번째로 영화화했다. 영화에는 인간의 영혼을 말살하고 몸을 빼앗는 신체강탈자들이 등장하는데, 그들은 우주에서 왔다기보다는 차라리 지구 어딘가에서 스스로 진화한 것처럼 묘사된다. 이 괴생명체들에게 몸과 영혼을 빼앗긴 이들은 아직 전염되지 않은 사람에게 하나가 되자고 외친다. 겨우 그곳을 탈출한 주인공이 안전한 장소에 내리며 안도하는 순간, 어쩌면 지구 전체가 신체강탈자들로 뒤덮여 있을지 모른다는 음산한 암시와 함께 영화는 끝난다.

안타깝게도 1991년 한국에서 이 영화는 요상한 제목으로 변경된 채 개봉됐다. 한창 인기 있던 「에일리언」 시리즈의 인기에 편승하여 개봉하는 영화의 새로운 제목은 「보디 에일리언」이 되었다. 세상의 모든 문제는 에일리언의 짓이라고 단정하는 것이 가장 편안한 시대였던 탓도 있으리라. 제목 덕분에 오히려 영화 속 신체강탈자는 그 모호함을 벗었고 영혼과 육체를 빼앗는 사악한 괴생명체는 외계인이 되었다. 인간은 아무 죄가 없으며 오직 밖에서 온 존재들만이 문제인 것이다.

「배틀 온 마스」를 바로 이 영화, 아벨 페라라의 「신체강탈자의 침입」과 연속적으로 해석해 봐도 좋을 것이다. 화성에서 사람들은 의문의 죽음을 당하고 지구에서 온 과학수사요원 최는 그들이 '어떤 존재'에 의해 영혼이 먹혔다고 믿는다. 마지막엔 화성 기지에 있던 모든 사람이 화성의 괴물에게 몸을 빼앗기고, 혼자 살아남은 최가 단 하나 남은 우주선을 향해 달려간

다. 그때 뒤에서 쫓아오는 은빛 우주복의 군중 신. 그들은 하나가 되자고 합창하듯 외치며 최를 뒤쫓는다. 화성의 거대한 협곡 앞에 선 최의 절망적인 얼굴 너머로 남색 노을이 지기 시작한다.

이것이 본래 감독이 구상했던 결말이다. 그러나 투자자들은 이 결말에 불만을 표했다. 그들은 영웅이 괴물을 소탕하고 우주에는 평화가 찾아온다는 해피 엔딩을 강하게 요구했다. 결국 감독은 「배틀 온 마스」의 마지막 장면을 다시 촬영하기로 했다. 익명의 관계자에 의하면, 최는 괴물에게 용감하게 맞선다. 그는 죽어 가면서도 결코 싸움을 멈추지 않고, 드디어 지구에서 온 한국의 특수부대가 남은 괴물을 소탕하고 최를 구출한다.

아니나 다를까 댓글 창은 욕으로 뒤덮여 있었다. 대부분 이런 식으로 스포일러를 남발할 거면 맨 위에 경고 문구라도 넣어야 하는 거 아니냐는 불평들이었다. 최 역시 같은 생각을 했다. 그는 기사 맨 아래에 있는 '화나요'를 클릭하고 휴대폰을 닫았다.

자리로 돌아와서는 4월에 열릴 예정인 W시 축제에 관한 기사를 빠르게 작성해서 업로드했다. 주머니를 뒤져 담배를 꺼내다 말고 최는 눈치를 살폈다. 회사에서는 얼마 전부터 금연을 강력 권장하고 있었다. '세계적 건강 중심 도시'를 표방

하는 W시의 대표 언론사인 만큼 전 직원이 솔선수범하여 담배를 끊는 게 어떻겠냐고 편집장이 제안한 탓이었다. 얼마 전까지만 해도 옥상에 같이 올라가던 동료가 두엇 있었지만 금연 운동 이후 그들은 담배를 끊은 듯싶었다. 같이 올라가자고 할 때마다 겸연쩍게 웃으며 이렇게 말했으니까. "이참에 나도 금연이나 해 보려고. 아내도 그러길 원하고 말이야." 결국 최만 혼자 흡연인으로 남아 옥상에 오르락내리락하는 신세가 되고 말았다.

그는 담뱃갑을 들고 터덜터덜 옥상으로 향하는 계단을 올랐다. 구석구석 먼지와 쓰레기가 쌓인 좁은 계단 끝에 녹슨 철문이 있었다. 문을 열자 낮게 가라앉은 흐린 하늘이 보였다. 최는 난간에 기대서서 아래를 내려다보았다. 간밤에 내린 비로 거리는 온통 축축하게 젖어 있었다. 차갑고 습한 공기에 절로 몸이 떨렸다. 담배에 불을 붙여 길게 한 모금 빤 뒤 허공에다 연기를 불었다. 말도 안 된다고는 생각했지만 병원 시체안치실에 다녀오거나 극동리를 돌아다닐 때 이상하게 흥분된 심정이었다는 건 인정해야 했다. 왠지 살아 있는 기분? 진짜 기자가 된 느낌?

한숨을 내쉬며 다시 담배를 입으로 가져가는데 누군가가 뒤에서 어깨를 잡았다. 최는 거의 반사적으로 그 손을 움켜잡으며 비틀었다.

"왜 이래? 혼자 담배 피우다가 웬 오버야?"

돌아보니, 김영주가 손목을 주무르며 서 있었다.

"미안해요. 올라왔으면 인기척이라도 내던가."

거듭 사과를 하고 나서 최는 새로 타 온 커피 한 잔을 내밀었다.

"이거라도 마셔요. 맛은 없지만."

김영주는 커피를 단숨에 들이켜더니 컵을 구기며 물었다.

"주말에 뭐 좀 알아냈어?"

최는 망설였다. 토요일 밤 우광일에게서 들은 이야기를 해도 되는 건지 확신이 들지 않았다. 그가 머뭇대자 김영주가 어깨를 으쓱했다.

"그럴 줄 알았어. 너 기자 맞냐?"

최는 미안하다며 머리를 긁적였다.

"괜찮아. 솔직히 기대도 안 했으니까. 참, 그런데 내가 이거 보여 줬던가? 그동안 정신이 없어서 몰랐는데 휴대폰에 이런 게 찍혀 있더라고."

김영주가 내민 휴대폰 화면에서는 그날의 모든 광경이 차례로 재현되고 있었다. 교통신호 제어기에 드릴을 고정하는 노인. 농약을 병째 들이키는 노인. 갑자기 드릴을 향해 달려가는 노인. 불꽃놀이처럼 퍼지는 핏방울.

영상으로만 보는 건데도 속이 울렁거려서 최는 얼굴을 찌푸렸다.

"어때? 이래도 빈둥거리기만 할 거야?"

김영주의 말을 한 귀로 흘려들으며 화면을 보던 최가 갑자기 외쳤다.

"잠깐, 정지해요."

김영주는 얼른 동영상을 멈췄다.

"왜? 뭐가 있어?"

"기다려 봐요."

노인이 드릴을 향해 달려가 자기 이마를 뚫어 버리던 순간, 산산이 부서져 퍼져 나가는 핏방울 사이로 눈에 익은 자전거 한 대가 보였다. 그리고 건너편 메타세콰이어나무 아래 서 있는 한 소년.

그는 두 손가락으로 화면을 최대한 확대했다.

"경오가 왜 여기 있는 거지?"

선명하지는 않았지만 나무 뒤에 서서 노인의 최후를 지켜보는 아이는 분명 경오였다.

"이거 처음부터 다시 보여 줄래요?"

그는 영상을 느리게 재생시키며 나무 뒤를 살폈다. 역시 경오였다. 그 애는 사건의 시작부터 거기 있었다. 지나다가 우연히 노인을 본 게 아니라 마치 이만호가 무슨 일을 벌일지 다 알고 온 것처럼 기다리고 있었던 것이다. 화면을 뚫어지게 보는 최에게 김영주가 물었다.

"도대체 뭔데? 경오는 또 누구고?"

한동안 가만히 서 있던 최가 난간 옆 벤치에 털썩 주저앉았다.

"긴 얘기인데요."

이야기를 마쳤을 때 김영주의 눈은 빛나고 있었다.

"그러니까 마을 사람들이 어느 날부턴가 모두 이상해졌다는 거지? 그 얘길 해 줬던 아이는 노인이 죽는 현장에 와서 모든 걸 지켜보고 있었던 거고."

담배꽁초를 바닥에 비벼 끄면서 최가 대답했다.

"그래요. 하지만 모두 경오의 착각이나 망상일 수도 있어요. 그 나이대 어린애들 알잖아요. 들어 보니까 할머니를 별로 좋아하는 것 같지도 않았고, 부모 평판이 좋지 않으니까 마을 사람들도 경오를 좋게 대하지만은 않았을 테고 말이에요."

"그렇다면 경오는 왜 자기가 현장에 있었다는 걸 숨겼을까? 아이 말이라고 무조건 환상으로 치부하면 안 되는 거 네가 더 잘 알 텐데."

김영주가 최의 어깨를 잡고 자기 쪽으로 돌려세웠다.

"정말 이게 다야?"

결국 최는 우광일에게서 들은 것까지 모두 털어놓았다. 김영주는 팔짱을 낀 채 중간중간 고개를 끄덕이며 아무 말 없이 듣기만 했다. 그러고는 이야기가 끝나자마자 곧바로 선언하듯 말했다.

"좋아, 노이균은 내가 만나 볼게. 마침 오후에 일도 없으니까, 그냥 바이오제네시스 본사로 쳐들어가 보려고."

"노이균한텐 절대 가지 마요. 느낌이 안 좋다니까요. 차라리 내가 내일이나 모레쯤 적당한 핑계를 대고 접근하는 게 낫겠어요."

그러나 김영주는 막무가내였다.

"걱정 마. 내가 이런 덴 또 베테랑이잖아. 자수성가한 젊은 사업가라고 띄워 주면 제풀에 알아서 술술 불 거야. 우리는 이따 저녁에 만나서 한잔하며 서로 알아낸 정보나 교환하면 되겠다, 그치?"

김영주는 최가 더 말리기도 전에 옥상 문을 열고 나가 버렸다. 그는 계단을 뛰어 내려가는 김영주의 뒤에다 대고 큰소리로 외쳤다.

"아까 그 동영상 나한테 보내 줘요!"

잠시 후 동영상과 함께 김영주의 메시지가 도착했다.

─넌 경오한테 가 봐. 가서 거기 왜 왔었는지 물어보라고.

최는 한숨을 내쉬었다. 오늘도 또 정신없는 하루가 될 것 같았다.

2월 22일 월요일 오후

산 그림자 때문인지 아직 4시밖에 안 됐는데도 마을은 어둑어둑했다. 전에 왔을 때는 몰랐는데 진입로에서 경오네 집까진 거리가 꽤 되었다. 본래 차를 몰고 들어갈 계획이었지만 막상 마을에 들어서자 생각이 바뀌었다. 이런 한적한 시골에서 외지인이 차를 타고 돌아다니는 것만큼 남의 이목을 끄는 일은 없을 테니까. 그는 진입로 부근 공터에 차를 세워 두고 걸어가기로 작정했다.

최는 김영주에게 전화를 걸었다. 신호음을 들으며 한참 동안 기다렸지만 김영주는 전화를 받지 않았다.

— 어떻게 됐어요? 이거 보는 대로 전화 좀 주세요.

문자를 보낸 뒤 그는 빠르게 걷기 시작했다.

경오네 집 대문은 반쯤 열려 있었다. 시멘트로 바른 마당 한가운데에는 긴 호스가 달린 수도가 있고 곳곳에 파란 비닐, 고무 다라이, 녹슨 농기구들이 널려 있는 게 보였다.

"계세요? 아무도 없습니까?"

문을 두드려 봤지만 아무 대답도 없었다.

잠깐 망설이던 최는 결심한 듯 안으로 발을 디뎠다. 조심조심 걸어서 마당을 가로지른 그는 알루미늄 창틀로 된 미닫이문 앞에서 아이의 이름을 불렀다.

"경오야, 안에 있니? 나 전에 만난 그 기자 아저씨야."

집 안에서도 역시 아무런 대답도 없었다. 미닫이문을 옆으로 밀어 봤지만 굳게 잠겨 있었다. 그는 뒤꼍으로 돌아가 보기로 했다.

뒷마당은 음지였다. 담장은 온통 이끼로 덮여 있었고 시든 잡초가 우거진 속에 반쯤 죽은 대추나무 한 그루가 구부정하게 서 있었다. 집 뒤편에도 문이 하나 있는데, 갈색 페인트가 칠해진 문짝에 뿌연 간유리가 끼워진 고풍스러운 형태였다. 이번에도 문을 두드리며 경오를 불렀지만 집은 비어 있는 게 확실했다. 칠이 벗겨진 손잡이를 잡고 천천히 돌려 보니 의외로 뒷문은 잠겨 있지 않았다. 안을 들여다봤지만 어두워서 아무것도 보이지 않았다. 주머니에서 휴대폰을 꺼내 비춰 보고서야 그곳이 부엌임을 알았다.

내부는 간소하기 이를 데 없었다. 아궁이에는 타다 만 나뭇가지와 재가 가득했고 그 옆 부뚜막 위로는 기름때가 낀 가스레인지가 하나 놓여 있었다. 구석에 있는 소형 냉장고에서 윙 하는 소음이 들려왔다.

"계십니까?"

최는 한 번 더 집주인을 불러 봤다. 역시 대답은 없었고 오히려 그의 목소리가 동굴 속에서처럼 음산하게 되돌아올 뿐이었다.

부엌 왼쪽 벽에 나 있는 작은 문은 바로 안방으로 통하게 돼 있었다. 방은 오랫동안 환기를 하지 않았는지 퀴퀴한 냄새가 났다. 한쪽 구석에 이불과 베개가 가지런히 쌓여 있고 건너편에 오래된 자개장이 하나 덩그러니 놓여 있었다. 전화기 옆에 있는 전화번호부를 들춰 봤지만 적혀 있는 이름은 몇 없었다. 자개장 문을 밀어 여니 나프탈렌 냄새가 확 풍겼다. 안에는 할머니의 것으로 보이는 꽃무늬 옷 두어 벌이 걸려 있을 뿐 별다른 건 보이지 않았다. 문을 도로 닫으려다 말고 최는 휴대폰을 꺼냈다. 장롱 바닥에 엉켜 있는 옷가지들 사이로 경오의 가방이 보였기 때문이다. 며칠 전 넘어진 자전거를 일으켜 세워 주며 아이의 가방에 묻은 흙먼지를 털어 줬기에 기억하고 있었다.

가방을 왜 이렇게 깊숙이 숨겨 둔 거지? 혹시 가방 안에 이상한 걸 가지고 다니는 건가? 요즘 초등생들은 뭐든 빠르다고 하니까. 최는 어릴 적 동네 형이 보여 줬던 《플레이보이》 잡지를 떠올리며 피식 웃었다. 하지만 막상 열어 보니, 가방 안에는 그저 공책과 필통, 교과서 한 권이 들어있을 뿐이었다.

'싱거운 녀석. 하여튼 애들 머릿속은 알 수 없다니까.'

문득 최는 예전에 그런 잡지를 어디에 넣어 가지고 다녔는지 떠올랐다. 가방 뒤판을 더듬어 보니, 역시 지퍼 달린 수납 공간이 하나 더 있었다. 지퍼를 열고 손을 밀어 넣으니 두툼한 꾸러미가 만져졌다. 하지만 겹겹이 싸인 누런 포장지를 풀자 안에서 나온 것은 검은색 표지의 오래된 영농수첩이었다.

그는 수첩을 이리저리 살폈다. 아무리 봐도 애들이 가지고 다닐 만한 물건은 아니었다. 표지에는 반쯤 벗겨진 금박 글씨로 '흥농종묘'라는 상호와 국번이 2로 시작되는 전화번호가 새겨져 있었다.

대체 언제 적 수첩인 거지? 그가 기억하기로도 이 일대 전화에 한 자릿수 국번이 쓰이지 않은 지는 20년도 더 지났다. 첫 장을 넘기자 속표지에 빠르게 휘갈겨 쓴 필체로 이런 문장이 적혀 있었다.

다 없애야 한다. 모두 다. 그렇지 않으면 우리는 절멸이다.

도대체 이 아이는 뭘 다 없애려고 한 걸까. 요즘 초등학생들이 폭력적인 게임에 빠져 지낸다는 건 익히 알고 있었다. 경오도 피시방에 틀어박혀 살인과 폭력이 난무하는 게임 속 세상을 헤매며 하루하루를 보내는 걸까. 그렇다 해도 그 애를 비난할 수만은 없지 않은가. 집을 나간 엄마, 사라져 버린 아버지, 말이 통하지 않는 할머니, 아이를 둘러싼 세계는 불친절하기 이를 데 없었다. 왠지 미안해진 최는 수첩을 덮었다. 경오의 내밀한 세계를 엿보는 일은 이쯤에서 멈추는 게 나을 것 같았다. 수첩을 포장지에 다시 싸려다 말고 그는 한 가지만 더 확인해 보기로 했다. 뒤표지를 여니 아니나 다를까, 수첩 주인으로 추정되는 이름 세 글자가 선명하게 적혀 있었다.

이만호.

그 이름을 한동안 바라보던 최가 고개를 끄덕였다. 그는 수첩을 윗옷 안주머니에 쑤셔 넣고 장롱문을 닫은 뒤 밖으로 나왔다.

지난번 마을에 왔을 때 경오는 어둠 속에서 노인의 집을 손으로 가리켰다. 그때의 기억을 더듬으며 텅 빈 밭 사이로 난 길을 걷자 정말로 집 한 채가 나타났다. '이만호'라고 새겨진 문패를 확인한 다음, 조심스럽게 대문을 밀어 봤다. 예상대로 문은 잠겨 있지 않았다. 원래 시골은 이런 건가? 어디나 문이 열려 있다니. 심지어는 집주인이 드릴로 자기 이마를 뚫고 죽었는데도? 아무도 없는 걸 확인하고는 재빨리 마당으로 들어서서 문을 걸어 잠갔다.

마을에 있는 집들은 새마을운동 시절에 단체로 지어진 듯 이만호의 집도 경오네와 비슷한 외양을 띠고 있었다. 대문은 파란색이었는데 적당히 칠이 벗겨진 것마저 똑같았다. 다만 이 집의 주인은 무척이나 단정하고 깔끔한 성격인 듯, 깨끗하게 청소된 마당에 잡동사니 하나 눈에 띠지 않았다. 농기구나 비닐, 말린 시래기나 비료 포대 같은 것들도 보이지 않았다. 다만 신발을 벗는 댓돌 옆에 등받이 없는 플라스틱 의자 하나가 놓여 있을 뿐이었다. 최는 먼지를 입으로 불어 대충 털어내고 그 위에 앉았다. 어느새 사위는 어두워졌고 산허리에서 스산한 저녁 바람이 불어오고 있었다. 긴장한 탓인지 목이 말랐다.

그는 마을 입구에 있던 공판장에서 생수라도 한 병 사 오지 않은 걸 후회했다. 마당의 수도꼭지를 돌려 봤지만 공기가 흡입되는 소리만 들릴 뿐 물은 나오지 않았다.

다시 플라스틱 의자에 앉은 최는 그제야 주머니에서 수첩을 꺼냈다.

두 번째 페이지에도 역시나 의미를 알 수 없는 문장이 적혀 있었다. 마치 붓으로 쓴 듯한 정갈한 글씨체였다. 확실히 초등학생의 글씨는 아니었다. 그의 추측이 맞다면 무슨 이유에서인지 경오는 죽은 이만호의 수첩을 가지고 있는 것이었다.

하나의 영혼은 둘 혹은 그 이상으로 나뉠 수 있다. 그렇게 나누어져 복제된 영혼이 제각기 다른 육체에서 살아가는 것도 가능하다.

문장에는 빨간색 밑줄도 여러 개 그어져 있었다. 어쩌면 죽은 이만호는 사이비 종교에 빠져 있던 게 아닐까. 영혼 운운하는 걸 보면 가능성이 아예 없는 얘기는 아니었다. 무엇보다도, 사교(邪敎) 집단에 속한 이들은 본래 기괴한 죽음의 방식을 택하기로 유명하지 않은가.

무엇보다도 영혼은, 결코 소멸되거나 사라지지 않는다. 그저 이리저리 옮겨 다닐 뿐.

다음 장을 넘긴 그는 고개를 갸웃했다. 대체 뭐지? 논문이라도 쓸 생각이었나? 이만호는 사교에 빠진 신도가 아니라 교주였던 걸까?

그때 갑자기 휴대폰 벨이 울리는 바람에 그는 깜짝 놀랐다. 얼른 소리를 죽이며 화면을 보니 처음 보는 번호가 떠 있었다. 전화를 받은 최는 아무 말도 하지 않고 귀에 폰을 가져다 댔다. 수화기 너머 상대방 역시 한마디 말도 없이 숨만 쉬고 있었다. 기다리던 최가 먼저 말했다.

"잘못 건 전화 같은데, 끊겠습니다."

— 잠깐. 최희육 기자님.

앳된 목소리에 최는 귀에 댔던 폰을 떼고 다시 화면을 들여다봤다. 역시 모르는 번호였다.

"누구시죠?"

한참 뒤에 대답이 돌아왔다.

— 나, 경오.

최는 의자에서 벌떡 일어서며 외쳤다.

"지금 어딨니? 내 번호는 어떻게 안 거야?"

— 전에 아저씨가 명함 줬잖아. 그래서 알지. 그런데 나 지금 어디 있는지 알아? 한번 맞혀 볼래?

최는 짜증이 났다. 경오에게 궁금한 것은 많았지만, 그렇다고 어린애와 장난이나 치고 있을 만큼 한가하지는 않았다. 게다가 이 녀석, 언제부터 친했다고 반말을 하는 거지?

"어딘데? 아저씨가 좀 바빠서 그러는데 빨리 말해 볼래?"

— 크크, 지금 바로 옆에 있는데.

문득 그 목소리가 너무 생생하다는 생각이 들었다. 정말로 아주 가까운 곳에 있는 느낌? 사방을 두리번거리던 최가 비명을 지르며 펄쩍 뛰어 물러났다. 경오가 말 그대로 바로 곁에 있었기 때문이다. 아이는 마루 밑 댓돌에 납작 엎드린 채 그를 올려다보고 있었다.

*

김영주는 길 건너편에 주차를 하고 바이오제네시스 빌딩을 올려다봤다. 약속은 잡지 않고 왔다. 어차피 호락호락 만나 줄 노이균이 아니니까. 이럴 때는 그냥 다짜고짜 쳐들어가는 게 상책이라고, 그녀는 언제나 생각해 왔다.

로비로 들어서자 데스크 뒤에서 CCTV 화면을 지켜보던 경비원이 벌떡 일어섰다.

"어떻게 오셨습니까?"

"노이균 회장님을 만나러 왔는데요."

김영주는 명함을 내려놓으며 말했다.

"회장님과 약속은 되어 있는 건가요?"

"그렇다고 할 수도 있죠. 이제 곧 약속을 잡을 거니까요."

경비원은 여자가 약속도 없이 이곳을 방문했다는 것을 깨닫자마자 도로 자리에 앉아 버렸다.

"죄송하지만 돌아가 주십시오. 회장님은 사전에 약속이 되어 있지 않으면 아무도 만나지 않으십니다."

"방금 명함 보셨죠? 이래 봬도 제가 꽤 알려진 르포라이터 거든요. 이번에 바이오제네시스에 대해서 좀 제대로 써 볼 생 각이라서요. 당연히 홍보도 될 거예요. 아, 극동리에서 찍고 있는 영화 관련해서도 지면을 상당 부분 할애할 계획이고요. 듣기론 노이균 회장님이 콘텐츠 사업에도 관심이 있으시다던 데, 맞죠?"

경비는 꿈쩍도 하지 않았다. 그때 엘리베이터 문이 열리더니 한 남자가 걸어 나왔다. 검은색 양복에 머리를 깔끔하게 빗어 넘긴 차림이었다. 경비가 다시 자리에서 일어나 남자에게 경례를 했다. 남자는 인사를 받는 둥 마는 둥 빠르게 로비를 가로지르다 말고 이쪽을 돌아보았다.

"이분은 무슨 일로?"

경비가 뭐라고 대답하기 전에 김영주가 먼저 끼어들었다.

"먼저 명함부터 드릴게요. 오늘 여기 불쑥 찾아온 건, 노이 균 회장님을 꼭 취재하고 싶어서였어요. 워낙 유명한 젊은 기 업가시니까요. 지금 극동리에 대한 르포를 쓰고 있는데 간단 히라도 인터뷰에 응해 주시기만 한다면 감사하겠습니다."

남자는 명함에 적힌 이름을 보고는 빙긋 웃었다.

"김영주 기자님이라……. 그렇게 빠르게 말씀하지 않으셔도 됩니다. 천천히 얘기해도 쫓아내거나 하진 않을 거니까요. 제 소개가 늦었군요. 저는 노이균 회장님의 비서 박중혁이라고 합니다."

김영주는 남자가 내민 오른손을 잡으며 인사를 했다. 비서를 직접 만나다니. 노이균을 곧바로 보지는 못한다 해도 이 자를 잘 구워삶으면 무슨 얘기든 들을 수 있을 터였다. 그런 속내를 아는지 모르는지 박중혁이 서글서글한 미소를 지으며 말했다.

"안타깝게도 지금 회장님이 자리에 안 계십니다. 중요한 회의 때문에 이틀 정도 자리를 비우셨거든요. 어떡하죠?"

김영주는 기회를 놓치지 않았다. 그녀는 특유의 친화력을 발휘하며 환하게 웃었다.

"어쩔 수 없죠. 회장님은 나중에 기회가 되면 직접 뵙도록 하고…… 혹시 비서님께서 시간이 된다면 몇 가지 질문에 응해 주시면 어떨까요? 노이균 회장님을 가장 가까운 거리에서 모시는 만큼 누구보다도 그분에 대해 잘 아실 테니까요."

그녀의 제안에 박중혁이 고개를 끄덕였다.

"좋습니다. 저라도 괜찮다면 몇 가지 질문에 답해드리지요."

김영주는 속으로 쾌재를 불렀다. 생각보다 일이 빠르게 풀릴지도 모른다. 게다가 이 비서라는 사람, 어딘지 모르게 어리숙해 보이지 않는가. 묻는 것마다 술술 대답해 주겠지.

"그럼 이쪽으로 오십시오. 제 사무실은 지하 1층에 있습니다. 다들 스카이라운지를 좋아하지만 저는 그쪽이 더 집중이 잘 되더라고요."

단 둘이 들어선 엘리베이터 내부는 지나치리만큼 화려하게 장식되어 있었다. 온통 황금색이었고 완벽하게 방음장치가 되어 마치 우주선 안에 들어선 기분이었다. 그 정적이 어색해 김영주는 휴대폰을 보는 척하며 시선을 아래로 향했다. 남자의 정장 구두에는 독특한 장식이 달려 있었다. 뱀이 자기 꼬리를 물고 돌아가는 듯한 금장 버클. 잠깐, 저걸 어디서 봤더라? 김영주는 최근 어디선가 이 구두를 본 적이 있다는 느낌에 사로잡혔다. 그러고 보니 비서의 목소리도 왠지 낯익었다. 이마를 찌푸리며 기억을 더듬었지만 생각하면 할수록 모든 것이 더 흐릿해지기만 했다.

그때 땡, 하는 소리와 함께 엘리베이터가 멈췄다. 문이 열리자 남자가 먼저 밖으로 나갔다.

"여깁니다. 좀 어둡지요?"

김영주는 엘리베이터 앞으로 펼쳐진 복도를 바라보았다. 착시 때문인지 붉은 카펫이 깔린 복도가 끝도 없이 길어 보였고 그녀는 잠시 서서 숨을 가다듬었다. 그러고는 저만치 앞서가는 박중혁의 뒤를 잰걸음으로 쫓았다.

한 시간 뒤. 빌딩에서 김영주가 걸어나온다. 그녀는 망설임 없이 길을 건너더니, 아까 세워 놨던 차에 올라탄다.

그때 갑자기 울리는 벨 소리. 화면에는 '최희육'이라는 이름이 떠 있다. 한참 동안 폰을 내려다보던 김영주는 알 수 없는 미소를 지으며 배터리를 분리해서 바닥에 던진다.

마침 건너편에 정차한 버스에서 한 아이가 그 광경을 내다보고 있었다. 창에 턱을 괴고 물끄러미 밖을 보던 아이가 옆에 앉은 엄마에게 말한다.

"엄마, 저기 봐. 차에 타는 아줌마 머리에서 하얀 연기가 피어올라."

엄마는 굳이 밖을 보지 않는다. 아이들은 본래 이상한 이야기를 하곤 하니까. 그녀는 건성으로 대답하며 휴대폰을 들여다보느라 바쁘다.

"그래, 정말 신기하네. 어떻게 사람 머리에서 연기가 피어오르지?"

곧 버스는 출발하고, 아이는 여자가 탄 차가 시야에서 사라질 때까지 계속해서 밖을 내다본다.

*

"경오야, 너 거기서 뭐 하는 거야?"

최는 바닥에 납작 엎드린 경오를 일으켜 세웠다. 순순히 일어서는 아이의 스웨터에 흙먼지가 잔뜩 묻어 있었다.

"언제부터 여기 있었던 거니? 좀 전에 들어왔을 땐 분명 아무도 없었는데……."

그는 아무 대답 없이 서 있는 아이를 구석구석 살폈다. 경오는 눈 밑이 퀭했고 볼도 푹 꺼져 초췌했다.

"어디 가서 뭐 좀 먹을래? 가까운 식당에라도 가자."

최는 아이를 잡아끌었는데 그때 윗옷 안쪽에서 뭔가가 툭 떨어졌다. 좀 전에 재빨리 감춘 영농수첩이었다. 흘낏 보니 경오는 여전히 허공을 바라보고 있었다. 아무 일도 없는 듯 허리를 굽히고 수첩을 집어 드는데 뒤에서 낮은 목소리가 들렸다.

"그냥 둬. 당신 것도 아니잖아."

최가 애써 못 들은 척하며 수첩을 다시 집으려는데 경오가 다시 말했다.

"그건 내 거야."

결국 그는 수첩을 바닥에 내려놓았다. 아직도 경오는 초점 없는 눈으로 어딘가를 응시하고 있었다. 그는 손을 뻗어 아이의 어깨에 얹었다.

"아저씨가 미안해. 너희 집을 몰래 뒤지고 수첩까지 가져온 건 정말 잘못한 일이라고 생각해. 하지만 경오야, 나도 궁금한

게 있어. 대답해 줄 수 있겠니?"

그러나 아이는 그저 가만히 서 있을 뿐, 그의 말을 듣는 건지 아닌지도 알 수 없었다.

"저 수첩 대체 어디서 난 거니? 돌아가신 이만호 노인의 수첩 같은데 어떻게 그게 네 가방에 들어 있는 건지 설명 좀 해 주면 좋겠다. 아니, 솔직히 말할게. 아저씨는 네가 노인이 죽을 때 현장에 있었다는 걸 알아. 아는 기자가 있는데 그 사람 휴대폰에 찍혀 있더라고. 일단 여기 좀 앉아 볼래? 네가 아는 걸 다 말해 봐. 나한테 숨겼던 것을 말해 줘도 좋고, 잘 모르는 거나 헷갈리는 걸 들려줘도 상관없어. 아저씨한텐 뭐든 털어놔도 좋아. 비밀은 반드시 지켜 줄 테니까."

완전히 어두워진 마당에서 아이에게 열심히 떠들던 최에게 의문이 밀려왔다.

이 애는 정말 경오일까? 난 경오를 한 번밖에 보지 못했잖아. 그것도 어두컴컴한 시골길에서.

그러다 최는 고개를 저었다. 대체 이 아이가 경오가 아니라면 누구란 말인가. 아마 경오는 자전거를 타고 이리저리 돌아다니다 우연히 노인이 죽는 장면을 목격했으리라. 호기심과 충격에 노인의 집에 몰래 들어갔을 테고, 거기서 오래된 수첩을 들고 나왔겠지. 그는 말없이 서 있는 아이의 팔을 잡았다.

"일단 나가자. 밥 먹고 아저씨가 집까지 데려다줄게."

그때 경오가 그의 팔을 뿌리치더니 다시 바닥에 납작 엎드렸다. 그는 아이를 일으켜 세우려 했지만, 어찌나 완강히 거부하는지 꼼짝도 하지 않았다.

"일어나렴. 네가 이러고 있는 걸 알면 할머니가 얼마나 걱정하시겠니?"

그래도 경오는 요지부동이었다. 도리어 알 수 없는 말을 중얼대며 마루 밑 시커먼 공간을 향해 기어가는 것이었다.

"할머니는 이제 속상하지 않아. 어차피 변해 버렸거든. 그리고 이 집은 내 집이야, 내 집. 내가 내 집에 있겠다는데 왜 참견이지?"

최는 아이를 안아 들고 집 밖으로 나가기로 했다. 거머리처럼 댓돌 위에 딱 붙어 있긴 하지만 경오는 겨우 열한 살짜리 소년에 불과했으니까.

그러나 그가 아이를 안아 올리려 몸을 숙이는 순간, 경오는 빠르게 기어서 마루 아래로 사라져 버렸다. 어쩔 수 없이 최는 바닥에 엎드려서 외쳤다.

"경오야, 당장 나와!"

이미 해는 진 지 오래였고 아이가 숨어든 마루 밑 공간은 암흑 그 자체였다.

잠시 뒤 댓돌 너머에서 음산한 목소리가 들려왔다.

"다른 수가 없었어. 그들을 처치하지 않으면 우리 마을은 절멸이니까. 아니 마을만이 아니라 온 세상이 다 끝장날 수도 있었다고."

들고만 있던 최는 나지막한 목소리로 물었다.

"경오야, 네가 무슨 말을 하는 건지 하나도 모르겠어. 일단 나오렴. 나와서 얘기하자고."

"알고 싶어? 그럼, 이리 들어와. 여기 마루 밑으로 말이야. 여기 오면 다 말해 줄 수 있거든."

최는 잠시 망설였다. 저 밑에 뭐가 있는지는 아무도 모른다. 어쩌면 죽은 쥐나 썩은 버섯 같은 게 즐비할지도. 그러나 어린 경오를 데리고 나와야 한다는 생각이 앞섰다. 결국 그는 자켓을 벗어서 옆에 던져 두고 최대한 납작 엎드린 채 마루 아래로 들어갔다.

마루 밑 공간은 생각보다 넓었다. 아이는 구석 어딘가에 숨어 있는 듯했다.

"경오야, 어디 있니?"

두 팔꿈치로 상체를 받치고 앞으로 천천히 기어가며 최가 외쳤다.

"여기야, 이쪽으로 오면 돼."

소리 나는 쪽을 향해 기어가던 최가 갑자기 비명을 질렀다. 동시에 땅이 꺼지며 그의 몸이 아래로 추락했다.

《신강일보》, 1997년 12월 8일

"실종됐던 광산주의 아들, 무사히 돌아오다"

지난 11월 5일 갱도 내 폭발 사고로 실종됐던 삼헌광업 노원철 사장의 아들 이균 군이 무사히 돌아와서 화제를 모으고 있다. 이균 군은 폭발 사고가 있던 지점에서 멀지 않은 산자락에서 탈진 상태로 쓰러져 있던 중 인근 농민에게 발견됐다.

다음은 농부 박모 씨(35)와의 일문일답.

─아이는 어디에 있었습니까?

─우리 밭이 탄광에서 멀지 않은 고개 아래 있거든요. 마침 일요일이라 아들을 데리고 배추밭에 갔는데, 애가 밭둑 쪽을 가리키며 소리치더라고요. 사람이 있다는 겁니다. 달려가 보니, 어린애가 이렇게 엎어져 있지 뭡니까.

─그러면 최초 발견자는 아드님이군요.

─네, 그렇습니다.

─처음 발견했을 때 아이의 상태는 어떻던가요?

─처음엔 죽은 줄 알고 깜짝 놀랐어요. 흔들어 봤지만 꿈쩍도 하지 않더라고요.

─그 아이가 폭발사고로 실종된 노원철 삼헌광업 사장의 아들인 걸 알았나요?

─아니요, 전혀 몰랐습니다. 집으로 일단 데리고 와서 따뜻한 물수건으로 얼굴을 닦아 주니 정신을 차리긴 했어요. 하지만 자기가 누군지 거기 왜 쓰러져 있는지 전혀 모르더라고요. 제가 이름이 뭐냐고 물었는데 대답은커녕 이상한 말만 중얼거리기에 곧바로 경찰에 신고했습니다. 119 구급대가 와서 데려가고 나중에서야 그 애가 사라졌던 삼헌광업 사장님 아들이라는 걸 듣고 깜짝 놀랐지요.

신강 파출소는 노이균 군을 최초 발견한 박중혁 학생(8)에게 선행상을 수여하기로 했고 문구 세트와 장학금 10만 원을 지급하겠다고 발표했다.

2월 22일 월요일 저녁

언덕에 자리 잡은 3층 건물은 어둠에 잠겨 있었다. 주차장에 세워 둔 차 안에서 우광일은 가만히 기다렸다. 마지막으로 경비원이 나오더니 출입문을 잠그고 느릿느릿 걸어 내려가는 모습을, 그는 빵을 씹으며 지켜보았다. 시에서 예산 절감을 이유로 폐관 시간 이후 CCTV를 꺼 버리기로 정한 것이 다행으로 느껴지기는 처음이었다.

— 지금은 확인할 수 없습니다.

오후에 전화를 걸었을 때 사서는 자신 없는 목소리로 얼버무리며 대답했다.

"예전 기사엔 분명 시립도서관 서고에 보관한다고 나와 있는데요."

그가 따지듯 묻자 사서가 수화기를 막고 누군가에 물어보더니 다시 낮은 목소리로 대답했다.

— 그건 신문 기사고요, 실제론 워낙 오래된 자료라서…….

우광일은 결국 목소리를 높일 수밖에 없었다.

"내려가서 찾아보긴 했어요? 그냥 흔해 빠진 책이라면 모를까, 향토문화유산으로 지정된 자료라면서요. 그런 게 있는지 없는지조차 모른다는 것이 말이 됩니까?"

— 말씀드렸잖아요. 삼헌광업 폐광 갱내현황도가 필요하다고 하셨죠? 저도 찾아봤는데, 오래전 기사엔 그게 시립도서관 서고에 보관되었다고 나와 있더군요. 하지만 그 기사라는 게, 아시다시피 엄청나게 오래전 일이라서요. 그동안 서고 담당 직원들만도 벌써 두어 번은 바뀌었다고요. 당시 일을 정확히 아는 사람이 현재는 아무도 없고……. 이런 말까지 드리기 뭣하지만, 도서관엔 언제나 인력이 부족하거든요. 선생님 말씀처럼 오늘 당장 필요하니 찾아 달라, 이런 식으로 하셔도 저희가 할 수 있는 게 없어요. 만약 정말로 그 갱내지도가 필요하시다면, 내일 홈페이지에 있는 문헌 열람신청서를 작성해서 제출하세요. 그러면 저희가 2~3일 내에 답신을 드리게 되어 있으니까요.

우광일이 뭐라고 더 묻기도 전에 사서는 재빨리 전화를 끊었다.

한동안 사무실 의자에 앉아 생각에 잠겨 있던 우광일은 결국 자신이 직접 도서관 서고에 들어가 삼헌광업 갱내현황도를 찾아보기로 결심했다.

갱내현황도란 탄광의 갱도가 수직, 수평으로 어떻게 뚫려 있는지 기록된 땅속 지도였다. 그것만 확보된다면 지금이라도 폐쇄된 갱도에 숨어 들어가 오래전 폭발했던 폐광 언저리를 뒤져 볼 수 있을 것이다. 물론 그는 자신이 이제부터 하려는 일이 완전히 미친 짓일 수도 있음을 잘 알았다. 20여 년 전 난동을 부리다 정신병원에 갇힌 노인의 헛소리를 믿고 그걸 파 보려고 하다니.

하지만 최의 이야기를 듣지 않았다면 모를까, 이미 들은 이상 모른 척 넘어갈 수는 없는 노릇이었다. 죽은 사람이든 산 사람이든 이마 한가운데를 드릴로 뚫는 것은 그렇게 흔한 일이 아니다. 게다가 최는 더욱 이상한 얘기를 들려주지 않았던가. 그 마을에 사는 남자아이는 분명 이렇게 말했다고 했다.

— 할머니가 변해 버렸다고요. 마을 사람들 모두 마찬가지예요.

파출소 조사실에 있던 노인이 정신병원으로 다시 끌려가며 외친 말과 너무나 흡사해서 우광일은 놀랄 수밖에 없었다.

— 잘 들어. 그것들은 진짜가 아니었어. 변해 버렸다고! 그리고 앞으로 모두 그렇게 될 거야!

드릴, 탄광, 노이균, 노원철, 노인, 극동리, 껍데기, 가짜, 진짜. 서로 관련 없어 보이는 이 단어들이 사실은 알고 보면 하나의 커다란 그림을 완성하는 퍼즐 조각들 아닐까. 만약 어딘가에 숨어 있는 단 하나의 마지막 퍼즐을 찾아낸다면 수십 년 전부터 지금까지 이어져 오는 기이한 사건의 내막을 알 수 있을 거라고, 그는 생각했다.

경비원이 보이지 않는 걸 확인한 우광일은 도서관 뒤편으로 돌아서 화장실로 통하는 창문을 이리저리 살폈다. 잠금장치는 허술하기 그지없었다. 그는 가져온 목장갑을 끼고 글래스 브레이커를 창에 가져다 댔다. 화장실 창유리는 단 한 번의 타격으로 깔끔하게 부서져 내렸다. 브레이커의 날을 도로 접어 안주머니에 넣은 뒤 뚫린 구멍으로 손을 넣어 창의 잠금쇠를 풀었다. 오래도록 닫힌 채로 있었는지 창은 요란한 소리를 내며 열렸다. 다행히 도서관은 시 외곽 외진 곳에 있었고 모두 퇴근한 뒤라 그 소리를 듣고 달려오는 이는 아무도 없었다. 서고가 지하 2층에 있다는 건 미리 확인해 두었다.

계단을 내려가자 정면에 서고로 들어가는 문이 보였다. 우광일은 손전등을 켜고 구석구석 뒤지기 시작했다. 서가에는 도서 분류 기호에 따라 낡은 책들이 잔뜩 꽂혀 있었지만 갱내현황도 같은 것은 보이지 않았다. 책장들을 지나 안쪽으로 접어드니 구석에 커다란 철제 캐비닛 세 개가 나란히 서 있는 것이 보였다.

그는 앉은 자세로 다가갔다. 캐비닛은 암호 다이얼을 돌려 여는 방식이었다. 우광일은 숫자를 어떻게 조합해야 할지 당황했지만, 혹시나 하는 마음으로 도서관 전화번호를 순서대로 돌려 보았다. 마지막 숫자까지 돌리자 찰칵, 캐비닛 문이 열렸다. 그는 입에 손전등을 물고 가득 쌓인 종이뭉치들을 차례로 뒤졌다. 마침내 세 번째 캐비닛 맨 아래 바닥에서 '삼헌광업 갱내현황도'라고 적힌 파일을 발견했을 때, 그는 자기도 모르게 환호성을 지를 뻔했다.

우광일은 캐비닛을 뒤진 흔적을 굳이 감추려고도 하지 않았다. 사서들은 이걸 열어 보지도 않을 테니까. 서류들을 아무렇게나 도로 집어넣고 다이얼을 돌려 잠근 뒤 다리가 저리는 걸 겨우 참으며 왔던 길을 되돌아 도서관 밖으로 나왔다. 유리를 산산조각 내고 떠나는 게 못내 마음에 걸렸지만 어쩔 수 없는 일이었다고 자위했다. 그는 누군가에게 변명이라도 하듯 속으로 중얼거렸다. 당신들이 내려가서 찾아 줬으면 나도 이러지는 않았을 거 아니요?

어두컴컴한 피시방 가장 안쪽 자리에 앉아서, 우광일은 파일을 꺼냈다. '삼헌광업 갱내현황도'라고 적힌 4절지 크기의 종이. 갱도는 거대한 거미줄 같았다. 지도상에 표시된 수직,

수평의 갱도와 민원 포털 서비스에서 찾은 지적도, 구글어스까지 한 화면에 띄워 놓고, 손가락으로 하나씩 짚어 가며 대조했다. 중간엔 기지개를 켜며 하품을 했고, 잠시 쉬는 사이엔 나가서 담배를 피웠으며, 컵라면까지 하나 사서 끓여 먹었다.

두 시간쯤 지나 우광일은 펜과 30센티미터 자를 내려놓았다. 피시방 의자 등받이에 몸을 묻은 채 그는 자기 앞에 놓인 한 장의 종이를 내려다보았다. 힘껏 깍지를 낀 두 손에 핏기가 점점 사라지고 있었다.

잠시 후 그는 최에게 메일을 쓰기 시작했다. '보내기' 버튼을 누르고 우광일은 등받이에 걸쳐뒀던 점퍼를 다시 챙겨 입었다.

— 메일 확인하는 대로 전화할 것. 난 극동리 자율방범대 초소로 간다. 아무래도 거기가 수상하거든.

아까부터 전화를 받지 않는 최에게 문자를 보내 둔 뒤에 그는 서둘러 피시방을 나섰다.

출발한 지 한참이 지나서야 우광일은 극동리로 들어서는 지방도로로 진입할 수 있었다. 가로등조차 없는 길을 헤드라이트 불빛에만 의지하여 달리던 그가 브레이크를 밟으며 속도를 늦췄다. 왼쪽으로 펼쳐진 벌판 너머에서 이상한 소음이 들려왔기 때문이다. 차창을 내리자 사람들의 함성 같기도 하고 거대한 짐승의 포효 같기도 한 소리가 메아리처럼 울려 왔다. 핸들을 꺾어 갓길에 차를 세우고 나가 보니, 검은 하늘과 맞닿은 지평선에서 희뿌연 빛무리가 서서히 커지기 시작했다. 동시에 함성인지 포효인지 알 수 없는 소리도 가까워졌다.

우광일은 눈을 찌푸린 채 한동안 그 광경을 노려봤다. 자세히 보니 그것은 영화 촬영 중인 엑스트라 무리였다. 수백 명의 사람들이 모두 은빛 우주복을 맞춰 입었는데, 그들이 조명 아래에서 하나의 거대한 빛 덩어리로 보인 것이었다. 은빛 우주복의 군중은 감독의 지시에 따라 이쪽저쪽으로 몰려다니고 있었다. 아까부터 들리던 함성은 그들이 입을 모아 외치는 구호였다.

"우리와 함께…… 하나가…… 되자……. 다 함께 똑같이……."

우광일이 있는 곳까지 한껏 다가섰던 은빛 우주복의 무리는 어느새 반대 방향으로 우르르 돌아서 달리기 시작했다. 잘 보니 그들은 한 배우를 뒤쫓고 있었다. 쫓기는 이는 있는 힘을 다해 어두운 지평선을 향해 달려가는 중이었다.

쫓기던 남자가 어둠 속으로 사라지고 은빛 우주복을 입은 엑스트라들도 보이지 않게 되었을 때에야, 우광일은 다시 차로 돌아왔다.

마을로 들어서는 작은 다리를 건너자 곧바로 공터가 나타났다. 가로등도 없이 캄캄한데 트럭 두어 대가 세워져 있었다.

휴대폰을 꺼내 자율방범대 초소가 어디쯤인지 검색하려는 순간 거짓말같이 전원이 꺼졌다. 콘솔박스를 열어 보았지만 여분의 배터리 따위가 있을 리 없었다.

몸을 잔뜩 수그린 채 충전 케이블을 찾느라 그는 한 남자가 차창 너머에서 물끄러미 자신을 지켜보고 있다는 걸 알아차리지 못했다. 남자의 구두에 장식된 뱀 모양의 독특한 장식 역시, 보일 리가 없었다.

*

"이제 좀 정신이 들어?"

뿌연 형광등 불빛이 이리저리 흔들리는 가운데 누군가가 위에서 내려다보고 있었다. 최는 눈을 여러 번 깜빡인 뒤에야 자신을 보고 있는 얼굴의 정체를 파악했다.

"어떻게 된 거지? 여긴 어디야?"

몸을 일으키려는 그를, 경오가 위에서 지그시 눌렀다. 어린애 답지 않은 힘이었다.

"그냥 누워 있어, 아저씨."

경오에게 눌린 채 그가 물었다.

"너…… 진짜 경오니?"

아이는 아무 대답도 하지 않고 그를 빤히 쳐다보았다. 경오 눈동자 뒤에 숨어 있는 다른 누군가를 찾아내기라도 하려는 듯 최 역시 아이를 마주 보았다. 얼마나 시간이 흘렀을까, 경오가 최를 누르고 있던 두 손을 치우더니 뒤로 조금 물러나 앉았다.

최는 땅을 짚고서야 겨우 몸을 일으켰다. 떨어질 때의 충격인지 꼬리뼈 부분의 통증이 심했다. 그는 얼굴을 찡그리며 사방을 둘러봤다. 이상한 공간이었다. 아무렇게나 마감한 듯한 흙벽. 자꾸만 흔들리는 불빛.

깜빡이는 형광등 때문인지 경오가 머리를 흔들고 있는 것처럼 보였다. 15도 정도로 기울인 고개가 진동자처럼 규칙적으로 움직이는 느낌?

경오의 눈도 정상은 아니었다. 흰자위가 거의 눈 전체를 덮고 있고 검은자는 반쯤 위로 떠서 안와 뒤로 넘어갈 것만 같았다. 입에서 침까지 흘리는 경오를 보며 문득 최는 어린 시절 학교에서 있었던 일을 떠올렸다. 앞에 앉아 있던 친구가 (그 애의 이름이 뭐였더라. 순영이였던가?) 뒤를 획 돌아볼 때만 해도 그는 별생각이 없었다. 그러나 그 모습이 어딘지 모르게 이상했다. "왜? 지우개 빌려줘?"라고 물었던가. 하지만 대답을 듣기도 전에 그는 흰자위만 남은 순영의 눈과 마주쳐야 했다.

순영은 바닥에서 몸을 들썩이며 입에서 거품을 끊임없이 쏟아냈고 얼마 뒤 양호실로 실려 갔다. 담임에게 듣고서야 그 애가 병을 앓고 있다는 걸 알았었지.

그렇다면 이 애도? 최는 경오의 이상한 눈빛과 경직된 손과 발, 규칙적으로 흔들리는 머리를 보며 이유를 알 수 없는 공포에 휩싸였다. 그는 손수건을 내밀며 최대한 찬찬히 말했다.

"경오야 일단 진정해 봐. 아저씨가 도와줄게."

아이의 입가에 흐르는 침을 닦아 줄 생각이었는데, 손을 뻗기가 무섭게 우악스러운 힘이 그를 제지했다. 놀랍게도 경오가 그의 팔을 잡고 있었다.

동시에 아이는 이를 딱딱 맞부딪치며 미친 듯이 떠들기 시작했다.

"나는 다 알고 있었어. 노원철이 어떤 짓을 꾸미고 있는지. 그러나 결국엔 계속 연구하고 싶다는 욕망에 굴복했던 거야. 노원철은 미친놈이었어. 희대의 미친놈. 나도 미친놈이지. 그런 인간과 손을 잡았으니까. 하지만 그땐 선택의 여지가 없었어. 나는 가능하다고 생각했고, 의식을 통째로 옮기는 거 말이야. 그래서 조금만 더 연구해서 성공하고 나면 그런 놈 정도는 금세 털어 버릴 수 있을 줄 알았던 거야. 하지만 아니더라고. 그건 평생의 업이 됐어. 원죄가 됐단 말이지."

어느새 경오의 입에선 침이 흐르지 않았다. 흰자위로 뒤덮였던 눈도 정상으로 되돌아와 있었다. 아이는 오히려 차분해 보이기까지 했다.

최는 경오의 어깨를 두 손을 꽉 잡았다. 지난번 마을에 처음 왔을 때, 경오가 사람들이 모두 변했다고 외치던 말이 떠올랐다.

그는 공허한 표정으로 앉아 있는 아이의 어깨를 잡고 흔들었다.

"경오야, 너도 그런 거니?"

하지만 경오는 꿈쩍도 하지 않았다. 어디를 보고 있는지 알 수 없는 텅 빈 시선으로 그를 빤히 쳐다보며 중얼거릴 뿐이었다.

"좀 가만히 앉아서 들으라고. 내가 누군지 알고 싶어? 그러면 이 이야기를 들어, 알겠지? 거기 바닥에 가만히 앉아서. 그래, 그렇지. 그렇게 말이야."

최는 경오의 말대로 바닥에 주저앉았다. 아이의 말소리에서 범접하기 힘든 아우라가 뿜어 나오는 것 같았다. 어쩌면 최면에 걸린 걸지도 몰랐다. 언젠가 티브이에서 본 적 있지 않던가. 말소리만으로도 상대방을 자유자재로 조종할 수 있는 사람들이 있다고.

점점 혼미해지는 머릿속으로 경오의 목소리가 웅웅대며 울려왔다.

"땅속에서 우린 건드리지 말아야 할 걸 건드리고 말았어. 그게 뭔지는 나도 몰라. 어쩌면 태고로부터 존재해 온 원초적 영혼 같은 거였을까. 하여간 그 뭔가가, 인간의 의식, 아니 영혼과 결합했어. 처음엔 그런 줄 몰랐지만 실험이 왜 실패했는지 복기하면서 그 무서운 사실을 깨닫게 됐지. 난 모두를 죽여 버려야 한다는 걸 알았어. 하지만 노원철은 딴맘을 먹고 있었지. 그는 그 무언가 위험한 것의 힘을 갖고 싶어 했어. 자기 것으로 만들고 싶어 했단 말이야. 놈에겐 상상을 초월하는 팽창욕이 있었으니까. 세계 전체로 자신을 팽창시키려는 욕망. 한없이 커지고 싶은 탐욕. 그는 정신병원에 있던 나를 다시 불러들였어. 자기 말을 듣지 않으면 다시 집어넣겠다고 협박하면서. 난 알겠다고 했지. 그날 폐광 아래 연구소로 내려가며 이게 마지막 기회라고 생각했어. 노원철을 날리고 아이를 구해 낼 수 있는 마지막 기회. 그날을 위해 난 만반의 준비를 해 뒀어. 노원철이 오면 연구소를 폭파하고 아이만 갱도를 통해 탈출시킬 생각이었으니까. 물론 내가 도망칠 길도 다마련해 뒀지. 그래, 난 성공했다고 생각했어. 마지막으로 폭파 버튼을 누를 때 노원철이 놀라긴커녕 오히려 미친놈처럼 낄낄 웃다가 사라진 게 마음에 걸리긴 했지만, 그건 그가 막판에 공포에 몰려 미쳐 버린 거라고 여겼던 거지. 모든 걸 끝내고 나는 홀가분한 마음으로 이곳을 떠났어. 영원히 돌아오지 않을 계획으로 말이야.

하지만 마을은, 극동리는 나를 놔주지 않았어. 원죄가 있는데 그렇게 쉽게 놓아줄 리가 없지. 이곳으로 다시 돌아오는 건 결국 나의 운명이었던 거야. 노이균에 대한 기사가 나를 이곳으로 불러들였다고 봐도 되겠군. 바이오제네시스가 하고 있다는 연구. 그걸 보고 난 노원철이 아직 살아 있음을 알게 된 거야. 놈은 노이균을 통해 불멸하고 있었어. 아마 노이균이 늙으면 또 다른 누군가에게로 옮아가 영원한 삶을 영위하겠지. 그런데 그게 끝이 아니거든. 놈은 점점 더 팽창하여 마을 전체로 퍼져 가고 있었던 거야. 정확히는 놈과 결합한 그 뭔가가. 나는 꽤 많은 마을 사람들에게 놈의 파편적인 의식이 옮겨붙었다는 걸 알게 됐어. 그렇게 옮겨 간 그 뭔가는, 그들 내부에서 서서히 자라나 종국엔 통째로 영혼을 뒤바꿔 버리고 말았던 거야. 결국 난 감염된 자들을 내 손으로 처치하기로 했어. 그래, 맞아. 이 마을에서 실종된 세 사람. 그놈들은…… 불쌍하긴 하지만 껍데기였어. 가짜였다고. 자신들의 탐욕이 초래한 결과이기는 했지만. 나한테만 너무 뭐라 하지는 마. 결국엔 내게 감사하게 될 테니까. 나는 이 마을을 구하려고 했어. 아니, 이 세계를 구하려 했던 거라 할 수도 있지. 만약 이 마을이 그 무언가로 뒤덮이는 걸 막지 못하면 결국 그것은 지구 끝까지도 팽창할 테니까."

숨이 찼는지 경오가(그런데 이 아이를 여전히 경오라고 불러도 되는 걸까? 최는 잠시 혼란에 빠졌다.) 말을 멈췄다.

최는 그때를 놓치지 않고 물었다.

"경오야, 네가 힘든 건 아저씨도 알아. 옆집에 살던 할아버지가 죽는 걸 직접 본 것이 어린 너에겐 견디기 힘든 충격이었을 거야."

그의 말에 경오는 피식 웃었다.

"이걸 보여 주면 내 말을 믿을 건가?"

아이는 그의 손을 잡아끌고 지하실 한 구석에 있는 거대한 장방형의 상자 앞으로 향했다. 생각해 보니 아까부터 어렴풋이 들려오던 소음의 진원지도 그것인 듯싶었다. 이상하게 머리가 아파와 관자놀이를 누르며 서 있는데 경오가 장방형 상자를 더듬었다. 그러자 장롱같이 생긴 상자 앞면이 문처럼 활짝 열리는 것이었다.

문 너머로는 레일이 펼쳐져 있었다. 경오가 벽에 달린 버튼을 누르자 레일이 천천히 움직이기 시작했다. 어느덧 최는 레일과 함께 땅속을 향해 난 비스듬한 경사로를 달려 내려가고 있었다. 속도는 점점 빨라졌고, 마침내 곁을 스쳐 지나가는 모든 것이 빛보다 빠르게 지나갔다. 뒤편 어딘가에서 노인인지 경오인지 알 수 없는 목소리가 들려왔다.

"이래도 안 믿을 건가? 이래도 안 믿을 거냐고!"

얼마나 달렸을까, 드디어 레일이 멈췄다. 최는 비틀거리며 바닥에 내려섰다. 어둑어둑한 동굴 같은 곳인데, 천장엔 조그만 전구가 매달려서 뿌옇게 빛을 내고 있었다. 어디선가 똑똑, 물방울 떨어지는 소리가 들렸다. 혹시 여기가……?

그때 뒤쪽에서 경오가 스르르 나타났다. 그의 마음을 읽기라도 한 듯, 아이는 낮게 속삭였다.

"그래, 맞아. 여기가 바로 그 폐광이야. 이제 알겠어?"

최는 뒤를 돌아보고 싶은 걸 겨우 참으며 서 있었다. 만약 아이와 눈이 마주치면 뭔가 다시는 돌이킬 수 없는 일이 일어날 것만 같았다. 그는 선 채로 머리를 흔들었다. 정신 차려. 이건 말도 안 된다고. 이만호는 죽었어. 광장에서 자기 이마를 드릴로 뚫고. 난 김영주의 휴대폰에서 그 광경을 다 봤다고. 지금 뒤에 있는 건 그냥 어린애일 뿐이야.

용기를 내 돌아서려는 순간, 아이가 다시 중얼대기 시작했다.

"당신 생각이 맞아. 난 죽었어. 정확히는 내 껍데기가 죽은 거지만. 아직도 못 믿는다면 그건 네 문제야. 세상의 겉모습밖에 모르는 순진해 빠진 인간들. 그들은 세계의 뒤편에서 실제로 무슨 일이 벌어지고 있는지 모르거든. 편견을 버리고 상식을 넘어서서 날 보란 말이야. 내가 정말 경오로 보여?"

최는 돌아서서 아이의 눈을 들여다봤다. 하지만 그 눈동자에 비치는 건 자신의 어리둥절한 얼굴뿐이었다.

"좋아, 네 말이 사실이라면, 어떻게 여기 있을 수 있지? 진짜 이만호는 죽어서 신강병원 지하 시체 안치실에 있을 텐데."

"말했잖아. 내 껍데기는 죽었지만 나는 이 애의 몸으로 옮겨 왔다고."

"그럼 왜 광장에서 굳이 그런 퍼포먼스를 벌인 거지? 경오에게 갈 거면 조용히 옮겨 가도 되는 거 아니었어?"

"어쩔 수 없는 선택이었어. 그 셋을 죽여서 처치한다면 노원철이, 아니 노원철이 되어 버린 노이균이 날 가만두지 않으리란 걸 알았거든. 그놈은 벌써 눈치채고 비서를 시켜서 몇 번이나 날 설득하려 했어. 다시 손을 잡고 같이 일해 보자며 우리 집으로 뻔질나게 찾아왔으니까. 난 결단을 내리기로 했어. 세상에서 영원히 자취를 감추기로. 노이균이 찾아내지 못할 어딘가로 숨어들어 조용히 숨죽인 채 지내며 아무도 모르게 세상을 구하기로 마음먹었다는 거야."

최는 긴 한숨을 내쉬었다. 이 애는 미쳐 버린 거야. 그는 해리 장애라는 질병에 대해 읽었던 기억을 떠올렸다. 한 사람 안에 여러 개의 인격이 존재한다고 했던가. 누군가는 그걸 다중인격장애라고도 했다. 경오는 다중인격장애를 앓고 있구나. 보통은 불우한 어린 시절을 보낸 사람이 현실을 부정하기 위해 자기 안에 새로운 인격을 만들어 낸다는데.

경오는 말을 멈추지 않았다.

"한심한 놈들. 박남철, 이희두, 윤광호, 그 셋의 뇌파를 조종해서 산으로 끌고 올라가는 건 그야말로 쉬웠어. 미리 먹인 약물 덕분에 정신을 잃은 놈들 이마에 드릴을 박아 넣었지. 그때 깜짝 놀란 박남철이 갑자기 눈을 뜨더라고. 그러더니 공포에 찬 표정으로 울부짖는 거야. 불쌍하긴 했어. 정말이야. 하지만 어떡해? 마을을 구할 사람은 나뿐인데. 마음을 굳게 먹고 그 셋을 처치해서 대충 파묻은 다음 집으로 와서 목욕을 하고 머리를 감았어. 그러고 거울을 보는데, 거울 속 내 모습이 위아래로 양옆으로 마구 흔들리더라고. 그 너머 흐릿한 상이 맺히는데, 거기 노원철이 서 있지 뭐야. 난 비명을 질렀어. 내 안에도 그놈이 깃들어 있을 거라곤 상상도 못 했으니까. 대체 언제였을까? 그날, 수십 년 전 폐광을 폭파할 때 놈 영혼의 작은 조각이 내 안에 들어와 자라난 걸까. 괴로워하며 마당을 돌아다니는데, 마침 대문 밖으로 경오가 지나가더라고. 그 애를 본 순간 난 무릎을 쳤지. 그래, 이거야! 이 방법밖엔 없어. 나는 경오에게 모월 모일 모시에 광장으로 오라고 했어. 거기서 보란 듯 나 자신을 이 세상에서 삭제하고, 가까이에 있는 경오에게 옮겨가기로 한 거지."

그때 갑자기 불이 꺼졌다. 그러자 경오가, 아니 노인이 짜증 섞인 목소리로 중얼거렸다.

"전기가 또 나갔군. 폐광이 문제야. 항상 쥐들이 우글우글 하거든. 그 새끼들이 몰려다니며 전선을 물어뜯는다니까."

최는 한 치 앞도 보이지 않는 지하의 어둠 속에서 망연자실한 채 서 있었다. 그저 빨리 이 기분 나쁜 장소에서 나가고 싶다는 마음뿐이었다. 그는 손을 휘저어 보았다. 분명 경오가 여기 어딘가에 있으리라.

"경오야, 어딨니? 나가자. 일단 밖으로 나가서 얘기해."

지하에 오래 머물러서인지 목이 칼칼하고 숨이 막히는 기분이었다. 이 오래된 폐광 어딘가에서 석탄 바람이라도 불어오는 걸까. 검고 미세한 석탄 가루들이 폐포에 쌓이는 모습을 상상하자 불안감이 엄습했고 갑자기 기침까지 나기 시작했다. 아이는 어디 있는지 찾을 수 없었다.

사방을 손으로 더듬었지만 출구는 보이지 않았다. 문득 가슴이 답답한 이유가 다른 데 있을지도 모른다는 생각이 떠올랐다. 산소 부족. 거기까지 생각이 미치자 불안은 극에 달했다. 청색증으로 숨이 끊어진 자신의 비참한 모습을 상상하니 등에서 식은땀이 흘러내렸다.

그는 마구 소리치며 어둠속을 헤맸다. 점점 더 숨이 가빠졌고 마침내 더는 서 있을 수 없을 정도에까지 이르렀다. 최는 쓰러지듯 주저앉았다. 폐광의 차가운 바닥에 등을 대고 누운 채 심호흡을 하며 숨을 골랐다. 그제야 좀 정신이 들더니 주변의 사물이 눈에 들어왔다. 어느새 전기가 다시 들어왔는지 퀴퀴하고 음습한 지하 전체가 뿌연 불빛에 물들어 있었다. 몸을 일으키려던 최는 자기 앞에 누군가가 서 있다는 걸 알아차렸다. 그가 신은 구두에 달린 뱀 모양 버클이 확대되듯 눈에 들어왔다.

"거기 누굽니까?"

가까스로 물었지만 남자는 아무 대답도 하지 않았고, 잠시 그대로 서 있다가 어디론가 사라졌다. 남자가 가 버린 뒤에도 최는 한동안 가만히 누워 있었다. 자꾸만 감기려는 눈을 억지로 버티며 휴대폰을 꺼내 보았다. 역시 신호는 잡히지 않았다. 그때 어디선가 말소리가 들려오는 바람에 그는 숨을 죽였다. 끊어졌다 이어지는 대화들. 의미를 알 수 없는 이야기. 어쩌면 아이 혼자 저러는 걸까? 그러니까 경오의 내면에 존재하는 수많은 인격들 중 하나가 또 다른 하나와 서로 떠들어 대는 것……

— 뭐야, 당신은? 네가 어떻게 여기 왔지? 노이균은 어디 가고?

— 멍청한 노인네 같으니라고. 설마 아직도 눈치채지 못한 건가?

— 헛소리하지 말고 저리 비켜. 노이균이나 데려오라고. 그놈, 아니 그놈 안에 숨은 노원철과 담판을 지을 생각이니까.

— 노이균은 여기 오지 않아. 그놈은 뭐가 뭔지도 모르니까. 그런데 방금 노원철이라고 했나? 그렇다면 나한테 얘기해. 내가 바로 노원철이니까.

— 입 닥쳐. 비서면 비서답게 네 할 일이나 열심히 하라고.

— 내가 진짜 노원철이라니까. 믿어지지 않는다면, 인증할 수도 있어. 그래, 그날 땅속 연구소에서 넌 우리한테 미안하다고 했잖아.

— 그때 연구소에 있던 건 네가 아니야. 노이균이라고.

— 그래, 맞아. 그런데 노이균의 몸은 내가 옮겨가기에 적당하지가 않았어. 어쩌면 당신의 그 알량한 실험실이 폭발하면서 오작동이 났던 건지도 모르지만. 하여간 난, 내 의식은 노이균에게 가지 못하고 허공을 맴돌았어. 그런데 그때 이 애가 내 앞에 나타났지 뭐야?

— 이 애라니?

— 박중혁. 밭두렁에 쓰러져 있던 이균이를 발견한 남자의 아들. 난 탄성을 질렀어. 됐어, 얘가 딱이군. 그래, 막상 옮겨가고 보니 이균이보다 훨씬 건강하고 내 의식에 대한 친화력도 좋았어. 하지만 한 가지 문제는…….

— 문제……?

— 그래, 노이균, 즉 법적인 아들만이 내가 숨겨 둔 부를 물려받을 수 있는 거잖아. 결국 방법은 하나였어. 내가 노이

균을 지배하는 것. 그 애 곁에 영원히 딱 붙어서 그를 움직이는 것.

—그러기 위해 노이균의 비서가 된 건가?

—그건 알아서 생각하라고.

—네 말을 믿을 수 없어. 그건 불가능해.

—그래서 내가 당신을 퇴물이라고 하는 거야. 아직도 이해 못 하나? 이제 우리에겐 당신이 전혀 필요하지 않아. 그때로부터 벌써 몇 년이 흐른 건지 도무지 이해하지 못하나 본데…… 20년이야. 20년. 그동안 바이오와 뇌과학 분야에서 어떤 변화가 있었는지, 이런 촌구석에 처박혀 살아온 너 같은 인간이 어떻게 알겠냐고. 지금 우리는 원하는 대로 누구에게나 의식을 옮길 수 있지.

—헛소리 마. 넌 노이균의 지시대로 움직이는 꼭두각시잖아. 이것도 다 그놈이 날 회유하기 위해 꾸며낸 얘기에 불과하다는 걸, 난 알아.

—노인네가 고집이 세군. 당신이 내 말을 믿든 안 믿든 전혀 상관없어. 안 그래도 오늘이 너의 마지막 말이니까. 당신은 오래전 나에게, 아니 정확히는 당신의 피실험체였던 이균이에게 미안하다고 했어. 어때? 그때 정말 미안했던 거야? 그렇다면, 죄를 갚으면 되는 거지. 안 그래?

노인인지 경오인지 알 수 없는 존재가 단말마의 비명을 질렀다. 동시에 형언할 수 없는 냄새가 땅속을 가득 채우더니 레일이 다시 위쪽을 향해 움직이기 시작했다.

마루 밑에서 나왔을 때는 이미 한밤중이었다. 최는 마당에 엎드린 채 한동안 꼼짝하지 않았다. 모든 게 꿈처럼 여겨졌다. 도대체 누가 믿어 주겠는가. 자살한 노인의 집 땅 밑에 수십 년도 더 된 폐광이 있고 거기에서 기이한 일이 진행 중이라는 사실을. 빠르게 움직이는 레일에 겨우 몸을 실었을 때 그는 섬광과 함께 흔들리는 아이의 모습을 보았다.

"경오야, 이리 와. 같이 가자!"

그가 외치며 손을 내밀었지만 아이는 뒤로 물러섰다. 그 짧은 찰나의 순간에 최는 경오에게서 수십 수백 개의 얼굴을 본 것 같았다.

"이젠 소용없어. 얼른 올라가. 어서!"

경오인지 아닌지 알 수 없는 존재는 이렇게 말하더니 폐광의 어둠 속으로 자취를 감추고 말았다. 그 뒤로는 어떻게 올라왔는지조차 제대로 기억나지 않았다. 만약 단 한 번이라도 발을 헛디딘다면 영원히 이만호의 집 땅속에 갇힐 것 같았다. 지하실에서 올라오는 출구를 찾아낸 최는, 마지막으로 장방형 상자와 어둠, 소리, 냄새가 있는 공간을 뒤돌아봤다. 아이를 데려와야 한다는 것은 알았지만 두 번 다신 그곳에 가고 싶지 않았다. 그는 머리 위쪽으로 난 작은 문에 매달려 안간힘을 썼고 마침내 지하실 밖으로 나올 수 있었다.

얼마 후 최는 옆에 있던 플라스틱 의자를 짚고 천천히 일어섰다. 여기저기 느껴지는 통증을 참으며 휴대폰을 꺼냈다. 여러 통의 부재중 전화가 와 있었는데 모두 우광일의 번호였다. 우광일은 문자도 여러 개 보냈는데 내용은 모두 같았다. 메일을 보냈으니 확인하고 전화해 달라는 것. 메일 앱을 열려는데 김영주가 떠올랐다. 왜 전화를 하지 않는 거지? 김영주는 그가 보낸 메시지에도 아무런 응답을 하지 않고 있었다. 메일을 확인하기 전에 먼저 김영주에게 전화를 해 보기로 했다.

그러나 김영주의 휴대폰은 꺼져 있었다. 최는 다시 한번 메시지를 보냈다.

— 뭐해요? 문자 보는 대로 전화 좀 줘요.

메일 앱을 열자 우광일이 보낸 메일이 맨 위에 있었다.

바쁘냐?

이거 보는 대로 바로 전화 좀 줘, 알겠지?

내가 우여곡절 끝에 삼현광업 갱내현황도를 구했거든. 그걸 지도와 비교하는 작업을 했는데, 어떤 결과가 나왔는지 아냐?

놀라지 말고 들어. 지금 이만호 노인의 집이 있는 그 위치, 그 아래로 폐쇄된 갱도가 지나고 있더라고. 그것도 지표에서 그리 깊지 않은 곳에 말이야. 갱도는 거기서 좀 떨어진 장소에서 끝나는데, 그 자리에 극동리 자율방범대 초소가 있더라고.

난 지금 극동리로 갈 생각이다. 가서 좀 둘러보고 확인할 것 있으면 확인도 하고 그럴 계획이야. 특히 자율방범대 초소는 꼭 한번 내 눈으로 보고 싶어. 도착하면 전화할 테니 꼭 받아라. 시간 되면 너도 그리로 오면 좋고. 그럼 이만.

메일 앱을 닫자마자 전화를 걸었지만 우광일의 휴대폰은 전원까지 꺼져 있었다.

최는 경오를 찾아내서 데리고 가고 싶었지만 혼자 다시 마루 밑으로 들어갈 엄두는 나지 않았다. 그는 일단 자율방범대로 초소로 가기로 했다. 거기서 우광일을 만나 둘이 함께 경오를 구해 내기로 마음먹었다.

시골길은 어둡고 조용했다. 10분쯤 걸으니 저 앞에 자율방범대 초소가 보였다. 작은 창을 통해 불빛이 새어 나오고 있었다.

초소 앞에 도착해서 문을 두드렸지만 아무 대답도 들리지 않았다. 손잡이를 잡아당기니, 잠겨 있지는 않았다.

안으로 들어서자 따뜻한 공기에 긴장이 풀렸다. 누군가가 그가 올 것을 미리 알고 난방을 해 둔 느낌이라고 할까. 그는 텅 빈 초소를 찬찬히 둘러보았다. 좀 전까지만 해도 사람이 머물렀던 듯, 작은 소반에 먹다 만 컵라면이 놓여 있었다. 우광일과 김영주에게 다시 전화를 걸어 봤지만 여전히 아무도 받지 않았다.

그는 칸막이 뒤쪽에 있는 의자에 앉았다. 푹신한 회전의자 등받이에 몸을 기대자 서서히 눈이 감겼다.

자면 안 돼. 그는 속으로 중얼거렸다.

그러나 점점 눈꺼풀은 무거워졌다.

자면 안 된다고! 눈을 비비며 정신을 차려 보려는 찰나, 어디선가 신음 소리가 들려왔다. 최는 갑자기 정신이 번쩍 들었다.

"살려 줘……."

소리는 초소 한편 닫힌 문 뒤에서 들려오고 있었다. 그는 발소리를 죽이고 문으로 다가가 최대한 조심스럽게 손잡이를 돌렸다. 화장실이었지만 안에는 아무도 없었다.

신음은 어느새 울부짖는 소리로 바뀌었다. 가만히 귀 기울이던 최는 그제야 소리가 발아래에서 들려온다는 걸 알았다.

바닥에 귀를 대고 듣던 그의 눈에 뭔가가 보였다. 변기 밑 바닥 쪽에 조그만 문고리 같은 게 달려 있었다. 손가락을 끼운 채 들어 올리자 쾅, 소리와 함께 바닥 문이 열렸다. 동시에 긴 사다리가 밑으로 펼쳐져 내렸다.

"제발 살려 줘."

소리가 더 명확하게 들렸다.

잠시 망설이던 최는 사다리를 타고 아래로 내려갔다. 바닥에 발이 닿자마자 비릿한 악취가 코를 찔렀다. 어두워서 잘 보이지는 않았지만 사람 하나가 쓰러져 있고 그로부터 흘러나온 검은 피가 바닥에 흥건했다. 목 뒤를 손으로 더듬어 보니 이미 숨이 끊어져 있었다.

"이쪽이야…… 이쪽."

소리가 들리는 방향으로 고개를 돌리자 두 손이 뒤로 묶인 채 고꾸라져 있는 또 한 사람이 보였다. 그는 그쪽으로 달려갔다.

"아니 어떻게 된 겁니까?"

최의 질문에 남자가 고개를 들었다. 그가 웅얼대는 말은 귀를 가까이해야만 들을 수 있었다.

"약초를 캐러 왔다가…… 이장이 우리를 이렇게 만들었어. 그놈은 미쳤어. 먼저 경찰에 전화해. 안 그러면 당신도 죽어."

최는 주머니에서 핸드폰을 꺼냈다. 112를 눌렀으나 전화는 연결되지 않았다. 신호가 가는 듯싶다가도 뚜- 소리를 내며 끊어졌다. 119를 눌러도 마찬가지였다. 열 번이 넘도록 반복했지만 마찬가지였다.

아무래도 여기서 전화를 걸긴 글른 것 같았다. 최는 고꾸라진 채 숨을 몰아쉬고 있는 남자에게 외쳤다.

"조금만 참아요. 가서 경찰을 직접 데리고 올게요."

사다리를 타고 다시 올라와 밖으로 달려 나가려던 그가 갑자기 우뚝 멈췄다. 문이 열리지 않았던 것이다. 그사이에 누군가가 밖에서 잠가 버린 걸까. 최는 있는 힘을 다해 문에 몸을 부딪혀 봤다. 그러나 문은 꿈쩍도 하지 않았다. 창가로 달려가 그는 외쳤다.

"밖에 누구 없습니까?"

핸드폰을 꺼내 봤지만 역시 불통이었다. 그는 힘없이 벽에 기대앉았다.

얼마나 시간이 흘렀을까. 바깥이 소란스럽다는 생각에 최는 일어서서 조그만 창으로 얼굴을 내밀었다. 멀리 지평선에서 환한 빛 덩어리가 다가오고 있었다. 눈을 찡그린 채 바라보니, 은빛 우주복의 엑스트라 무리가 한창 누군가를 뒤쫓는 중이었다. 동시에 그들은 어떤 구호를 주문이라도 외듯 다 같이 소리 높여 외치고 있었다.

"우리와 함께…… 하나가…… 되자……. 다 함께 똑같이……."

순간 그는 점점 가까워지는 엑스트라들의 몇몇 얼굴이 낯익다는 사실을 깨달았다.

우주복을 입은 사람들 맨 앞에 펭귄같이 생긴 이장이 있었다. 그의 얼굴은 조명 덕분에 푸르스름한 빛이 감돌았고 눈은 이글이글 타올랐다. 그리고 그 옆에서 함께 달려오는 사람들. 최는 도저히 믿을 수 없어 두 손으로 눈을 비볐다. 김영주, 우광일, 경오, 경오의 할머니까지. 그들 모두가 은빛 우주복을 입고 푸르스름한 얼굴로 이쪽을 향해 오고 있었다. 달리면서도 그들은 똑같은 구호를 쉴 새 없이 외쳤다.

"우리와 함께…… 하나가 되자……. 다 함께 똑같이……."

그때 문득 최는 맨 앞에서 쫓기는 배우의 얼굴을 보았다.

찰나이지만, 그도 최를 본 것 같았다. 최의 동공이 일순간에 커졌다. 그는 왜 자신이 저기서 달리고 있는 것인지, 도무지 알 수가 없었다.

2월 23일 화요일 아침

"여기서 이러고 있으면 어떡해?"

누군가가 깨우는 소리에 최는 눈을 떴다.

김영주가 팔짱을 낀 채 한심하다는 듯 그를 내려다보고 있었다.

"어디 있다 왔어요? 전화를 얼마나 걸었는데."

최는 신음하듯 중얼거리며 사방을 둘러봤다. 그러다가 깜짝 놀라며 벌떡 일어나 앉았다.

"여기가 어디지?"

김영주는 한숨을 쉬며 그의 곁에 털썩 앉았다.

"자율방범대 초소잖아. 아침부터 전화가 와서 얼마나 놀랐는지 알아? 모르는 번호가 떠서 받았더니 자기가 극동리 이장이라며 와서 널 데려가라는 거야. 새벽에 초소에 나왔는데 웬 남자가 들어와서 세상 모르고 자고 있더래. 아무리 깨워도 안 일어나길래 어쩔 수 없이 지갑을 뒤져서 거기 있는 명함을 보고 전화했다지 뭐야. 받자마자 차 몰고 와 보니까 아주 편하게 주무시고 있더군."

그제야 최는 김영주 뒤에 서 있는 이장을 발견했다.

"지갑을 뒤져서 정말 죄송합니다. 멀쩡하게 생긴 분이 여기 들어와 자고 있는데 당장 경찰을 부를 수도 없고……. 어쩔 수 없이 지갑을 꺼냈지요. 잠깐이라도 편히 누워 계시라고 제가 이 접이식 침대로 부축해 옮겼는데 기억나십니까?"

사람 좋게 웃고 있는 이장을 피해 최는 침대에 앉은 채로 뒷걸음질 쳤다. 그러면서 김영주에게 입 모양만으로 속삭였다.

"지하에 시체가 있어요."

그러나 김영주는 못들었는지 이장과 무슨 이야기를 나누며 간간이 웃을 뿐이었다.

최는 허리가 아픈 걸 참으며 접이식 침대에서 일어섰다.

"화장실 좀 써도 될까요?"

이장이 고개를 끄덕이며 어딘가를 가리켰다.

"저쪽입니다."

최는 벽을 짚으며 화장실로 다가갔다. 뒤에서 다시 이장의 목소리가 들려왔다.

"그러니까요. 노이균 회장님이 다 새로 지어 주셨어요. 화장실도 없었으니 뭐 말 다했지요. 지금은 정말 편합니다."

최는 문을 닫고 쭈그려 앉아 변기 아래쪽을 살펴 보았다. 분명 여기 고리가 있었는데. 그러나 바닥을 아무리 더듬어도 고리 같은 건 보이지 않았다. 그럴 리 없어. 분명히 있었단 말이야. 그때 밖에서 낯익은 목소리가 또 들려왔다.

"안녕하세요, 이장님!"

최는 화장실 밖으로 뛰어나갔다. 경오였다. 경오가 자전거를 타고 초소 앞을 지나다가 열린 문 너머로 이장에게 인사를 건네고 있었다.

그는 다짜고짜 달려나가 아이를 잡았다.

"경오야!"

"어, 아저씨. 어떻게 여기 계세요."

경오가 반가운 듯 말했다. 그런 아이의 옷깃을 움켜잡으며 그가 빠르게 속삭였다.

"어제 어떻게 된 거니? 난 다 봤어. 네가 엑스트라들 사이에 껴 있는 걸."

"무슨 말을 하는 거예요?"

영문을 몰라 어리둥절해 하는 경오의 얼굴을 보고 최는 움켜잡았던 손을 놓았다. 이미 곁에는 김영주가 와서 서 있었다.

"왜 그래? 술 취했어?"

최는 한참 동안 자기 손을 내려다봤다. 내가 무슨 짓을 한 거지? 어린애 멱살을 잡다니. 그는 휴대폰을 꺼냈다. 그래, 우광일과 통화를 하는 거야. 그러면 모든 의문이 풀리겠지. 우광일은 벨이 두 번도 울리기 전에 전화를 받았다. 목소리가 평소와 달리 밝고 쾌활했다.

"최 기자, 이 아침에 웬일이야?"

최는 당황했다. 아침 9시라는 시간은 우광일에게는 새벽 1시나 마찬가지였다. 평소 같으면 받지도 않거나 반쯤 비몽사몽한 상태로 욕을 하며 전화를 끊어 버릴 시간이었다.

"왜? 뭔 일 있어?"

전화선 너머에서 우광일이 계속 불렀지만 그는 아무 대답도 하지 않고 전화를 끊었다. 그렇다, 어제 그가 본 광경은 현실이었던 거다. 모두가 은빛 우주복을 입고 정말로 다 바뀌어 버린 채, 말 그대로 가짜가 되어 버린 것이다.

그때 이장이 손뼉을 치며 외쳤다.

"참, 이러고 있을 때가 아니지. 여러분, 오늘 뉴스에 우리 극동리가 나오거든요. 마침 오신 김에 보고 가시렵니까? 경오야, 너도 들어와라. 이거 보고 가. 마을 주민인 게 자랑스러울 테니까."

최는 얼떨결에 사람들을 따라 초소 안으로 들어갔다. 이장이 리모컨을 눌러 텔레비전을 켜자 화면 가득 노이균의 얼굴이 떠올랐다. 그는 화성과 꼭 닮은 붉은 사막을 배경으로 서 있었다.

"오늘로 신재생에너지 발전소가 완공되었습니다. 이제 극동리는 발전할 일만 남은 거지요. 여러분의 협조에 깊이 감사드리며 저 또한 지역 발전을 위해 끊임없이 노력할 것을 약속하는 바입니다."

동시에 드론으로 촬영한 마을 전경이 화면을 뒤덮었다. 온통 주황색인 「배틀 온 마스」 세트, 그 너머로 보이는 바이오제네시스 건물 공사 현장, 그리고 탑처럼 높이 솟은 신재생에너지 발전소.

팽창. 팽창 그 자체라니까.

어디선가 목소리가 들려오는 것 같아서 최는 관자놀이를 누르며 이마를 찌푸렸다.

그때 카메라가 다시 노이균의 얼굴을 향하더니 그 곁에 서 있는 비서와 수행원들을 차례로 비추었다. 최는 문득 노이균 곁에 서 있는 남자에게서 위화감을 느꼈다. 그리고 곧 그 위화감이 어디서 기인하는가를 깨달았다. 남자의 번쩍이는 구두. 거기 달린 자기 꼬리를 물고 있는 뱀 형상의 버클.

그는 뭔가에 홀린 듯한 목소리로 이장에게 물었다.

"저 사람은 누굽니까?"

뉴스에 푹 빠져 있던 이장이 건성으로 대답했다.

"우리 노이균 회장님의 비서예요. 박중혁 씨라고. 엄청 열심히 일하는 성실한 사람이죠. 회장님이 인복은 타고 났다니까요."

뉴스를 보는 김영주와 이장, 경오를 뒤로하고 그는 다시 화장실로 들어와 문을 닫았다.

찬물로 세수를 하고 거울을 바라보니 눈이 푹 꺼진 남자가 자신을 노려보고 있다. 그때 갑자기 거울 속 얼굴이 위아래, 양옆으로 미세하게 흔들리기 시작했다. 그러더니 그 뿌연 영상 너머로 낯선 무언가의 형체가 서서히 떠오르는 것이었다. 동시에 어디선가 지지직대는 이상한 소음이 들려왔다. 망가진 라디오에서 흘러나오는 것 같은 기괴한 소리. 그는 소리가 나는 곳을 찾아 좁은 화장실 안을 둘러봤다. 검은 서류 가방이 구석에 세워져 있었다. 지퍼를 열자 검은색 무전기가 보였다. 최는 그것을 꺼내 귀에 대 보고는 자켓 안주머니에 넣고 지퍼를 올렸다.

한참 뒤 그는 화장실에 난 조그만 창으로 밖을 내다보았다.

멀리 화성의 붉은 땅이 끝없이 펼쳐지고 먼지 섞인 바람이 불어왔다 불어갔다. 덤프트럭들이 줄지어 들어오는지 컨테이너 전체가 미세하게 진동했다. 그리 나쁜 느낌은 아니군. 최는 혼자서 중얼거리며 계속해서 밖을 바라보았다.

작가의 말

「작가의 말」을 쓰려고 했을 때 가장 먼저 고라니가 떠올랐다.

20여 년 전 내가 이 도시에 처음 왔을 때, 극동리(물론 실제하는 지명은 아니지만)는 정말로 푸른 숲과 맑은 물이 어우러진 시골 마을이었다. 마을 앞 좁은 지방도로를 지날 때 갑자기 고라니 한 마리가 숲속에서 나타났다. 녀석은 자동차와 사람을 처음 보기라도 하는 듯 어리둥절한 눈으로 이쪽을 오래도록 바라보았다. 작년에 난 다시 극동리에 갔고, 택지 개발로 완전히 바뀌어 버린 그곳에 한참 동안 서 있었다.

그러다가 택지의 가장자리 쪽까지 걸어갔는데 거의 사라져

버린 숲과 새로 생긴 8차선 도로의 경계쯤 어딘가에 뭔가가
놓여 있는 것을 보았다. 가까이 가 보니 죽은 고라니의 사체
였다. 차에 치인 듯 몸의 반쪽은 사라져서 보이지 않았고 남
은 반쪽, 그러니까 머리와 몸통에는 구더기가 들끓고 있었다.
소설을 쓰는 내내 그 황량하고 그로테스크한 광경이 머릿속
에서 떠나지 않았다.

이탈로 칼비노의 소설 『보이지 않는 도시들』(이현경 역, 민음
사)에서 쿠빌라이 칸에게 세상의 모든 도시에 대해 들려주던
마르코 폴로가 말한다. 자신은 어쩌면 지금까지 이레네라는
단 하나의 도시에 대해서만 이야기한 건지도 모른다고. 고원
에서 내려다보는 그 도시와 실제로 도달한 도시의 내부는 완
전히 다르며 그 누구도 이레네를 완벽히 알 순 없다고. 나 역
시 마찬가지이다. 그동안 나는 극동리에 대해서만 말해 온 건
지도 모른다. 앞으로도 영원히 극동리를 이야기할 테지만, 그
마을 내부에는 아무도 모르는 또 다른 삶과 비밀들이 여전히
숨어 있을 것이다.

정기현 편집자님을 비롯한 민음사 편집부 여러분께 진심으
로 감사드린다. 이분들이 아니었다면 이 책은 세상에 존재할
수 없었을 것이다.

마찬가지로 이 책을 읽고 있는 독자들. 당신들께 가장 깊은 고마움을 전한다. 나는 항상 책의 존재 이유가 독자들에게 있다고 믿어 왔으니까.

2021년 9월
김희선

추천의 말

정용준(소설가)

여기, 무언가 위험한 것이 도사리고 있는 소설의 숲이 있다. 작가는 두 개의 문을 만들어 독자를 초대한다. 이야기의 문을 여는 자는 만나게 된다. 시공간이 뒤섞이며 뒤틀린 기이한 세계를. 느끼게 된다. 호기심과 긴장에 등 떠밀며 걸어가면서도 서서히 고조되는 흥분과 재미를. 질문의 문을 여는 자는 듣게 된다. "진정으로 살아 있는 것과 그냥 숨이 붙어 있는 것의 차이가 무엇인가?" 읽는 자는 생각하는 자가 되어 골똘한 얼굴로 걷는다. '자기가 변한 걸 아는 사람은 없다는데…… 나는 어떤 사람일까?'

어떤 문을 열었든 독자는 소설의 중심에 이르면 우리가 사는 세계와 꼭 닮은 묘한 독버섯 무리를 만날 텐데 내내 지켜만 보던 숲이 바람처럼 말을 걸어온다. "알아보고 싶지 않은 거야?" 질문인지 도발인지 헷갈리는 주문 같은 목소리에 이끌린 자는 끝까지 걷게 된다. 예측은 어긋났다. 예상은 실패했다. 판단은 유보됐다. 끝까지 궁금하고 끝까지 재미있고 끝까지 질문을 던지는 이 소설을 끝까지 읽은 나는 책장을 덮고 정체불명의 누군가를 향해 말했다. (물었다.)

"이 소설 정말 훌륭하지 않아?"

추천의 말

박서련(소설가)

다소의 부끄러움을 무릅쓰며, 소설 쓰는 사람이 타인의 소설을 보고 하는 솔직한 생각 중 하나를 털어놓으려 한다. '이 재미있는 이야기를 혼자만 알고 있기가 얼마나 아까웠을까!' 매력적인 소설일수록 저자가 이 작품을 얼마나 간절히 완성하고 싶었을까를 상상하게 된다. 『무언가 위험한 것이 온다』는 그런 소설이다. 저자는 이 소설의 완성을, 독자는 이 소설과의 조우를 기념해 마땅하다.

사건의 중심에 놓인 극동리라는 공간은 다음 세 가지 요소로 나눌 수 있다. 고령화된 마을 사람들의 생활공간, 이에 기묘한 활기를 불어넣는 바이오산업단지와 영화 촬영 세트. 이분된 지상의 공간들에 더하여, 극동리 지하에는 폐쇄된 탄광의 비밀 갱도가 존재하며, 진실은 여기에 묻혀 있다.

등장인물의 성격도 세 가지로 분류 가능하다. 노이균 회장 및 그의 의지에 순응하는 이들, 이만호 노인과 같이 적극적으로 저항하는 무리, 극동리에서 일어나는 사건들에 휘말렸거나 진상을 파악하려 애쓰는 외부인들.

따라서 이야기의 축 역시 셋으로 나누어 볼 수 있다. 외부인들의 시선에서 관찰된 기묘한 사건들은 마을을 장악한 야심을 부분적으로 드러내고, 극중극 「배틀 온 마스」의 시나리오는 근미래 우주 SF의 환상적이고 허구적인 분위기를 바탕으로 진실을 암시하며, 결말에 이르러 완전히 드러나는 신체 강탈과 영생의 음모는 등장인물들과 독자가 함께 추적해 온 진상을 마침내 완성한다.

(숫자 3에 너무 집착하는 듯도 한데, 사건의 근원에도 삼(3)헌광업이 있지 않은가……?)

다양한 인물과 여러 층위의 서사가 얽혀 언뜻 복잡해 보이는 이야기는 하나의 결말을 향해 나아가며 자연스럽게 엮이고 섞인다. 저마다 다른 무늬와 색으로 이루어진 옷을 입고 모였겠지만, 영화 촬영 세트에서는 모두 똑같이 은색의 가짜 우주복으로 갈아입어 하나의 무리가 되는 보조 출연자들이 그렇듯이. 황폐화된 붉은 대지 위에 꿈틀거리는 은빛 파도는 불길하리만큼 아름다울 것이다. 영혼이 오염된 극중 인물들이 오히려 전에 없던 활력과 생동감을 느끼는 현상이 그렇듯이.

결말에 이르러 이야기는 또 한 번의 확장 혹은 진화를 시도한다.

나는 왜 그가 아닌가?

소시민이지만 때로 대기업 회장처럼 사고하는 나는 왜 대부호가 아닌가? 나는 정말 그가 아닌가? 내 의식은 영향력 있는 어떤 누군가에 의해 오염되지 않았을까, 전혀? 내가 그가 아니어야 할 이유가 있을까? 내가 그라면, 행복하지 않을까?

읽고 있던 자신조차 이 거대한 매스게임 혹은 플래시몹에 참여하지 않을 수 없음을, 어느 순간부터인가 이미 동참해 있었음을 발견하는 순간, 비로소 이 이야기는 완성될 것이다. 화성과 무척 닮았으나 화성이 절대로 아닌 공간에서 벌어진, 너무도 비현실적인 사건을 다룬 소설 속에서, 생각조차 하지 못했던 우리 삶의 충격적인 진실과 정면으로 맞닥뜨리게 되는 바로 그 순간에.

오늘의
젊은 작가
33

무언가 위험한 것이 온다

김희선 장편소설

1판 1쇄 펴냄 2021년 9월 17일
1판 2쇄 펴냄 2021년 11월 1일

지은이   김희선
발행인   박근섭·박상준
펴낸곳   (주)민음사

출판등록   1966. 5. 19. 제16-490호
주소   서울시 강남구 도산대로1길 62(신사동)
           강남출판문화센터 5층(06027)
대표전화   02-515-2000 | 팩시밀리 02-515-2007
홈페이지   www.minumsa.com

ISBN   978-89-374-7333-3 (04810)
ISBN   978-89-374-7300-5 (세트)

* 잘못 만들어진 책은 구입처에서 교환해 드립니다.

당신이 소장해야 할 한국문학의 새로움, 오늘의 젊은 작가 시리즈